Les Oiseleurs

CENTRE NATIONAL DU LIVRE

Cet ouvrage a bénéficié d'une bourse
du Centre National du Livre.

Directeur éditorial : Damien Hervé
Responsable éditoriale romans : Jennifer Rossi
Éditrice : Jeanne Druesne
Graphiste : Bleuenn Auffret
Fabricant : Yoann Le Berre

Illustration de couverture, jaspage et habillage intérieur : Charlie Bowater
Illustration des pages 6-7 et 8-9 : Benoit Perraud

Correction : Claire Gaillard, Karine Afchain
Composition et mise en pages : Nord Compo à Villeneuve-d'Ascq

Dépôt légal : septembre 2024
Imprimé en Lettonie. Printed in Latvia.

FSC www.fsc.org
MIXTE
Papier | Pour une gestion forestière responsable
FSC® C084698

Camille Noyer

Les Oiseleurs

AUZOU

« Tu es libre, Ellana, et cela crée comme une lumière autour de toi. Les hommes ne s'y trompent pas et cherchent à te capturer pour s'approprier cette lumière. Parce qu'ils croient, à tort, qu'elle les éclairera, parce qu'ils sont incapables de la trouver en eux et ne supportent pas l'idée de vivre dans l'ombre, parce que le réflexe de celui qui est cloué au sol a toujours été de tuer celui qui sait voler. »

Pierre Bottero,
Ellana, Le Pacte des Marchombres,
Tome 2, L'Envol

AONARA
MYRD
Palais
du Grand Oiseleur
Conf
GHAOIL
CAISTEA
TROSDIT
BIADH
AVE
Siège du Troisième
Collège des Oiseleur

Temple
sacré
ÛR
liothèque
Dortoirs
DOETHINEB
Grande Place
Bains
Colombier
Arènes
ADIVINAR
Écuries
Pont invisible
Camp
DIS
Ancienne Terre
des Ysbrids

GRAND OISELEUR
Cyrus Delphe
HARUSPICES
Bernache
Ibis
Beltaga
Grand haruspice de l'Ouest
Anhinga
Petrel
Visalgan
Menure
Enguerrand
Grand haruspice de l'Est
AUGURES
Bihoreau
Chambellan
Merlebleu
Macareux
Melchiro
Maître de la confrérie de Mestkydd
Bouvreuil
Administrateur général
Mandarin
Junco
Corneille
Caladrius
Fulmar
Cochevis
Kiliera
Faviel
Choucas
Maître messager
OISELIERS
Tarier
Dessil
Darius
ÉLÈVES
Rossignol
Syllah
Albin
Milan
Sagel
Ortolan

GRAND CONCILE
Dionàch
Selise
Lunette
Vulnémar
OISEAUX

Prologue

Dessil ne le vit pas arriver.

L'aigle s'engouffra par une fenêtre. Son envergure plongea, un instant, la pièce dans l'ombre. En se trouvant brusquement piégé dans la chambre exiguë, l'oiseau ralentit et décrivit un demi-tour abrupt. Il se percha sur le rebord de la fenêtre en ogive, les ailes à moitié ouvertes, les épaules en avant. Dans le contre-jour, son plumage paraissait entièrement noir, et le crépuscule traçait autour de sa silhouette un halo d'or. Ses yeux jetaient de temps à autre un éclat fauve dans la chambre illuminée.

Il s'appelait Vulnémar.

Dessil ravala un cri. Il avait des cheveux noirs coupés ras, un visage rond et pâle comme la lune, percé par des yeux gris écarquillés de surprise. Sa veste en tissu épais était ornée d'un motif d'ailes qui se déployaient sur le torse et dotée d'épaulettes renforcées de métal.

Trois coups résonnèrent sur le bois de la porte.

— Oui ? dit Dessil sans lâcher l'aigle du regard.

Le battant s'ouvrit sur un homme au front haut barré d'un pli sévère, et vêtu d'une longue cape de plumes chatoyantes. Cyrus Delphe, Grand Oiseleur d'Avem Dis, souverain du Troisième Collège des oiseleurs. Le père de Dessil. Son regard se leva vers le rapace pelotonné dans l'encadrement de la fenêtre, avant de retomber, comme une pierre, sur Dessil :

— Tu as eu peur de lui, n'est-ce pas ?

— Je n'ai pas eu peur, se défendit Dessil. J'ai seulement été surpris.

Cyrus scruta le visage de son fils comme s'il espérait y trouver enfin quelque chose qu'il cherchait depuis des années. Dessil se redressa avec dignité, comptant sur la pénombre pour dissimuler son expression. Enfin, Cyrus hocha la tête.

— Je dois te parler.

— Maintenant ?

Cyrus haussa un sourcil.

— Tu as mieux à faire ?

Dessil pinça les lèvres. Il voulait retirer sa veste d'uniforme, qui le serrait trop. Et dormir. Profiter de la dernière nuit qu'il passerait dans cette chambre. Le lendemain, il entrerait dans la confrérie et dormirait au dortoir, avec des garçons inconnus venus de tout le continent.

— De quoi veux-tu me parler ?

Cyrus tira un siège du coin de la pièce et s'assit.

— De ton avenir.

Dans l'encadrement de la fenêtre, l'aigle défroissa ses plumes. Le soleil se couchait, allongeant son ombre sur le sol et les murs de la pièce.

— On en a déjà discuté, père. Je serai un élève ordinaire. Je dormirai avec les autres dans le dortoir. Je n'ai pas peur.

Bien sûr, il ne serait jamais vraiment un élève ordinaire. Il le savait depuis toujours. Et il aurait mille fois préféré garder sa chambre, mais c'était impossible.

— Tant mieux. Cependant, ce n'est pas de ce futur-là que je parle.

Les épaules de Dessil se relâchèrent un peu. Pour l'heure, seul le futur imminent l'inquiétait. Le reste était trop lointain, trop irréel pour le menacer.

— De quel futur, alors ?

— Veux-tu que je te dise ce que j'ai vu dans ton destin à ta naissance ?

— Que je serai le prochain Grand Oiseleur après toi, répondit Dessil.

Il l'avait appris bien avant de comprendre en quoi c'était une hérésie.

— Non.

Dessil se crispa – il s'était trompé, il avait été arrogant – mais son père reprit tout de suite :

— J'ai su que tu serais mon successeur bien avant de savoir que tu serais mon fils. Au moment où j'ai escaladé la montagne invisible pour être intronisé Grand Oiseleur. C'est là que nous nous sommes rencontrés. Et c'est là que nous nous rencontrerons, quand tu deviendras toi-même Grand Oiseleur.

Dessil se demanda comment cette rencontre pouvait avoir lieu à la fois dans le passé et dans l'avenir, mais cette question portait la promesse d'un deuil inimaginable. Il ne la posa pas. Son père poursuivit :

— C'est seulement durant la grossesse de ta mère que j'ai compris qui tu étais. Quand j'ai pris les auspices pour savoir comment se passerait l'accouchement, j'ai vu ton destin. Veux-tu que je te dise ce que j'ai vu ?

Répondre « non » ne semblait pas une option. Et évidemment, Dessil voulait savoir.

— Oui.

— Le premier présage était complexe, intriqué dans une multitude d'évènements non encore advenus. Il disait plus ou moins ceci : tu seras l'artisan de la paix au cœur de la guerre.

— La guerre ? Mais entre qui ? Sechyros et Achyros sont alliés depuis cinquante ans !

Cyrus soupira.

— Je savais que tu n'étais pas encore prêt à entendre cette prophétie. C'est trop tôt. Mais je n'ai pas le choix, je dois t'en parler, car il est temps pour toi de prendre une décision capitale. Tu dois avoir conscience de toutes les implications. Je ne te cacherai donc plus rien.

— Pourquoi maintenant ? demanda Dessil, les sourcils froncés.

Il aurait aimé que Cyrus ne soit pas venu, ou qu'il ait déjà parlé. Était-ce un test ? La pensée que son père avait pu lui cacher quelque chose – quelque chose qui le concernait, quelque chose dont dépendait l'avenir de deux condoriaumes – seulement pour le mettre à l'épreuve la veille de son entrée dans la confrérie le révoltait.

— Parce qu'à partir de demain ton destin sera scellé. Tu entameras la formation des oiseliers. Tu quitteras cette tour, tu dormiras dans un dortoir, avec des jeunes hommes de ton âge venus des quatre coins du continent. Puis tu deviendras un augure. Tu siégeras à mon conseil. Et un jour, tu siégeras à ma place. Avant que tu ne poses le pied sur ce chemin, tu dois savoir où il mène.

— Et où est-ce qu'il mène ? interrogea Dessil.

Cyrus avait de nouveau détourné la tête et suivait des yeux le tracé invisible de la magie qui flottait dans la pièce. Grâce à la Vue, Dessil vit comme lui la ligne courbe, rougeoyante, que l'aigle avait dessinée plus tôt en entrant dans la chambre. C'était une ligne puissante, une ligne de création, dont un oiseleur expérimenté pourrait sans doute faire jaillir le feu. Elle resterait dans l'air pour l'éternité, même quand le palais tomberait en ruine, même si la terre elle-même devait s'effondrer.

— J'ai vu que tu seras le fondateur du Quatrième Collège des oiseleurs.

— Le Quatrième… ?

Cela n'avait aucun sens. Le Troisième Collège dominait l'Ordre des oiseleurs depuis plus de trois cents ans. Il était aussi solide, aussi immuable que les montagnes qui abritaient son siège.

— Mais ça signifierait que le Troisième Collège va tomber, protesta Dessil.

Comme s'il était possible de nier une prédiction du Grand Oiseleur.

Cyrus ne dit rien, laissant à son fils le temps d'assimiler cette révélation et ses conséquences.

— C'est ça, la décision que tu veux que je prenne maintenant ?

— Non. Le choix que je vais te demander de faire est beaucoup plus personnel. Peut-être plus difficile.

Pour la première fois, il parut chercher ses mots.

— Tu sais, lorsque tu es né, j'ai dû prendre des mesures exceptionnelles.

— Je sais, dit Dessil.

— J'ai longtemps craint d'avoir commis une erreur.

Dessil fit un effort conscient pour ne pas se recroqueviller sous son regard.

Le silence s'étira entre eux, en même temps que les ombres agrandies par le crépuscule.

— Mais c'est terminé, reprit Cyrus.

— Comment ça ?

— Tu es libre, Dessil. Regarde-moi. Ton corps va changer, inéluctablement. Moi, je ne te raserai plus la tête. Je ne t'imposerai plus de vêtements ni de coiffure. Tu n'es pas obligé d'entrer dans la confrérie demain. Tu es libre.

La nuit avait envahi la pièce. Depuis l'encadrement de la fenêtre, le rapace les observait.

· I ·
AUTOMNE

Chapitre 1

Quatre ans plus tard

Il y avait un pont, mais il était brisé. Encadrée de deux statues monumentales représentant les antiques gardiens d'Avem Dis, cramponnée au rebord de la falaise qu'il surplombait, son amorce s'élançait élégamment au-dessus du vide avant de s'interrompre abruptement, comme une flèche indiquant une direction impossible à suivre. Le tronçon était assez large pour que la foule qui occupait en ce moment la plaine bordant la falaise puisse s'y réunir tout entière, mais personne ne s'en approchait à part les oiseaux, perchés le long des parapets de pierre blanche.

Le pont avait été construit mille cinq cents ans plus tôt par des hommes puissants et ambitieux, qui croyaient que leur règne serait éternel. Il était le seul moyen de franchir le gouffre insondable qui barrait l'accès à Avem Dis, le domaine des oiseleurs, dont on voyait s'élever les tours du palais et celles des colombiers. On distinguait aussi ce qui restait du dôme préservant le temple sacré, une structure métallique semblable à une cage. Une colonne d'oiseaux tournoyait en permanence au-dessus du domaine, nuée multicolore dont les cris remplissaient le ciel de présages.

Il n'y avait plus de pont. Il avait été détruit bien des siècles plus tôt. Mais Avem Dis était toujours là.

La foule rassemblée dans la plaine était encore plus dense que d'habitude. Les voyageurs qui se pressaient comme chaque année sur l'antique route impériale, laquelle ne menait nulle part ailleurs qu'à Avem Dis, étaient innombrables. C'étaient des augures et leurs disciples allant prendre les auspices ; c'étaient des seigneurs et leurs hauts maîtres en visite au siège du Troisième Collège ; c'étaient des habitants de Mestkydd ou des villages alentour, venus se recueillir en famille ; c'étaient aussi des pèlerins de toutes les origines, qui ne voulaient pas mourir sans avoir vu Avem Dis ; c'était enfin le peuple des marchands itinérants, des colporteurs, des bardes et des nomades de toutes sortes, à la recherche de profits.

Un marchand houspillait son aide, qui dépliait l'auvent de sa caravane. Des vieilles femmes étaient agenouillées en cercle autour d'un cairn fossilisé. Des chevaux racés piaffaient non loin de la route, gardés par leurs palefreniers. Des gamins dépenaillés sautaient en hurlant par-dessus les ruines polies par le temps, dont on ne pouvait même plus distinguer lesquelles dataient des Adderyns et lesquelles de l'Empire dascalien.

L'un des adolescents, qui pouvait avoir seize ou dix-sept ans mais paraissait plus jeune, se fit bousculer et se cogna soudain la cuisse contre un muret effondré. Il avait un visage long et étroit, un petit nez pointu, un menton pointu, des oreilles pointues. Son crâne était couvert d'un fin duvet couleur de poussière et il portait une chemise trois fois trop grande et des sandales raccommodées.

— Hé ! gueula-t-il à l'inconnu qui l'avait percuté.

L'autre avait des cheveux hirsutes et des yeux très bleus, qui contrastaient avec sa peau foncée. Ils se jaugèrent. L'adolescent soutint son regard, prêt à lui sauter à la gorge si cela s'avérait nécessaire.

Cela ne s'avéra pas nécessaire.

— Hé ! lui répondit-il. Je m'appelle Milan.

— Moi, Al… bin.

— Je rêve ou t'as hésité ? ricana Milan.

— J'ai pas hésité.

Milan se rapprocha, baissa la voix :

— Ta lettre de recommandation, tu l'as volée, c'est ça ?

Ils étaient tous là pour la même raison, qu'ils se l'avouent ou pas, les jeunes gens des rues, les petits paysans, les fils de nobles et les enfants de marchands. Ils venaient de tout le continent. Ils se suivaient des yeux avec intensité, avec envie ou condescendance. Ils se jaugeaient, ils se cherchaient, ils se provoquaient, ils se mesuraient les uns aux autres.

Il n'y avait plus de pont.

Pourtant, ils étaient venus le franchir.

— Je ne l'ai pas volée, rétorqua Albin. C'est une vraie lettre.

Il se garda bien de l'exhiber. Un peu plus tôt, un jeune homme s'était fait arracher la sienne, ce qui avait déclenché une bataille rangée. Il n'était pas assez stupide pour prendre un tel risque. Pas alors qu'il était si proche du but.

— Alors, tu as le Don ? demanda Milan.

— Oui. J'ai la Voix et la Vue.

La Voix était la capacité de parler avec les oiseaux. Tout le monde l'utilisait au quotidien, même les femmes, dans les prières. Mais les oiseleurs étaient capables de s'en servir pour transformer les choses, et faire apparaître ce que seule la Vue permettait normalement de voir.

— Menteur, répondit tranquillement Milan. Il n'y a que les oiseleurs qui ont la Vue.

Tous les endroits où un oiseau s'était posé étaient sacrés. Toutes les trajectoires d'oiseaux laissaient dans l'air une traînée magique, une ligne dont la couleur variait en fonction de l'espèce d'oiseaux et qui se déployait au cours des années et des siècles. Ceux qui étaient dotés de la Vue pouvaient voir cette trace, et ainsi connaître le passé et le futur d'un lieu. C'était ça, le Don.

Albin ne chercha pas à le contredire. Milan n'était pas le premier à mettre en doute ses capacités, loin de là.

— Tu viens d'où ? demanda celui-ci en enfonçant les mains dans ses poches.

— Mestkydd. T'en as une, toi, de lettre ?

— Oui.

— Alors, on sera ensemble dans la confrérie.

Milan se tourna dans la direction d'Avem Dis. Son regard suivit l'arc majestueux du pont, pointé vers sa destination inaccessible.

— Tu sais comment on y entre ? demanda-t-il à Albin.

— Oui, je suis venu l'année dernière. Un de mes amis y entrait.

Je n'aurais pas dû dire ça. Albin n'est pas censé connaître Rossignol.

Un bruissement parcourut la foule, prévenue par un instinct commun et mystérieux. Quelques éclats de voix s'élevèrent, annonçant l'arrivée des oiseleurs.

— Les voilà !

Et en effet, ils apparurent, de l'autre côté du gouffre, bien au-delà du pont fracassé, comme s'ils arrivaient de l'époque même où celui-ci était entier.

La foule s'amassa sur le bord de la falaise, formant un demi-cercle respectueux autour du pont brisé. Progressivement, le silence se fit. Alors un murmure sembla monter du fond du gouffre. Et les voix reprirent, basses et hésitantes, pour entonner le chant de l'invocation.

Les silhouettes des oiseleurs grandissaient en même temps que le chant s'élevait. On entendit un cri semblable à un souffle, un appel d'un autre monde. Soudain, un oiseau immense jaillit du gouffre. Son corps était plus grand que celui d'un cheval, l'envergure de ses ailes couvrait la largeur du pont. Sa tête énorme était squelettique, creusée de deux yeux insondables et prolongée par un bec d'os blanc hérissé de dents.

— C'est Dionàch, souffla Albin à Milan. C'est le Gardien d'Avem Dis.

C'était un pélargone, le dernier de son espèce, et peut-être aussi le premier. Il franchit la faille, se posa au sommet d'une des statues qui flanquaient le pont, et courba son immense corps au-dessus de la foule.

L'assemblée s'était tue, mais la Voix résonnait toujours, plus pure et mystérieuse que jamais. C'était la Voix des oiseleurs qui franchissait le gouffre et faisait miroiter l'air. Elle ramena du passé le pont tel qu'il avait été rêvé par ceux qui l'avait bâti : éternel. Il se déploya gracieusement, achevant son arc, élevant ses parapets sculptés, bafouant les lois de la physique et de l'architecture, et pourtant plus réel et plus solide que les ruines qui parsemaient la plaine.

Sur l'autre rive, quelqu'un s'engagea sur ce rêve devenu réalité. C'était un jeune homme à la mine sombre, dont les épais sourcils noirs offraient un contraste frappant avec l'ovale doux de son visage, encadré de cheveux ébène. Il leva les yeux, imperceptiblement : un rapace noir fondit des cieux et vint se poser sur son bras sans qu'il vacille.

— C'est le fils du Grand Oiseleur, indiqua Albin à Milan. Dessil Delphe.

Il était suivi par d'autres hommes de son âge. Seulement des hommes : les femmes ne pouvaient pas pénétrer le monde de la Vue. Aucune d'elles n'avait jamais mis les pieds à Avem Dis.

Ils portaient tous le même uniforme, la tenue de cérémonie des oiseliers, c'est-à-dire ceux qui avaient terminé les trois ans d'instruction de la confrérie et avaient été adoubés. C'était une veste rigide entièrement brodée de plumes grises, disposées verticalement. Les épaules et les avant-bras étaient renforcés de cuir et de métal. Elle était portée par-dessus une tunique blanche qui arrivait aux genoux et un pantalon en lin.

Les oiseliers se répartirent le long du demi-cercle formé par la foule des badauds. Spontanément, ces derniers reculaient pour laisser la place aux jeunes candidats munis de leur lettre. Une file se constitua, encadrée par les oiseliers. Albin bondit en avant et se ménagea une place en tête.

— Hé, protesta le jeune homme qu'il venait de doubler. Attends ton tour !

Albin lui jeta un regard moqueur, tout en notant qu'il avait de beaux cheveux, lisses et brillants, et des vêtements de qualité. Ce devait être un noble.

— Toi, attends ton tour, lui rétorqua Milan en se frayant un passage au côté d'Albin.

L'autre jeta un regard vers la foule, cherchant peut-être le soutien d'un de ses serviteurs ou de ses parents. Albin fixait l'avant de la file, où les candidats remettaient leur lettre à Dessil avant de s'engager sur le pont. Certains étaient forcés de faire demi-tour : ils n'avaient pas de lettre.

Tout le monde pouvait étudier la Voix et, dans une certaine mesure, la Vue dans les confréries des oiseleurs. Mais pour entrer à Avem Dis, la plus prestigieuse des confréries, il fallait être recommandé par un maître ayant lui-même étudié à Avem Dis. Il fallait donc vous trouver un tel maître, puis le convaincre de votre potentiel.

Chaque année, les plus débrouillards tentaient de contourner la règle. Les rues de Mestkydd, où Albin avait vécu ces dernières années, résonnaient d'une multitude de récits de lettres volées, perdues, échangées, falsifiées, rendues, trouvées et retrouvées par miracle.

Albin arriva à son tour devant Dessil. De près, l'aigle perché sur son épaule paraissait encore plus impressionnant. Albin tendit sa lettre à l'oiselier.

Il la prit mais n'y jeta qu'un bref coup d'œil.

— C'est une fausse.

— C'est une vraie, protesta-t-il. Regardez le sceau...

— Oh, je suis sûr que tu t'es donné beaucoup de mal sur ce sceau, se moqua le jeune homme.

Dessil était d'humeur maussade ; la vue des futurs élèves, de leurs visages enflammés d'enthousiasme et d'espoir, le démoralisait sans qu'il sache pourquoi.

— Mais avoir des talents de faussaire ne suffit pas.

— J'ai le Don.

Dessil leva les yeux au ciel, puis les baissa vers le jeune aspirant, remplis d'une insupportable condescendance :

— Eh bien, prouve-le.

Le regard d'Albin se tourna vers l'aigle. Soudain, celui-ci s'arracha de l'épaule de Dessil pour fuser vers sa main qui tenait la lettre. Le sang jaillit. Écartant la magie environnante comme on se défait d'une cape, Albin se jeta sur le rouleau tombé à terre et le serra dans ses deux mains. Il leva vers Dessil un regard farouche. L'aigle décolla en criant.

Un silence de mort s'abattit sur la file d'attente. Dessil avait reculé de deux pas et tenait sa main droite ensanglantée, les yeux écarquillés. La colère retombant, Albin réalisa son erreur : il venait d'humilier le fils du

Grand Oiseleur de la pire façon possible, en retournant son propre oiseau contre lui. Deux taches rouges s'épanouirent sur les joues de Dessil. D'un geste brusque, il tendit à Albin sa main pleine de sang. Ce dernier la saisit par réflexe, épouvanté à l'idée d'aggraver la colère de l'oiselier.

— Tu peux entrer, déclara-t-il d'une voix rauque, venimeuse. Bienvenue à Avem Dis, *Albin.*

En attendant son nom d'emprunt prononcé de cette façon, une terreur irrationnelle succéda à la colère d'Albin. *Il sait.* Il ne restait qu'à se jeter à ses pieds, à le supplier de lui pardonner, à jurer que le comportement de l'aigle n'était qu'un extraordinaire hasard, et à s'en aller, vite, loin. Mais Dessil s'était déjà détourné. C'était bel et bien à Albin qu'il avait parlé, même si Albin n'existait pas. Milan, juste derrière, posa la main sur son bras et l'entraîna sur le pont.

C'était trop tard pour s'enfuir.

Albin, Albin, Albin, je m'appelle Albin.

C'était faux, il n'y avait pas d'Albin. Seulement Alouette.

Franchissant en silence le gouffre sans fond vers Avem Dis, ce monde où aucune femme n'était admise.

Chapitre 2

— Comment tu as fait ça ? demanda Milan une fois de l'autre côté de la faille. La possession est l'art le plus difficile à maîtriser. Surtout sur un oiseau qui a déjà un maître !

Communiquer avec certains oiseaux, la plupart des aspirants élèves en étaient capables. Mais ce qu'Alouette avait fait dénotait un niveau bien supérieur. Elle avait avalé la magie, avait fusionné avec, et s'était ainsi introduite, un bref instant, dans le monde des Ysbrids comme si elle en faisait partie intégrante. Elle avait pris possession d'un oiseau, un fils d'Ysbrid.

— Je ne sais pas, bredouilla Alouette.

— Tu as bien fait ! Même si ta lettre est fausse, tu méritais de passer.

Elle ne répliqua rien, même si sa lettre était bel et bien authentique. « Je n'ai pas de bon papier, l'avait prévenue maître Corneille en la rédigeant, alors, à première vue, ils croiront que tu t'es fait une fausse lettre.

Tu devras les convaincre de regarder le sceau. » Sa gorge se serra à la pensée de son maître. C'était lui qui l'avait incitée à enfreindre toutes les règles et à venir à Avem Dis. C'était lui qui lui avait appris à employer la Voix pour rendre la sienne plus profonde et plus masculine. Cela suffirait-il ?

Milan avait accéléré le pas. Devant eux s'élevait une imposante muraille, dans laquelle s'ouvrait une porte gigantesque, taillée dans un seul bloc de bois. Un oiselier les accueillit.

— Suivez-moi.

Ils débouchèrent dans une grande cour pavée cernée d'une vaste bande de pelouse. Une foule de jeunes gens, de douze à dix-huit ans, discutaient avec animation en désignant les bâtiments. C'étaient tous les élèves, ceux de deuxième et de troisième année, et les oiseliers qui avaient déjà été adoubés. Une table était dressée au centre de la grande cour, sur une estrade. Y présidait le Grand Oiseleur en personne, reconnaissable à sa cape de plumes. Quatre autres tables, chacune taillée dans un seul bloc de pierre, étaient disposées aux quatre coins de la cour, couvertes de victuailles. Alouette scruta l'assemblée. Dessil n'était nulle part.

— Il est probablement parti digérer son humiliation dans un coin tranquille, lui souffla Milan, qui avait suivi son regard.

L'oiselier qui les avait guidés jusqu'ici s'était écarté de quelques pas et contemplait la liesse des nouveaux, les bras croisés, avec un sourire légèrement ironique.

Comme Dessil, il avait terminé son instruction l'année précédente.

— Je m'appelle Tarier, déclara-t-il d'un ton péremptoire. C'est à moi que vous devrez rendre des comptes cette année.

Les questions fusèrent, les conversations s'élevaient vers le ciel. Alouette cherchait toujours Dessil. *Je ne peux pas me permettre de l'avoir pour ennemi.* Le danger était trop grand.

Elle le vit enfin, un peu à l'écart de la foule, le visage fermé, l'épaule appuyée contre le tronc d'un arbre à l'écorce violacée. Souvent, son regard se dirigeait vers la table centrale, où le Grand Oiseleur discutait avec un des maîtres.

— Je dois…

— Laisse tomber ce type, s'agaça Milan. Mange plutôt quelque chose !

Elle hésita. Elle mourait de faim. Plusieurs jours avaient passé depuis son dernier vrai repas. La table regorgeait de beignets de légumes frits, de soupe froide au lait de noisette, de gras raviolis vapeur, de petits pains aux herbes, de confitures de fruits… Elle s'empara d'un beignet rempli de quelque chose de vert, le trempa dans une sauce ocre et l'avala d'un coup. Le goût était relevé, la croûte sucrée. Elle but aussi, un liquide ambré et pétillant. Ses nouveaux camarades continuaient de hausser la voix, échangeant leurs impressions sur le voyage jusqu'ici, questionnant les novices de deuxième et de troisième année au sujet des légendes qu'ils avaient entendues toute leur vie.

Une fois rassasiée, Alouette se tourna de nouveau vers l'arbre, mais Dessil avait disparu. Où était-il passé ? Ses yeux s'arrêtèrent sur un jeune homme aux cheveux paille, assis à l'autre extrémité de la cour, qui la fixait en fronçant les sourcils. Elle retint son souffle, paniquée. *Rossignol.* Un an plus tôt, elle avait gravi avec lui les tours de Mestkydd. Elle l'avait même accompagné jusqu'au pont lorsqu'il avait obtenu sa lettre de recommandation. L'avait-il reconnue, à cette distance ?

— Sais-tu qui c'est ?

— Hein ?

Sagel Sy, le jeune homme qu'elle avait doublé dans la file d'attente, désignait un élève assis à la même table que Rossignol. Un peu plus grand que les autres, il avait de longs cheveux blonds, un sourire enthousiaste, et se dégageait de lui une aura d'autorité et de grâce.

— Qui est-ce ? demanda Alouette pour être polie.

— C'est Son Altesse condoriale Syllah Achyros Dustyan. Le fils du condor Altan d'Achyros. Descendant des grands empereurs… et tout.

Il se tut abruptement, les sourcils froncés, essayant de se rappeler les autres titres du prince. Alouette écarquilla les yeux. Elle avait entendu ce nom sophistiqué plusieurs fois au cours de sa vie, mais elle n'avait jamais réalisé que le prince était si proche d'elle en âge, encore moins imaginé qu'elle le verrait un jour de ses propres yeux. Et Rossignol était en train de parler avec lui !

Avem Dis n'était pas seulement un rêve pour les enfants des rues. C'était aussi l'endroit où les futurs dirigeants de haute noblesse apprenaient à utiliser un pouvoir mystique qui viendrait renforcer leur règne. Le prince héritier d'Achyros ne faisait pas exception.

— Nous l'appelons Syllah, les informa Tarier. Tout le monde est à égalité, ici.

L'objet de leur conversation tourna soudain la tête et posa les yeux sur Alouette, qui avala de travers et se mit à tousser furieusement, pliée en deux. Rossignol se dirigeait vers eux. Il s'arrêta près de la table, les sourcils froncés. Son attitude guindée fit ralentir les conversations alentour.

— Albin, déclara-t-il d'un ton plat. Syllah aimerait que tu manges à sa table.

Son expression était parfaitement neutre. *Il ne m'a pas reconnue.* Maître Corneille avait eu raison : Rossignol ne pouvait pas concevoir qu'elle soit ici. Il était incapable d'établir le moindre lien entre Albin et la gamine au Don puissant avec qui il avait couru les rues de Mestkydd un an auparavant. Ces deux personnes n'appartenaient tout simplement pas au même monde.

Elle lui emboîta le pas. Syllah Achyros l'accueillit d'un sourire et d'une poignée de main. Les jeunes gens de bonne famille s'étaient spontanément rassemblés autour de lui, comme les tournesols se tournent vers le soleil. Lorsqu'il fit installer Alouette à sa droite, leurs visages s'assombrirent.

— On m'a raconté ton exploit, dit le prince avec chaleur. Tu n'es là que depuis quelques heures et tu es déjà entré dans la légende ! Nous ne sommes pas nombreux à pouvoir en dire autant.

Il se pencha avec un sourire de connivence :

— Dessil n'est pas à moitié aussi doué qu'il le voudrait… au grand désespoir de son père.

— Je n'avais pas l'intention de l'offenser, bredouilla Alouette.

— Ne t'inquiète pas. Il ne peut rien contre toi. Pas après la démonstration que tu nous as offerte. D'où viens-tu ?

— Mestkydd, murmura-t-elle.

— Une belle ville. Surtout l'été.

Il réfléchit un instant avant d'ajouter :

— Ross vient également de Mestkydd. C'est bien ça, Ross ?

Rossignol tourna la tête dans leur direction, le front plissé.

— Vous avez dû vous croiser, ajouta Syllah.

— Peut-être, dit Ross d'un air de doute.

— Non, je crois pas, répondit précipitamment Alouette.

L'espace d'un instant, Ross parut sur le point de dire quelque chose. Mais non, c'était absurde. Une fille n'aurait pas pu pénétrer dans la confrérie. Une fille ne pourrait pas se tenir là, au côté du prince d'Achyros…

Syllah changea de sujet.

— Je me disais… tu devrais rejoindre mon dortoir.

— Comment ça ?

— Les élèves sont répartis dans des dortoirs en fonction de leur âge. Mais je peux demander une permission spéciale au Grand Oiseleur pour que tu sois avec les deuxièmes années. Ça ne changera rien à ton apprentissage, mais ainsi, on pourra mieux se connaître.

Il ne semblait pas douter de la réponse. Quel gamin de Mestkydd ne voudrait pas partager une chambre avec le prince du condoriaume ?

— Je… Est-ce que je peux y réfléchir ?

Syllah resta interloqué une fraction de seconde.

— Réfléchir ? Mais à quoi ?

— Eh bien, improvisa Alouette, ça ne me semble pas correct par rapport aux autres. Et je… je crois aux coutumes. Si c'est la coutume que les premières années dorment ensemble, cela a sans doute une signification. Je suis pas à l'aise à l'idée de… d'aller contre les signes.

— Je comprends ton point de vue, dit Syllah d'un ton plus froid. Tu es donc ce genre de…

La fin de sa phrase mourut dans un silence songeur. Il prit un fruit sur la table, en encocha la coque souple et soyeuse avec ses ongles, le glissa entre ses lèvres.

— C'est la première fois que je fais une telle proposition à quelqu'un, tu sais, reprit-il.

— Et je vous remercie.

— Cependant, tu n'as pas trop le temps de réfléchir. Ce soir, c'est le moment idéal pour demander une permission exceptionnelle au Grand Oiseleur. Une fois que tu seras installé dans ton dortoir, ce sera beaucoup plus compliqué.

— Qu'est-ce qui sera compliqué ? jeta une voix de l'autre côté de la table.

C'était Dessil. Les coudes appuyés au dossier de la chaise de Rossignol, il les observait avec attention. Syllah, d'abord surpris, se rejeta en arrière dans son siège :

— C'est d'entendre parler de ton père qui t'a fait accourir ? ironisa-t-il.

— Il est impossible de changer de dortoir sur un simple caprice, répliqua Dessil. Le Grand Oiseleur ne le permettra pas, Syllah. Tes privilèges condoriaux ne s'étendent pas au premier pouilleux venu ; il va te falloir trouver d'autres méthodes pour augmenter le niveau de ta petite cour… Dommage que le Don ne se mesure pas à l'arbre généalogique de son porteur.

— Dommage pour *toi*, surtout, riposta le prince avec un sourire venimeux. Comment va ta main ?

Le milieu du visage de Dessil se fronça imperceptiblement. Le sang d'Alouette battait si fort entre ses tempes qu'elle avait à peine entendu la conversation. N'y tenant plus, elle sauta sur ses pieds :

— Dessil, je vous demande pardon ! Je ne voulais pas vous manquer de respect, à l'entrée, je ne savais absolument pas ce que je faisais, je regrette d'avoir été insolente… insolent !

Un cercle de silence stupéfait se forma autour d'eux. Le sourire de Syllah s'évanouit, remplacé par une expression désemparée. Dessil se redressa, les yeux fixés sur Alouette, cherchant et ne trouvant pas la provocation ou l'ironie dans son attitude. Il se détendit peu à peu, jeta un regard narquois à Syllah, et revint à Alouette avec un sourire satisfait :

— J’accepte tes excuses, Albin.

Il lui tendit la main, sa main valide cette fois. Alouette la serra, de nouveau convaincue qu’elle était démasquée. Elle se prépara à l’humiliation, à la violence qui allait s’abattre sur elle dans une seconde.

Mais rien ne se passa. Dessil lui souriait avec indulgence, une lueur amusée dans le regard.

Chapitre 3

Alouette fut réveillée par les voix indistinctes qui s'élevaient de l'autre côté des rideaux de son baldaquin, et par la lumière rouge qui les traversait. Ses jambes, comprimées dans son pantalon, lui semblaient lourdes et raides. La veille au soir, elle n'avait pas osé ôter ses vêtements, et s'était couchée tout habillée. Elle se mit en position assise, voulut se passer la main dans les cheveux, se souvint qu'ils avaient été rasés. Une tête surgit entre ses rideaux, faisant onduler l'étoffe :

— Dépêche-toi ! brailla Milan. Le deuxième gong a déjà sonné !

— Non, c'était seulement le premier ! cria une autre voix en provenance du lit voisin. Quelqu'un en a entendu un avant ?

— Moi, j'ai l'impression que c'est le quatrième !

— Dans tes rêves !

— Apprends à compter !

Les cris fusaient d'un bout à l'autre de la pièce, émaillés par les crissements des tissus et les pas claquant sur le parquet.

— Tu as dormi tout habillé ? demanda Milan à Alouette.

Il souriait, suspendu au baldaquin. Alouette passa une main sur sa chemise chiffonnée. Elle n'avait même pas enlevé ses sandales.

— Mêle-toi de tes affaires, répliqua-t-elle d'un ton rogue.

Elle le repoussa avec rudesse, le rideau retomba. Elle serra les bras autour de son corps, les yeux fixés sur la fragile paroi de tissu qui ne la protégeait de rien. Qu'avait-elle espéré ? Les novices vivaient en communauté. Ils allaient manger ensemble, dormir ensemble, prendre leur bain ensemble. Chacun apprendrait à reconnaître la voix des autres, leurs tics de langage, leurs manières de bouger. Elle ne pourrait pas se cacher d'eux éternellement. Elle en avait la nausée. Le flux familier de la culpabilité et de la honte remonta dans sa gorge. Elle ferma les yeux, s'efforça de se calmer.

Derrière le rideau, les rires, les cris et les insultes s'étaient fondus en un brouhaha frénétique et anxieux. Prenant une profonde inspiration, elle plongea hors de son lit. Elle ouvrit le coffre qui lui était réservé et en tira l'uniforme des élèves. Il était semblable à celui des oiseliers, mais plus simple. Les plumes cousues sur le torse dessinaient le motif d'une paire d'ailes, et la tunique était légèrement plus longue. Il était hors de question qu'elle ôte la plus petite couche de vêtement – pas quand n'importe quel crétin pouvait ouvrir ses rideaux à l'improviste ; elle décida de ne mettre que la veste. Celle-ci était munie d'épaulettes, et des bracelets en cuir, renforcé de métal, s'attachaient par des boucles sur les poignets. Une fois prête, elle se tourna vers Milan.

— On y va ?

Quelques coups d'œil furtifs se posèrent sur elle comme elle traversait la pièce. Elle fut la première à sortir – à croire que les autres l'avaient attendue. Après tout, elle avait battu Dessil et refusé les avances de Syllah : elle avait déjà marqué l'histoire de leur promotion. Seul Milan se permit une remarque :

— Je pense pas que tu aies le droit d'être habillé comme ça.

— On verra bien, répliqua-t-elle d'un ton brusque.

Le groupe débarqua dans la cour octogonale. Les autres novices, des deuxièmes et troisièmes années, s'y trouvaient déjà. Tarier, qui l'avait accueillie au banquet, et un autre oiselier se dirigèrent à grands pas vers eux pour les aligner convenablement. Comme elle faisait partie des plus petits, Alouette se retrouva au premier rang. Tarier se planta devant elle, visiblement furieux :

— Qu'est-ce que c'est que cette tenue, Albin ?

Alouette croisa les bras sur sa poitrine et lui rendit son regard noir. Elle sentait derrière elle la pression invisible et muette de ses camarades, suspendus à sa réponse. Ils n'avaient pas encore entièrement décidé si elle était un héros ou un paria. Elle répondit d'un haussement d'épaules, plus insolent que n'importe quelle parole.

— Va te changer, la somma Tarier.

— Tu peux pas m'y forcer, riposta-t-elle.

Les rangs étaient formés. Un silence soudain s'abattit sur la place, remplissant les interstices entre les corps, s'imposant à eux. Le Grand Oiseleur venait de surgir dans la cour et s'avançait vers l'estrade. Tarier prit Alouette par les épaules et la força à reculer.

— Mets-toi derrière, au moins, siffla-t-il entre ses dents.

Elle disparut derrière Sagel et Milan. Les dos élargis par les épaulettes lui barraient la vue. L'attention n'était plus concentrée sur elle, et son énergie retomba d'un coup. Elle se demanda ce qui lui avait pris, ce qu'elle avait espéré accomplir, ce qu'elle faisait là, tout simplement. Le Grand Oiseleur prit la parole. Sa voix résonnait puissamment, étrangement. Elle avait une puissance physique, qui faisait dévier les oiseaux de leurs trajectoires. Le Grand Oiseleur ne possédait pas seulement le Don, il était l'interprète entre le ciel et les hommes, élu par les esprits eux-mêmes.

— Bienvenue.

Il pivota lentement sur lui-même, balayant tous les novices du regard, et s'arrêta en face des premières années.

— Ici, l'endroit d'où vous venez, la fortune de vos familles, la profession de vos parents n'ont pas d'importance. Vous êtes des frères, car vous partagez quelque chose d'infiniment plus précieux et plus durable que le sang : le Don, c'est-à-dire la Vue et la Voix.

» Vous croyez connaître ces deux pouvoirs. Ils ont toujours fait partie de vos vies, comme de celles de vos familles. Vous les associez à des rituels, à des prières, à des légendes, à votre quotidien, peut-être. Mais ce n'est rien de tout cela. C'est un travail. Une pratique. Un sacrifice. Vous faites désormais partie des oiseleurs, une nation dont l'unité repose sur ce sacrifice. Au fil de ces trois ans, vous apprendrez la nature de ce sacrifice. Vous apprendrez aussi ce qu'est véritablement le monde où vous vivez.

» Comme vous, des milliers de jeunes gens sont rassemblés aujourd'hui aux quatre coins du continent, à écouter un discours semblable au mien, à respirer à l'unisson. Ce sont aussi vos frères. Ne l'oubliez pas. Mais n'oubliez jamais non plus que vous êtes à Avem Dis. Vous avez été reconnus, choisis par vos maîtres pour la puissance de votre Don. Ils vous ont considérés comme dignes de cet endroit et vous ont recommandés. Ne les décevez pas. Avem Dis est un site unique au monde, vous avez déjà pu le constater, peut-être l'avez-vous même senti dans vos os. Avem Dis est le siège du Troisième Collège des oiseleurs, fondé il y a trois siècles. Mais c'est surtout un lieu de pouvoir – je veux parler du pouvoir véritable, pas celui des dynasties et des seigneurs de guerre. Nous avons hérité ces lieux des Adderyns en personne, les pères de notre civilisation. Chacun de vos pas entre ces murs résonne avec ceux de ce peuple disparu. Ici vous n'apprendrez pas seulement à cultiver votre Don. Vous serez en contact permanent avec ce passé antique, source de notre magie. Des générations illustres naissent et s'éteignent sans jamais connaître les secrets que vous allez découvrir : la trame de vérité qui sous-tend le monde où vous vivez. Et dans ce savoir occulte, vous puiserez de quoi régner sur le futur, le lire, le manipuler. Pas seulement votre propre futur, ni même celui de votre condoriaume, mais celui de la terre tout entière.

» Pour l'instant, vous ne mesurez sans doute pas les enjeux d'un tel pouvoir. Vous avez une vision partielle, déformée, des oiseleurs et de leurs attributions. Je n'ai qu'un seul conseil à vous donner : fiez-vous toujours à votre propre Voix et à votre propre Vue. Elles sont le lien essentiel entre vous et le monde des Ysbrids, nos maîtres.

Le silence s'abattit, empreint d'une charge solennelle. Lentement, le Grand Oiseleur se mit en position de méditation. Les apprentis s'assirent à leur tour, et bientôt les nouveaux les imitèrent dans un frémissement anxieux, échangeant des regards excités. Ensuite, les yeux se fermèrent.

Les journées commençaient toutes par trois heures de méditation. C'était le cas dans toutes les confréries : dans tout le continent, et peut-être aussi ailleurs, des milliers de novices étaient en train de faire les mêmes gestes en même temps.

Tous des hommes.

Alouette n'avait jamais trouvé difficile de méditer. Quand elle n'y arrivait vraiment pas, elle pensait à sa mère. Elle ne l'avait presque pas connue, mais en conservait un souvenir d'extrême douceur : une voix qui lui parlait des oiseaux et du ciel, une présence englobante, apaisante. Cela marchait à tous les coups.

Mais pas cette fois. Elle n'arrivait pas à se concentrer. Son pantalon rigide était inconfortable. Elle percevait, comme à travers une toile infranchissable, les énergies de ses camarades, positives, enthousiastes – et elle sentait qu'elle n'était pas comme eux. Elle était une intruse. Le silence prolongé l'enfonçait dans les profondeurs de son imposture. Elle ne parvenait pas à s'en extraire, à accéder à la Vue. Elle n'entendait aucune des voix familières et aériennes qui l'accompagnaient d'habitude.

Elle ouvrit un œil. Les oiseaux étaient descendus du ciel par centaines, formant un tourbillon qui l'effraya au lieu de l'émerveiller. Presque tous les apprentis avaient les yeux fermés. Elle ne croisa que quelques regards, aussi perdus que le sien, et elle eut honte.

Le gong retentit, marquant la fin de la méditation. Alouette tressaillit. Trois heures s'étaient-elles vraiment écoulées ? Avant qu'elle ait le temps de se relever, Tarier la saisit par le bras.

— Va te changer. Vite !

Cette fois, elle ne protesta pas. Elle quitta la cour sans dire un mot, soulagée de se retrouver seule. Elle arpenta le couloir silencieux de la maison des premières années, et entra à pas lents dans le dortoir désert. Vide, il était lugubre. Les draps et les couvertures froissés, apparaissant dans la pénombre des baldaquins, avaient l’air de sculptures pétrifiées, froides. Les rideaux à demi tirés laissaient passer une lumière pâle et immobile. Elle fit le tour de la pièce et jeta un œil dans chaque lit avant de se déshabiller, dos à la porte pour ne pas être surprise.

Ensuite, elle rejoignit la cour, où il ne restait que les premières années ; les autres élèves étaient partis vaquer à leurs occupations quotidiennes. Tarier était en train de parler avec Dessil, et il se tourna vers elle à son approche :

— Tu as fini de nous faire perdre du temps ? l’apostropha-t-il.

Elle baissa la tête, jugeant qu’elle s’était suffisamment fait remarquer pour la journée.

— Bon, soupira Tarier. Albin, Milan, Ortolan et Sagel, vous êtes de corvée. Vous venez avec moi. Les autres, suivez Dessil.

— De corvée ? s’exclama Sagel.

— Oui, de corvée. Personne ne vous a prévenus ? Il n’y a pas de femmes ici, donc à ton avis qui s’occupe de cultiver les champs, de préparer les repas, d’entretenir les jardins, de nettoyer les colombiers ?

— Les premières années ? proposa Alouette avec une certaine insolence.

— Mais pourquoi moi ? protesta encore Sagel. Albin, je comprends, mais moi, qu’est-ce que j’ai fait de mal ?

— Je me suis dit que tu aurais envie de te montrer solidaire de tes amis, rétorqua Tarier.

— Ce ne sont pas mes amis, murmura Sagel, trop bas pour que Tarier l'entende.

— Dépêchez-vous, on y va.

Alouette lui emboîta le pas, non sans jeter de fréquents coups d'œil en arrière pour voir Dessil emmener le reste des premières années dans la direction opposée. Elle était à la fois déçue et soulagée de ne pas se retrouver en sa présence.

Ils descendirent une pente et Alouette en profita pour admirer le paysage. Avem Dis se trouvait au cœur des Monts Étoilés, dont les pics effilés se dressaient au nord et au sud comme des silhouettes encapuchonnées. Hormis le gouffre qu'ils avaient dû franchir, les montagnes étaient les seules frontières d'Avem Dis. Le site englobait sept tertres, Doethineb, Myrdodd, Trosddiad, Caisteal, Ùr, Biadh et Ghaoil, séparés par un entrelacs de vallées verdoyantes et de falaises abruptes. Des ponts de facture impériale et des passerelles plus anciennes encore les surplombaient, jetant leurs arcs vers le ciel. Ils passèrent près du palais du Grand Oiseleur, qui se dressait au sommet de la plus haute colline, Caisteal, et dominait Avem Dis. Alouette ralentit le pas, les yeux écarquillés.

— Le château a été construit par l'empereur Dascal, il y a mille cinq cents ans, expliqua Tarier. Il avait fait d'Avem Dis sa capitale, après l'avoir prise aux Adderyns. Il voulait détruire le culte, mais il voulait aussi asseoir son pouvoir sur les terres qu'il venait de conquérir. Ça ne lui a pas porté bonheur.

— On peut entrer ?

— Bien sûr que non. Les élèves ne mettent pas les pieds dans le palais, à moins d'avoir de très sérieux problèmes. Le Grand Oiseleur y a ses appartements, et aussi certains des hauts maîtres. Les salles de bal et de congrès sont utilisées lors d'évènements spéciaux. Le dernier rassemblement de ce genre a eu lieu pour l'élection du Grand Oiseleur, il y a vingt ans.

— Et Dessil ? demanda Alouette. Il habite là ?

Tarier lui jeta un regard suspicieux.

— Qu'est-ce que ça peut te faire, où habite Dessil ?

— Oh… rien.

Tarier décida qu'il n'y avait pas de provocation dans la question d'Albin, seulement une curiosité mal placée de première année.

— Oui, répondit-il. Depuis qu'il a fini son instruction, Dessil habite de nouveau le palais.

Un étrange silence suivit cette déclaration. Les trois autres nouveaux échangèrent des regards entendus. Ortolan ouvrit la bouche comme pour poser une question, puis la referma. Alouette ne comprit pas.

Ils gravirent une pente, puis une autre, pour regagner le centre du domaine. Des habitations étaient réparties sur les flancs des collines, au milieu desquelles s'élevaient parfois quelques vestiges adderyns ou impériaux. Certains bâtiments avaient l'air provisoires, d'autres semblaient avoir été bâtis cent ans auparavant. Ils passèrent aussi près de la ferme, située sur la colline la plus vaste, Biadh, qui nourrissait tout le domaine et où ils auraient à travailler.

Les routes étaient loin d'être désertes. Ils croisèrent nombre d'oiseleurs, certains les saluaient, d'autres les ignoraient. La plupart étaient des oiseliers, non encore initiés. D'autres étaient des augures, des maîtres en résidence ou en visite, qui étudiaient les auspices au quotidien. Les plus rares étaient les hauts maîtres, les haruspices, capables d'effectuer des sacrifices pour augmenter la précision de leurs présages. Il était fréquent qu'ils dorment à la belle étoile sur l'une des collines, propices aux présages, voire encore plus loin, dans les montagnes, là où on racontait que la magie adderyne existait encore. Résidents et visiteurs formaient une société harmonieuse, reposant sur la science augurale, une économie secrète et une foi commune.

Une société sans femmes. Alouette pinça les lèvres. La douceur diffuse et anonyme de sa mère, la voix rude et cassante de la vieille Mésange, les piaillements des filles de marchands sur la grande place de Mestkydd, toutes les manies et les rêves des gamines qu'elle avait connues, rien de tout ça n'était réel aux yeux de ces hommes. Rien de tout ça n'avait de place dans leur monde.

Tarier quitta la route principale. Le chemin devint plus sauvage. Ils s'enfoncèrent dans une forêt clairsemée agrippée à flanc de montagne. Ils franchirent une élévation, prirent un virage abrupt, et furent de l'autre côté de l'éminence. Tarier s'arrêta et désigna la vue :

— Puisqu'on est là… voici les bains.

Une combe s'ouvrait en contrebas. La source d'eau chaude jaillissait de la roche et venait remplir des vasques naturelles, en forme de conque, polies par l'eau et le temps. Accessible par une corniche taillée à même la paroi, le ruban étincelant cascadait entre les baignoires partiellement aménagées et des degrés en pierre grossièrement taillée, avant de s'écouler encore plus bas en une multitude de ruisseaux dans les profondeurs de grottes fumantes.

— Les élèves n'ont pas le droit de descendre dans les grottes, précisa Tarier. Elles sont réservées aux oiseleurs ; les galeries peuvent être dangereuses. Vous vous laverez à l'air libre.

Sagel, Ortolan et Milan poussèrent des exclamations enthousiastes et émerveillées. Alouette serra la mâchoire, consternée. La vue de cet endroit splendide ne faisait que matérialiser le malaise qui l'habitait depuis son réveil, la ligne infranchissable qui la séparait de ses camarades. Dans ce monde fabuleux, les femmes n'existaient pas. Elle n'existait pas. Elle était invisible, immatérielle. Mais ça ne durerait pas. Ce lieu ne lui permettrait pas de rester cachée. Ici, on vivait à ciel ouvert.

— Dépêchez-vous, reprit Tarier. Le colombier est par là.

Chapitre 4

Le colombier était l'un des endroits les plus magiques d'Avem Dis.

Située au sommet de Doethineb, la tour circulaire était haute et épaisse, entourée de quatre corniches ornées de pinacles sur lesquels étaient en permanence juchés des centaines d'oiseaux. Elle était percée de lucarnes entre lesquelles s'effectuait un constant va-et-vient. L'air vibrait autour de la pierre taillée, et des arcs lumineux surgissaient de temps à autre, visibles pour ceux qui savaient voir. Une seconde tour semblable s'élevait au sommet d'une colline voisine, non loin du palais. C'était le colombier du Grand Oiseleur. Personne d'autre que lui n'avait le droit d'y entrer. La trajectoire des oiseaux entre les deux tours formait un arc blanc, qui faisait partie intégrante du paysage céleste.

Si le palais représentait le siège du pouvoir spirituel d'Avem Dis, ces tours étaient l'épicentre de son pouvoir politique. Les oiseaux tournoyaient autour, si nombreux qu'on en distinguait à peine le sommet.

Un homme sortit pour les accueillir. Ses cheveux étaient blancs, mais ses traits étaient lisses, à part pour deux plis profonds de chaque côté de sa bouche.

— Voici maître Choucas, dit Tarier. C'est le maître messager. Il connaît la position de tous les oiseaux affiliés au colombier, où qu'ils soient dans le monde, et il peut communiquer avec eux à distance. Il va vous expliquer ce que vous devez faire.

Le maître se tourna vers les élèves.

— Venez.

Alouette, Sagel, Milan et Ortolan pénétrèrent dans l'imposante tour. L'intérieur était plus impressionnant encore. Plongé dans la pénombre, c'était un espace vertical et étroit. Les murs, épais d'un mètre, étaient couverts de terre cuite criblée de trous – les boulins – qui servaient de nids aux résidents. Le colombier pouvait accueillir mille cinq cents couvées à la fois. Au centre, un mât pivotant s'élançait vers le sommet. Il permettait de bouger l'immense échelle fixée à une poutre transversale. Tous les nids étaient ainsi accessibles. Le sommet de la tour se perdait dans le vol d'ombres frénétiques, dont les froissements d'ailes et les roucoulements remplissaient l'espace.

Choucas leur expliqua leur tâche, simple et répugnante : nettoyer les boulins tout en récupérant la fiente, qui servirait d'engrais. Ne pas toucher aux œufs. S'assurer qu'il n'y avait pas de cadavres, et les retirer s'il y en avait. Si une lettre était restée dans un boulin – cela n'arrivait presque jamais grâce à la diligence de maître Choucas et de ses aides, qui les récupéraient dès leur arrivée –, la lui remettre immédiatement.

Alouette monta en premier, et Milan et Ortolan se placèrent quelques degrés en dessous. Sagel, resté en bas, se chargeait de déplacer l'échelle à intervalles réguliers. La tâche était un peu risquée, car les oiseaux agacés par leur présence ne cessaient de les frôler. Pour échapper à l'instabilité de l'échelle, Alouette se cramponnait aux saillies disposées le long du mur en terre cuite. Quand ils maîtrisèrent à peu près l'exercice, et que l'ennui succéda à la tension, ils se mirent à discuter.

— J'aimerais bien voir Syllah faire ça, lança Milan. T'en penses quoi, Sagel ?

La famille de Sagel était vassale du condor d'Achyros, et ne ménageait pas ses efforts pour se rapprocher du prince.

— Ça doit bien arriver, rétorqua-t-il.

— Vous croyez que Dessil a dû faire ça aussi ? demanda Alouette.

— Pourquoi t'es aussi obsédé par Dessil, Albin ?

— Je suis pas du tout obsédé par Dessil.

Un court silence suivit ce mensonge évident. Sagel lança :

— Au sujet de Dessil. Vous êtes au courant que…

Il s'interrompit et laissa planer un silence empli de sous-entendus.

— Ouais, répondit Ortolan sur le même ton. Un troisième année me l'a dit.

— C'est vrai, alors ? renchérit Milan.

— De quoi vous parlez ? cria Alouette depuis son perchoir. Qu'est-ce qu'il a, Dessil ?

Elle descendit quelques degrés pour mieux entendre, et faillit piétiner les doigts de Milan.

— Fais gaffe !

— Descends, crétin, le houspilla-t-elle. J'entends rien.

Ils se retrouvèrent tous les quatre au sol.

— Alors ? demanda Alouette. C'est quoi, l'histoire ?

— Il y a une rumeur, commença Ortolan, qui dit que…

— C'est pas une rumeur, c'est vrai.

— Crache le morceau, bon sang !

Sagel baissa la voix :

— C'est une femme.

Alouette fit un bond en avant.

— Qu'est-ce que tu…

Elle s'interrompit, prenant conscience des regards fixés sur elle.

— Que… hein ?

— Oui, tu ne savais pas ? Le Grand Oiseleur a décidé de l'élever à Avem Dis comme un garçon, parce que sa mère était morte et qu'il ne voulait pas l'abandonner.

— C'est… totalement absurde.

Elle recula de quelques pas pour dissimuler la rougeur de ses joues.

— Il ne ressemble pas à une femme.

— Qu'est-ce que t'en sais ? rigola Ortolan. Tu l'as vu à poil ?

— Les femmes ne sont pas admises dans la confrérie.

— Il n'y a pas été admis, répliqua Sagel, il y a grandi. Il est le seul dans ce cas. Les fils des autres oiseleurs grandissent à l'extérieur avant d'entrer à Avem Dis, mais pas lui. Je suppose que ça… compense.

Milan s'était assombri.

— Tu parles. C'est parce que le Grand Oiseleur est son père. Ce n'est qu'une femme déguisée, et elle ne devrait pas être ici.

— Pourtant, tout le monde trouve ça normal. Tous les maîtres. Et les oiseliers.

— Eh bien, ils se trompent tous. Pas vrai, Albin ?

— J'en sais rien, articula Alouette.

Sagel ricana :

— Dessil va nous donner des cours. Tu vas faire quoi ? Lui dire de s'en aller ?

Milan releva le menton :

— Peut-être !

La porte s'ouvrit à ce moment-là, déversant une lumière jaune sur le petit groupe. Choucas, furieux, les invita à reprendre le travail. Ils grimpèrent de nouveau l'échelle, dans un silence méditatif. Alouette tournait et retournait dans sa tête les paroles de ses camarades, qui venaient de bouleverser non seulement l'image qu'elle avait de Dessil, mais également sa vision de sa propre situation : elle n'était peut-être pas aussi seule qu'elle le croyait.

Elle jeta un coup d'œil à Milan qui ruminait, les sourcils froncés. Allait-il vraiment oser confondre Dessil ? Elle l'espérait presque.

Ainsi, elle serait fixée.

Dessil les avait rassemblés dans l'arène adderyne. Au centre, il y avait un petit pilier en pierre noircie, très simple et très ancien. Si des symboles y avaient été autrefois gravés ou dessinés, il n'en restait que quelques traces qui pouvaient passer pour les marques des intempéries. Les premières années firent cercle autour. Ils avaient été séparés en plusieurs petits groupes, et Sagel, Alouette, Milan et Ortolan avaient rejoint l'un de ceux-ci après leur corvée. C'était la fin de l'après-midi.

Dessil leur parlait avec une assurance posée.

— Ce pilier, dit-il, est un objet magique qui date de l'époque des Adderyns. Il y en a beaucoup à Avem Dis, et aussi aux abords de la route impériale. Ils attirent les fils d'Ysbrids, et ceux-ci y déposent leur marque, si bien que ce sont de véritables sources de magie pour nous. En vous concentrant, vous devriez le constater…

Alouette n'avait pas besoin de se concentrer pour voir les auras successives laissées par les fils d'Ysbrids au fil du temps, de plus en plus indistinctes à mesure qu'elle remontait les mois et les années. Il y avait quelque chose d'envoûtant dans ces dessins qui se mouvaient en même temps qu'évoluait son état d'esprit : fascination, concentration, distraction, doute soudain.

— Vous avez tous déjà expérimenté la Vue… normalement. Mais je ne sais pas si vous êtes tous capables de puiser dans le monde des Ysbrids et d'utiliser la magie pour matérialiser les choses du passé. C'est ce que vous allez essayer de faire, chacun votre tour. Le pilier vous aidera.

Ils avancèrent un à un. Sagel fut le premier à poser ses mains dessus. Pendant plusieurs secondes, il ne se passa rien. Puis, il y eut un frémissement. L'air autour du pilier se troubla, ondula comme au-dessus d'une flamme. La colonne de brume vira au bleu, devint plus compacte, prit la forme d'ailes de corbeau. Elles s'étendirent, projetant une ombre mouvante, étrange, sur le sol de l'arène, puis, au son du gong, se dissipèrent comme un brouillard. Le jeune homme ôta ses mains du pilier.

L'exercice se poursuivit. Certains provoquaient des émanations plus impressionnantes que d'autres. Certains produisaient même des formes précises d'oiseaux monumentaux, quand d'autres ne déclenchaient presque rien. Alouette était juste derrière Milan.

— J'ai une question, dit ce dernier en se plantant devant Dessil.

— Oui ?

— Comment se fait-il que tu sois à Avem Dis alors que tu es une femme ?

Dessil cilla à peine.

— Parce que c'est la volonté des Ysbrids, répliqua-t-il avec hauteur.

L'aplomb de Milan vacilla légèrement.

— Qu'est-ce que ça veut dire ? demanda-t-il tout de même.

— Lorsque ma mère était enceinte, le Grand Oiseleur a vu mon destin. Quand je suis né, il a été… surpris. Mais la prophétie d'un Grand Oiseleur prévaut sur le reste. Je suis un homme, seulement différent.

À ces mots, l'aigle de Dessil posé au sommet des gradins fusa vers lui et se percha sur son épaule, vrillant son regard vigilant et désapprobateur sur Milan. Celui-ci finit par baisser les yeux. Qui était-il, en effet, pour mettre en doute la parole d'un Grand Oiseleur ? Cyrus Delphe était la Voix des Ysbrids. Il voyait plus loin que n'importe qui et sa parole était sacrée.

Un gong retentit dans le lointain, marquant la fin de la séance. Après un instant d'immobilité, les premières années se dispersèrent. Alouette resta en arrière. Quand tout le monde fut parti, elle fit un pas vers Dessil.

— Je suis vraiment désolé, déclara-t-elle.

— Pourquoi ? Tu n'as rien fait… cette fois.

Il esquissa un petit sourire, qui la réchauffa parce que ce sourire était calme et accueillant, en tout point différent de la froideur maussade qu'il lui avait témoignée le premier jour. Elle s'enhardit, moins par réelle curiosité que pour pouvoir le contempler un peu plus longtemps :

— Est-ce que…

Dessil haussa un sourcil. Albin se mordait la lèvre inférieure, hésitant visiblement à poser sa question. Pourquoi était-il aussi bizarre ?

— Est-ce que c'est arrivé auparavant ? lança Alouette d'une traite.

— Quoi donc ?

— Ce genre de présage. Est-ce que c'est arrivé à d'autres personnes, que leur destin ne corresponde pas à leur… à leur naissance ? Est-ce qu'il y a d'autres personnes comme… toi ?

— Bien sûr que non !

Dessil avait blêmi. Avalant sa salive, il se détourna brusquement.

— Tu ferais mieux de rejoindre les autres.

— Pardon, bredouilla Alouette.

— Arrête de t'excuser tout le temps !

Alouette détala. Dessil resta seul.

Est-ce qu'il y a d'autres personnes comme toi ?

Qu'est-ce que c'était que cette question ? Il était unique. Spécial. Élu. Son père l'avait dit. L'avait prédit.

Mais c'était Dessil qui avait pris la décision finale. Qui avait fait un choix que personne n'avait jamais eu à faire.

C'était ce qu'il croyait.

Est-ce qu'il y a d'autres personnes comme toi ?

Pourquoi ne s'était-il jamais posé la question ?

Chapitre 5

Le maître chargé de leur enseigner la divination s'appelait maître Bernache. C'était un haruspice, membre du conseil du Grand Oiseleur. Il n'espérait pas que des premières années comprennent quoi que ce soit à son cours, aussi faisait-il à peine l'effort de parler distinctement. Tous les cours se tenaient à ciel ouvert, dans la grande arène du premier jour. L'assistant de maître Bernache terminait de distribuer des carnets aux novices. Alouette n'osait pas toucher les pages vierges de peur de les salir.

— Cette année, marmonna maître Bernache, la tâche la plus importante que vous aurez à accomplir – ou plutôt à rater, parce que vous allez tous rater, je n'en doute pas – consiste à vous attribuer une parcelle du ciel.

Un coup de vent ayant avalé une partie de ses phrases, le silence qui suivit se remplit de « Il a dit quoi ? » chuchotés avec anxiété. Mais comme personne n'était sûr d'avoir bien compris, la seule chose qu'ils pouvaient faire était d'écouter la suite.

— Vous pouvez choisir n'importe quelle partie du ciel, vue de l'endroit que vous voulez. Cela n'a pas vraiment d'importance. En revanche, il faut que vous soyez extrêmement précis. Il faut que vous déterminiez rigoureusement la taille de votre parcelle et que vous mémorisiez son emplacement exact. La moindre variation, et tout est faussé.

Alouette jeta un coup d'œil incertain vers le ciel au-dessus d'eux, infiniment trop vaste et changeant pour être quadrillé de la sorte. Comme les chuchotements avaient repris autour d'elle et que le maître devenait inaudible, elle décida de parler.

— Pardon, maître, dit-elle en se levant. Mais comment distinguer un carré de ciel d'un autre carré de ciel ?

— Il suffit de ne pas être aveugle, rétorqua maître Bernache du tac au tac, sans même la regarder.

— Grâce aux étoiles, proposa Sagel d'un ton supérieur.

Cette fois, le maître se tourna vers lui. Il semblait proprement atterré.

— Les étoiles bougent, idiot, souffla Alouette à Sagel, qui se rassit en rougissant.

Bernache attendit encore un instant, presque mélancolique face à l'étendue de leur ignorance, puis reprit :

— Une fois que vous aurez choisi votre parcelle, vous allez l'observer et noter dans ces carnets tout ce qui s'y passe. Le nom et le nombre des étoiles. La trajectoire du soleil. Le vol des oiseaux, évidemment.

— Et les nuages ? demanda Milan.

Bernache ne prit pas la peine de répondre. Impossible de savoir si c'était parce que évidemment que oui ou évidemment que non.

Alouette tenta de nouveau sa chance :

— Est-ce qu'on est censé observer ce bout de ciel jour et nuit ? Est-ce qu'il y a un moment propice ?

— Oh, il y a certainement un moment propice, mais il vous faudra observer jour et nuit pour le déterminer.

— Mais c'est impossible.

— C'est ce que tous les oiseleurs du monde ont fait et font toujours : observer le ciel. Bien sûr, vous n'êtes pas des oiseleurs. Vous allez mettre une éternité ne serait-ce que pour comprendre comment mémoriser l'emplacement de votre parcelle. Vous allez perdre un temps fou à prendre en note des auspices qui ne sont pas les vôtres et qui ne voudront rien dire. Vous allez tenter de les analyser néanmoins, et comme vous échouerez, vous inventerez pour moi des prédictions aberrantes afin de dissimuler le fait que vous ne voyez rien ou que vous ne comprenez rien à ce que vous voyez, ce qui revient au même.

Un silence morose était tombé sur l'assemblée.

— Voilà ce qui va se passer pendant les trois prochaines années, poursuivit Bernache avec une certaine satisfaction. Et puis, d'ici dix ou vingt ans, l'un de vous finira peut-être par discerner l'ombre d'un présage. Mais avant d'en arriver là, vous m'infligerez vos élucubrations.

— C'est lui qui nous inflige ses élucubrations, marmonna Milan.

— Bien, maintenant que cela est établi, nous allons passer à quelque chose de beaucoup plus facile.

Il se mit aussitôt à débiter une série de formules mathématiques destinées à les aider à déterminer et à calculer la surface de leur parcelle, et plus personne ne comprit rien.

En rentrant au dortoir, les premières années scrutaient tous le ciel avec une certaine inquiétude, à l'exception d'Alouette.

— Je suppose qu'il vaut mieux choisir un endroit repérable, avec un arbre, ou le sommet d'une montagne, dit Ortolan, perplexe.

— Et si ton arbre est frappé par la foudre ? Ou s'il y a du brouillard et qu'on ne voit plus la montagne ? répliqua Sagel.

— Mais non, dit Milan. Il suffit de trouver un repère au sol, de s'allonger par terre et de regarder droit devant soi. Comme ça, impossible de se tromper.

— Ça n'a pas d'importance, de toute façon, conclut Ortolan. Bernache est déjà convaincu qu'on échouera.

Milan se tourna vers Alouette.

— Ça n'a pas l'air de te tracasser, fit-il remarquer.

— C'est parce que j'ai déjà choisi ma parcelle, rétorqua-t-elle.

Elle avait endossé avec aisance le rôle de grande gueule et de fauteur de troubles, s'attirant ainsi le soutien tacite, sinon l'amitié, des autres premières années. Une fois dans le dortoir, elle désigna l'une des fenêtres.

— Voici ma parcelle.

— C'est de la triche ! protesta Sagel.

— Je prends l'autre fenêtre ! s'exclama aussitôt Milan.

Alouette mit au point des stratégies pour se dissimuler au quotidien. Elle avait d'abord craint des représailles de la part de Syllah après la manière dont elle avait repoussé sa proposition, mais il ne semblait pas lui en tenir rigueur. Lorsqu'il la croisait, il la saluait avec amabilité. Parfois, il prenait même le temps d'échanger quelques mots avec elle. Il était souvent accompagné de Rossignol. Celui-ci ne lui adressait pratiquement pas la parole. Elle espérait qu'à force de la voir comme Albin il finirait par oublier sa ressemblance avec Alouette, son amie de Mestkydd.

Elle dormait mal. Quand le sommeil la fuyait, elle s'efforçait de respirer à fond et de faire appel à la Vue. Une nuit, elle entra ainsi en contact avec une jeune chouette qui nichait sous le toit de la maison, Lunette. Par la suite, en la cherchant, elle trouvait plus facilement le sommeil : la chouette veillait sur elle. Une nuit de pleine lune, Lunette vint même cogner contre le carreau, réveillant toute la chambrée. Milan ouvrit la fenêtre, et Lunette plongea derrière le rideau d'Alouette pour lui offrir sa proie sanguinolente, un petit rongeur déchiqueté. Cet évènement nocturne établit définitivement la réputation d'Alouette parmi les premières années, et l'histoire se répandit dans toute la confrérie.

Les journées des premières années commençaient comme celles des deuxièmes et troisièmes années, par la méditation matinale. Elle se déroulait dans la cour, et était dirigée par un oiselier, comme Dessil ou Tarier. Lorsque c'était Dessil, Alouette était incapable de se concentrer. Ses pensées s'éparpillaient, aussi agaçantes qu'une nuée de moucherons. Plus elle cherchait le silence, moins elle le trouvait. Le ciel restait inaccessible, comme s'il était de l'autre côté d'un mur. Lunette ne pouvait l'aider, dans ces moments-là : elle dormait.

Le déjeuner avait lieu ensuite, parfois dans la cour, parfois à l'extérieur du domaine, dans les montagnes. Un maître les accompagnait alors, et leur enseignait l'ornithologie et l'usage de la Voix. Ils avaient également des cours plus théoriques sur l'histoire et la divination, qui se passaient dans la grande arène. En cas de mauvais temps, ils se tenaient dans le bâtiment de la confrérie, où se trouvait la grande bibliothèque d'Avem Dis. Il arrivait aussi qu'ils aient lieu la nuit, car les mouvements des astres recelaient souvent des auspices essentiels. Les leçons étaient prodiguées par toutes sortes de maîtres, dotés parfois du titre d'augure.

Il pouvait aussi s'agir d'oiseliers ayant terminé leur instruction un ou deux ans auparavant.

Cet après-midi était consacré à un cours d'histoire dispensé par un jeune augure qui s'appelait Mandarin.

— Il y a longtemps, le continent fut unifié sous le règne de Dascal, un conquérant venu de l'Est. Encore aujourd'hui, mille cinq cents ans plus tard, les familles condoriales d'Achyros et de Sechyros prétendent descendre de Dascal. Elles sont liées par le sang : suite à la guerre contre Ceffyl, il y a cinquante ans, leur alliance a été scellée par un mariage, si bien que l'actuel condor de Sechyros, Cyel, est l'oncle du condor d'Achyros, Altan. Et ce n'est pas la première fois que se noue une telle alliance : leurs arbres généalogiques se sont souvent croisés depuis la fondation de ces deux condoriaumes par le Premier Collège.

Contrairement à maître Bernache, maître Mandarin parlait distinctement et avec indulgence. Il avait une manière fascinante de raconter des épisodes historiques comme s'il s'agissait de contes et de pointer sur les cartes les sources des fleuves et les montagnes mythiques en leur conférant la même importance qu'aux grandes dynasties et aux conflits qui avaient créé les condoriaumes. Pour lui, les enjeux politiques du présent entre Achyros et Sechyros étaient indissociables du lointain passé, de l'Avem Dis des Adderyns et des légendes d'autrefois. Il parlait des condors Altan et Cyel comme de personnages historiques, et des personnages historiques comme de personnes réelles.

— Tout existe sur le même plan, disait-il, il faut toujours garder en tête les différentes couches de l'histoire comme celles de la réalité.

Dans sa bouche, cela semblait facile et merveilleux. Il donnait envie de voir le monde, de visiter chaque village, de parler à chaque être humain. La mission des oiseleurs était de prédire le déroulement des naissances, de rythmer l'année, d'accompagner les morts vers le monde des Ysbrids, de lier les hommes aux femmes, d'enseigner aux enfants.

Alouette buvait ses paroles. Les oiseleurs étaient tout ce qu'elle vénérait depuis toujours. Elle était prête à tout, même à risquer sa vie en se travestissant, pour se rapprocher d'eux. Après tout, elle n'avait rien d'autre au monde.

Un problème devenait de plus en plus pressant, cependant : celui des bains.

Alouette n'y était toujours pas allée. C'était d'autant plus suspect que ses camarades s'y rendaient dès que possible, davantage pour jouer que par goût pour l'hygiène. Et elle ne pouvait pas rester éternellement sans se laver convenablement. Elle élabora donc un plan. Elle irait avant l'aube, accompagnée de la chouette Lunette, et serait de retour dans son lit pour le premier gong. Le soir, elle prépara son pain de savon, son linge de bain et ses vêtements de rechange. Elle en fit un paquet serré, noué de manière à pouvoir l'attacher à sa taille.

Lorsque l'heure lui sembla propice, elle enfila sa veste, prit ses affaires, et se glissa hors de son lit. Elle sortit du dortoir sur la pointe des pieds, dans un silence troublé seulement par les respirations régulières et familières de ses camarades. Elle se retrouva dans la cour. L'air frisquet de la nuit la cueillit, hérissant sa peau de chair de poule. Elle enfila ses sandales et se mit en route, guidée par la forme fantomatique de la chouette au-dessus d'elle.

Le chemin lui parut plus long que lors de la visite. Les arbres et les cairns projetaient des ombres biscornues, remplies de mille sons mystérieux : cavalcades invisibles, sifflements du vent, frémissements inquiets. La combe apparut finalement, en noir et blanc. Une vapeur prometteuse s'élevait des vasques, scintillant d'une lueur argentée. Elle avait envie d'y plonger, mais le risque d'être surprise était trop grand. Avec prudence, elle entama la descente. Sous les bains à demi aménagés s'ouvraient des gouffres noirs et irréguliers, qui donnaient directement sur les cavernes interdites aux élèves. Elle s'y engagea, précédée de Lunette.

Elle fut frappée par le vide qui habitait le sous-sol. À Avem Dis, chaque centimètre carré était empreint de siècles de magie, et en seulement quelques semaines, Alouette s'était habituée à sentir cette puissance l'entourer, à sa disposition. Mais dans la grotte, où les fils d'Ysbrids ne s'aventuraient pas souvent, la magie était fortement diminuée. La Vue ne lui révélait que quelques traces lointaines, nébuleuses. Plus inquiétantes que rassurantes.

Une chaleur moite régnait, ainsi qu'une obscurité totale. Les échos amplifiés de gouttes tombant dans des flaques résonnaient entre les parois. Un grondement étouffé se faisait entendre au loin, de plus en plus distinctement à mesure qu'elle avançait, guidée par la vision nocturne de Lunette : le ruisseau était tout proche, à présent. Il cascadait sur quelques degrés et venait remplir un lac souterrain. Grâce à une percée très haut au-dessus de sa tête, la pâle lueur de la lune ondoyait sur la surface. Cette lumière froide, inespérée, rassura Alouette. Déposant ses affaires en sécurité sur le bord du ruisseau, elle se déshabilla précipitamment et se glissa dans l'eau chaude.

Elle fut soulagée d'avoir pied, car elle ne nageait pas très bien. Les parois avaient l'apparence de colonnes artistiquement sculptées, amalgamées ensemble. Elle ne distinguait qu'une partie du lac ; le reste disparaissait derrière un coude abrupt. Elle se lava du mieux qu'elle put, puis resta un moment immobile, écoutant les battements de son cœur et le rire du ruisseau derrière elle. Plus le temps passait, plus elle avait l'impression d'entendre des voix humaines. Poussée par la curiosité, elle alla jeter un coup d'œil au-delà du coude. L'étendue d'eau s'y élargissait, directement illuminée par la lune. De l'autre côté, dans un creux en retrait du lac mais où se déversaient ses remous, quatre personnes se prélassaient en bavardant. Tout à coup, le fond de l'eau se déroba sous le pied d'Alouette.

Elle poussa un cri de surprise. Ce cri et les éclaboussures provoquées par son mouvement de panique attirèrent l'attention des baigneurs.

— Qui est là ? dit une voix claire.

Elle ne pouvait distinguer que sa silhouette, mais elle reconnut la voix enjouée – quoique tendue d'inquiétude – de Syllah. Cramponnée à la paroi, le souffle court, Alouette resta muette.

— Va voir, ordonna le prince à l'un de ses compagnons.

Une autre silhouette se hissa hors du bassin, plongea dans le lac, et nagea dans la direction d'Alouette. Elle regarda le nageur approcher, impuissante. Elle n'osait pas s'éloigner de peur de perdre de nouveau pied. Elle ne pouvait pas non plus sortir de l'eau au risque de révéler son secret. Le jeune homme s'arrêta à quelques brassées d'elle, de l'autre côté d'un creux au fond de l'eau. C'était Rossignol. Elle lui jeta un regard implorant, plaquée contre la pierre.

— C'est Albin, déclara-t-il à Syllah, les sourcils froncés.

Il y eut un bruit d'éclaboussures. Syllah s'était propulsé hors du bassin et jeté à son tour dans le lac, cherchant à distinguer Alouette.

— Albin ? demanda-t-il.

L'excitation et la curiosité couvaient dans son ton.

— Ça alors ! reprit-il. Viens, viens ! Rejoins-nous !

— Non merci, haleta Alouette, les pieds et les mains de plus en plus crispés sur la roche.

— Je voulais te parler depuis longtemps, insista Syllah. J'ai beaucoup de choses à te demander.

Le ton plaisant qu'il affectait n'était que de surface. En dessous, ses intentions étaient aussi pures et tranchantes que la glace.

— Viens là, répéta-t-il d'un ton enjôleur. De quoi as-tu peur ? Nous sommes tous faits pareil.

Sa voix se répercutait de façon menaçante contre les parois de la grotte. Alouette perçut son hostilité et prit un ton implorant.

— Je… Tu m'en veux parce que j'ai refusé de rejoindre ton dortoir, c'est ça ?

— Pas du tout. Je n'ai aucun ressentiment envers toi. C'est même le contraire. J'ai de l'affection pour les gens dans ton genre, ceux qui croient aveuglément tout ce que disent les oiseleurs. Ceux qui se pensent supérieurs même aux condors, juste parce qu'ils ont une petite affinité avec les oiseaux… C'est une façon de penser qui m'intéresse beaucoup.

Ceux qui croient aveuglément tout ce que disent les oiseleurs ? Que voulait-il dire ? Comment osait-il parler ainsi, alors qu'il étudiait dans la confrérie d'Avem Dis ?

— Je ne… Je ne me crois pas supérieur.

— Pour l'instant. Mais tu es ici, à profiter d'un enseignement prestigieux, en passe d'acquérir un pouvoir que tu n'as pas mérité. Et alors, qu'est-ce que tu en feras, de ce pouvoir ? Tu l'utiliseras pour défendre ton condor ? Ou pour défendre une espèce de monde imaginaire, le monde des Ysbrids ?

Les mains d'Alouette se crispèrent encore plus contre la pierre. L'incroyance de Syllah, d'habitude soigneusement dissimulée dans ses paroles et dans ses gestes, l'horrifiait presque autant que la perspective d'être découverte. Qu'attendait-il d'elle ?

— Euh… j'en sais rien…

— C'est de ça que j'aimerais discuter avec toi, Albin. De tes allégeances. Je suis le futur condor d'Achyros. Quelqu'un d'aussi doué que toi est *obligé* de prendre position. Tu ne peux pas juste te contenter de m'ignorer. C'est ce que j'ai essayé de te faire comprendre, le premier soir, mais apparemment ça t'a échappé. Comme le destin nous réunit de nouveau, je t'offre une seconde chance. Veux-tu être mon ami ? Ou veux-tu être mon ennemi ?

Elle était si concentrée sur ses paroles qu'elle ne réalisa pas que Rossignol s'était approché d'elle. Elle tressaillit en rencontrant son regard atterré.

— Alouette, articula-t-il en silence.

Sa gorge se serra. Il tendit la main vers elle.

— Ne me touche pas !

Elle dérapa sur la pierre, entaillant sa jambe. L'eau se referma au-dessus de sa tête, tandis qu'elle cherchait à repousser Ross. *Lunette !* La chouette plongea. Alouette sentit les serres entamer la chair de son assaillant. Ses pieds trouvèrent le fond de l'eau ; elle se propulsa vers le ruisseau par où elle était venue et se hissa hors du lac, pantelante. Elle rassembla ses affaires avec des mains tremblantes, et se mit à courir, dérapant sans cesse sur le sol trempé, agrippant les parois boursouflées.

Son cœur battait frénétiquement entre ses tempes, couvrant tous les autres sons.

Elle se retrouva dehors avant de s'en rendre compte. Elle se laissa tomber dos à la pierre, nue, haletante, serrant ses vêtements contre elle. Des larmes roulaient sur ses joues. Elle avait oublié ses sandales. La voix de Syllah proférant des blasphèmes résonnait encore à ses oreilles. L'expression de Ross restait imprimée sous ses paupières.

— Il m'a reconnue, dit-elle à Lunette. Il sait qui je suis.

Chapitre 6

Dessil arpentait les ruines du temple sacré, accompagné par les cris des oiseaux de son père. Le temple occupait le sommet de la colline nommée Ùr. Ses hautes colonnes sculptées d'ombres se mêlaient aux arbres plusieurs fois centenaires du bosquet. Autrefois le temple avait été un lieu sacré pour les Adderyns, avant de devenir celui des oiseleurs. Après la prise d'Avem Dis, les impériaux, effrayés par la magie qui imprégnait les ruines, avaient construit un dôme de verre tout autour. La structure métallique existait encore, dévorée par la végétation, jetant à certaines heures du jour des éclats dorés en direction du ciel.

Dessil s'arrêta près d'un arbuste à feuilles noires couvert de petites fleurs blanches. Les augures utilisaient des plantes pour faciliter la communication avec les Ysbrids et les fils d'Ysbrids. Certaines d'entre elles ne poussaient que sur Ùr. Dessil avait déjà vu cette fleur, en train de sécher dans le bureau du Grand Oiseleur.

Il se demanda quels en étaient les effets. Jetant un regard à droite et à gauche, il tendit la main vers une des tiges.

— Ne peux-tu t'empêcher de tout toucher ? jeta une voix péremptoire derrière lui.

Dessil sursauta et fit volte-face vers son père, qui venait de surgir de derrière un arbre.

— Pardon !

Il avait l'air si coupable que Cyrus ne put s'empêcher de sourire.

— Tu finiras par y goûter, ne t'en fais pas. Tu me cherchais ?

Dessil glissa ses mains dans son dos, l'air embarrassé. En théorie, il n'avait pas le droit de se rendre dans le temple sacré, n'ayant pas été initié. En pratique, aucun coin d'Avem Dis ne lui était fermé.

— Oui, je… je n'ai plus d'encre.

Cyrus haussa un sourcil. De l'encre, Dessil pouvait s'en procurer auprès d'à peu près n'importe qui, à commencer par les maîtres qu'il voyait quotidiennement.

— Viens.

Il passa entre deux colonnes majestueuses. Quelques dalles antiques affleuraient dans l'herbe, menant à un trône et à une table de pierre blanche – des vestiges adderyns. La table était rectangulaire. Une pierre noire de la taille d'une main était incrustée en son centre et entourée d'une inscription gravée en langue ancienne. Elle pouvait se traduire, de manière approximative, par ces mots :

Quand la dernière lumière s'éteint je m'allume
J'annonce la fin après la fin.

C'était une prophétie, la plus ancienne prophétie recensée à Avem Dis. Certains oiseleurs y avaient consacré leur vie, en vain : personne, jusqu'à présent, n'avait su en deviner le sens ou les conséquences.

Une plume, un encrier et quelques feuilles de papier étaient disposés sur la surface de la pierre. Cyrus était en train d'écrire quand ses oiseaux l'avaient informé de la présence de Dessil. Il reboucha l'encrier et le tendit à son fils.

— Tiens.

— Merci.

Dessil resta là, à triturer le flacon, les lèvres pincées et les sourcils froncés.

— Est-ce vrai que tu envoies Cochevis en Achyros ? lâcha-t-il subitement.

Nous y voilà. Le Grand Oiseleur contourna la table et s'assit dans le fauteuil de pierre. Il jaugea Dessil, sa posture un peu raide, son expression à la fois butée et perplexe.

— Tu es déjà au courant ?

Dessil eut un mouvement d'épaule vague. Il semblait toujours être au courant de tout ce qui se passait dans l'enceinte d'Avem Dis, des ragots les plus insignifiants jusqu'aux décisions les plus solennelles. Cyrus en était à la fois satisfait et légèrement agacé.

— Qu'est-ce qu'il a fait ?

— Ce n'est pas une punition. J'ai besoin de lui là-bas.

— Mais pourquoi ?

Cyrus comprenait l'inquiétude de son fils : Cochevis lui était plus proche que tous les autres maîtres, et il n'avait jamais quitté le domaine plus de quelques jours d'affilée.

— Pour une mission diplomatique. Il y a une semaine, j'ai reçu la nouvelle que deux oiseleurs avaient été faits prisonniers par les hommes d'Altan d'Achyros. Pour avoir… usé de leur pouvoir contre la loi du condoriaume. Or, le jugement d'un oiseleur n'appartient pas au condor, mais au Collège. Il semble qu'Altan l'ait oublié. Il a refusé de livrer les deux accusés à la confrérie dont ils dépendent. C'est pourquoi j'envoie Cochevis. Il est sage, diplomate. Il saura parler à Altan.

Du moins, je l'espère.

— N'est-ce pas dangereux ?

— Quand on détient le pouvoir de prédire le futur et d'influencer les condors, on ne peut pas vivre en sécurité. Ça te fait peur ?

La question était rituelle entre eux. Parfois simple plaisanterie, parfois véritable test, mais la réponse de Dessil ne variait jamais.

— Non.

Le regard de Cyrus tomba sur la lettre qu'il était en train de rédiger. Il se souvint qu'il avait eu l'intention d'avoir une discussion avec son fils sur un tout autre sujet.

— Puisque tu es là, il y a une chose dont je voulais te parler. Dans un mois, les astres seront alignés de la même façon que la nuit de ta naissance. C'est la disposition propice au franchissement du premier cercle. Veux-tu être initié ?

Dessil sentit son cœur palpiter dans sa poitrine. Les initiations jalonnaient la vie des oiseleurs, depuis la première, qui leur donnait le titre d'augure, jusqu'à la dernière, qui était la mort. Entre les deux s'étendaient un certain nombre de rituels occultes, plus ou moins secrets et plus ou moins dangereux. La plupart des oiseleurs demeuraient dans le premier cercle, le cercle des augures. Ceux qui désiraient diriger une confrérie choisissaient de passer la deuxième initiation, bien que ce ne soit pas toujours nécessaire. Les haruspices appartenaient au troisième cercle. Le Grand Oiseleur auquel succédait Cyrus, Vandesmont, avait été le dernier homme connu à franchir le huitième cercle. Dessil ignorait combien exactement il existait de cercles et de rituels pour les franchir. Il ne pensait pas que son père le savait lui-même. On ne pouvait pas connaître le contenu du rituel avant de le subir, il fallait être initié par les initiés. Mais il savait que chaque initiation laissait une marque sur le monde des Ysbrids et le transformait. Franchir un cercle n'était donc pas anodin. C'était un acte dont les répercussions s'inscrivaient pour toujours dans l'autre monde.

— Mais je suis trop jeune, articula-t-il, la gorge sèche.

Généralement, la première initiation n'était envisagée pour les oiseliers que plusieurs années après la fin de leur instruction. Parfois cinq, plus souvent dix. Une fois initié, Dessil serait l'égal de ses maîtres. Il aurait les mêmes responsabilités qu'eux vis-à-vis des hommes et des Ysbrids : guider les premiers, honorer les seconds.

— Tu étais trop jeune aussi quand je t'ai offert Vulnémar, et tu t'en es très bien sorti. Je pense que tu es prêt. Mais bien sûr, cela dépend de toi. Si tu le souhaites, tu peux attendre.

Dessil hésita.

— La première initiation implique de prendre possession d'un oiseau, n'est-ce pas ?

— Et tu m'as dit que tu y parvenais.

Dessil se passa la langue sur les lèvres.

— En effet, mentit-il. J'y arrive.

— Alors, tu as tout ce qu'il faut pour franchir le premier cercle et devenir officiellement un oiseleur.

— D'accord, dit Dessil. Très bien. Merci de ta confiance.

Le visage de Cyrus s'illumina. Dessil sourit avec entrain.

— Je devrais y aller. J'ai un cours à donner aux deuxièmes années.

— Comment se passent tes cours ?

Dessil se raidit légèrement : le Grand Oiseleur avait-il entendu parler de l'incident avec Milan ? *Comment se fait-il que tu sois à Avem Dis alors que tu es une femme ?* Aborder de nouveau ce sujet avec son père était la dernière chose qu'il avait envie de faire.

— À merveille.

J'ai eu la bonne réaction, se raisonna-t-il en se remémorant la scène. *La seule réaction possible*. Il pensa alors à Albin, et à son interrogation incongrue : *Est-ce qu'il y a d'autres personnes comme toi ?*

Il la chassa de son esprit. C'était une question idiote, sans aucun fondement, sans aucun écho. Il refusait d'y penser. Il salua son père et se dirigea vers la sortie.

— Dessil. Tu oublies ton encre.

Il fit volte-face et tendit la main vers le flacon. Avant de le lui tendre, Cyrus lui passa une main dans les cheveux.

— Ils sont trop longs. Tu devrais les couper.

— Je te rappelle que tu n'as pas ton mot à dire, répliqua Dessil en s'écartant. On a passé un accord.

— Peut-être, riposta Cyrus, mais je ne me suis jamais engagé à ne pas manifester ma désapprobation.

— Bon, reprit Dessil avec un sourire amusé. Je dois vraiment y aller.

Il fourra l'encrier dans sa poche, s'inclina, et partit à grands pas. Une bourrasque le cueillit à la sortie du bosquet. Il dévala la pente, préoccupé.

Qu'est-ce qui m'a pris d'accepter ?

Son père aurait certainement compris qu'il refuse l'initiation, même s'il aurait sans doute été un peu déçu.

Eh bien, à présent, il sera déçu à coup sûr… lorsque j'échouerai lamentablement.

Il n'avait jamais réussi à posséder un oiseau. Vulnémar ne le laissait pas faire, ou bien il s'y prenait mal. Il avait prétendu y parvenir seulement pour que maître Anhinga lui fiche la paix avec ça.

Il se frotta le visage, tira ses cheveux en arrière, les laissa retomber de part et d'autre de ses joues. Revenir sur la parole qu'il venait de donner était inenvisageable. *Je vais m'entraîner. Je finirai bien par y arriver. Et si je demandais de l'aide ?*

Cochevis lui vint à l'esprit, mais Cochevis partait. Qui d'autre ? Maître Anhinga ? *Pas question.* L'intransigeance et la sévérité du maître lui avaient pesé pendant toute son enfance. Même s'il s'était adouci à son égard depuis son entrée dans la confrérie, trois ans plus tôt, il ne lui pardonnerait jamais son mensonge. D'ailleurs, il faisait partie du conseil restreint de Cyrus. Il lui révélerait toute la vérité.

Dessil se mordit le pouce. Merlebleu, alors ? Non, le maître des cuisines était trop bavard. Et même s'il tenait sa langue, Dessil ne le croyait pas capable de lui enseigner quoi que ce soit. Bouvreuil, l'administrateur général, et Bihoreau, le chambellan, étaient tous les deux trop occupés, et il craignait trop leur jugement. Mandarin l'aiderait sans doute, mais c'était un confident de Cyrus, et il vivait dans l'enceinte de la confrérie avec les oiseliers : trop de risques d'être surpris.

Non, aucun de ces hommes n'inspirait suffisamment confiance à Dessil. Plus il les passait en revue, plus il éprouvait un sentiment oppressant, une sorte de honte anticipée. Il avait pourtant grandi parmi eux, il éprouvait à leur égard un immense respect, et même de l'amour. Mais il sentait aussi que leur regard sur lui devenait chaque année plus sévère, plus inquiet.

Il n'était plus un enfant, il était presque leur égal. Un jour, il serait leur seigneur.

Vers qui se tourner, alors ? Un oiselier ? *Encore pire.* Il avait passé trois ans à côtoyer quotidiennement Tarier et ses pairs. Trois ans à établir une distance courtoise, mais claire, entre eux et lui. Demander de l'aide à l'un d'eux serait une régression et une humiliation. Et raviverait dans leurs esprits la question de Milan. *Comment se fait-il que tu sois à Avem Dis alors que tu es une femme* ?

Non, décidément, il ne pouvait compter que sur lui-même. Encore une fois, il lui faudrait s'en sortir seul. *Ou échouer.*

Chapitre 7

Alouette devait parler à Rossignol. C'était à cela qu'elle pensait ce matin, au lieu de méditer. Il l'avait reconnue – il savait. Mais elle pouvait encore le persuader de ne rien dire. Elle avait le Don ; il était au courant. Et ils étaient amis. Elle avait gardé sa lettre de recommandation pour lui, quand il était terrifié à l'idée de se la faire voler. Elle l'avait cachée dans le clocher de Mestkydd, et avait failli se faire fouetter par maître Melchiro, le maître de la confrérie, pour l'avoir escaladé. Ross ne pouvait pas la laisser tomber maintenant, après tout ça.

Elle ouvrit un œil. Il était là-bas, de l'autre côté de la cour. Elle rebaissa les paupières, prit une profonde inspiration. Elle avait le trac. La scène dans les bains l'avait profondément secouée. Elle s'était sentie si vulnérable, si *visible*. La voix enjouée, indifférente de Syllah avait comme rampé sur sa peau. *Qu'est-ce qui se serait passé s'il m'avait attrapée ?*

Le gong résonna. Elle se leva d'un bond, fusa vers le groupe des deuxièmes années.

— Ross.

Il pivota sur lui-même, l'épingla du regard.

— Je peux te parler ? demanda-t-elle.

Il hésita, chercha Syllah des yeux. Il était à l'autre bout de la cour, en train de discuter avec le maître qui avait présidé la méditation ce matin-là.

— D'accord, marmonna-t-il.

Ils s'éloignèrent du groupe, contournèrent le bâtiment. Derrière la maison des deuxièmes années, il y avait un bosquet. Ils s'y engouffrèrent.

— Rossignol…

— Je sais ce que t'as fait, la coupa-t-il. T'es Alouette. Je pouvais pas le croire, au début. Qu'est-ce qui t'es passé par la tête ?

Il était en colère, à croire qu'elle l'avait personnellement offensé.

— Maître Corneille m'a fait une lettre.

— L'ivrogne ? Comme c'est étonnant !

— Il a dit que ma place était ici. Que si je le voulais vraiment, je pouvais y arriver.

— C'est un vieux fou, qui a été banni de la confrérie !

— C'est un maître oiseleur !

Ross leva les yeux au ciel, exaspéré. Puis il les baissa sur Alouette, avec un infini mépris.

— Je ne sais pas pourquoi je discute avec toi. Une *femme*.

— On était amis.

— C'est du passé.

Elle serra les dents.

— Alors, tu vas me dénoncer ?

Il ne répondit rien. Elle sentit son estomac se retourner.

— Tu l'as déjà fait, c'est ça ? Tu l'as dit à Syllah ?

— C'est le prince d'Achyros, asséna-t-il platement.

Évidemment. Que vaut l'amitié d'une gamine de Mestkydd face à celle d'un prince condorial ?

— J'ignore ce qu'il compte faire, enchaîna-t-il. Il m'a dit d'attendre. Je ferai ce qu'il me dira. C'est le prince d'Achyros.

Il le répéta, comme si c'était une loi de l'univers, qui justifiait tout.

— Tu me condamnes à mort.

— Et après ? Si je te couvre, c'est moi qui suis condamné à mort. On fait tous ce qu'on peut pour survivre. Toi et moi, on peut au moins tomber d'accord là-dessus. Tu t'es condamnée toute seule en faisant confiance à ce vieux cinglé de Corneille. T'aurais dû rester à Mestkydd.

Et faire quoi ? Devenir quoi ? Corneille m'a montré un monde où je serais quelqu'un, où mes capacités seraient reconnues. Je l'ai cru. Je n'avais que ça.

Elle ne répondit rien. Elle n'éprouvait même pas de colère. Seulement une immense déception. Quelque part au-dessus de leurs têtes, invisible entre les branches, un oiseau ouvrit les ailes dans un bruit feutré. Alouette leva la tête, le chercha des yeux. *Je connais cette présence-là.*

— Je dois y aller, lâcha Rossignol. On m'attend.

Il la dépassa et sortit du bosquet. Elle resta seule. Alors l'oiseau descendit de l'arbre et vint se poser gracieusement sur l'herbe à quelques pas d'elle. Vulnémar. Son cœur s'arrêta. Derrière l'aigle, Dessil était nonchalamment appuyé contre le tronc, le visage à moitié dans l'ombre.

— Il n'a pas tort, tu sais, commenta-t-il d'un ton léger.

Alouette tendit les mains derrière elle, cherchant le contact du bois vivant. La silhouette de Dessil se détacha de l'arbre, et sortit de l'ombre pour lui faire face. Il la considéra.

— Donc, tu es une femme.

Elle ne répondit pas. Il n'y avait rien à répondre.

— Je m'en suis douté dès le premier soir. Ton lapsus. Tu as dit « insolente » au lieu d'« insolent ». Mais je n'étais pas sûr d'avoir bien entendu.

Elle ne disait toujours rien. Son regard croisa de nouveau celui de l'aigle. Elle tendit son esprit vers lui, comme on tend la main vers une personne qu'on connaît bien.

— Ne fais pas ça, intervint Dessil.

Une pointe de colère, écho de la dernière fois où elle avait possédé cet oiseau, se diffusait en elle à chaque battement de cœur. Le rapace ouvrit les ailes. Dessil esquissa un pas en arrière.

— Je ne compte pas te dénoncer !

Alouette fronça les sourcils, perplexe.

— Ah non ?

— Non. Je veux te faire une proposition.

Il se tourna vers l'aigle et ce dernier vint se percher sur son épaule, sans la lâcher des yeux.

— Apprends-moi à le posséder.

Ce devait être une plaisanterie. Ou, plus vraisemblablement, une hallucination. Alouette écarquilla les yeux.

— Hein ?

Dessil leva une main vers l'oiseau et caressa son poitrail du bout du doigt.

— Je n'y suis jamais arrivé, admit-il. J'ai eu les meilleurs professeurs, et je connais la théorie par cœur, mais ça ne suffit pas. J'ai besoin d'essayer une autre méthode. D'être guidé par quelqu'un qui a une connaissance pratique et instinctive.

Alouette ouvrit la bouche et la referma. Elle ne savait plus ce qu'elle ressentait.

— Mon initiation au premier cercle a lieu dans trois semaines. J'ai besoin de maîtriser la possession d'ici là. Enseigne-la-moi. En échange, je t'aiderai à dissimuler ton identité.

— Mais… c'est trop tard, murmura Alouette. Tu as entendu… Syllah est déjà au courant. Ross lui a dit.

— Peu importe Syllah. Il n'a pas autant de pouvoir ici que tu l'imagines. Moi, si.

— Mais s'il me dénonce au Grand Oiseleur…

— Le Grand Oiseleur est mon père, déclara Dessil comme si c'était là une information inédite.

— Tu me… défendrais auprès de lui ?

— Oui, si tu m'aides.

Elle le dévisagea. Était-ce vrai ? Elle désirait désespérément lui accorder sa confiance, mais elle avait trop souvent été trahie pour se fier à un sentiment aussi trompeur que le désir.

— Je ne saurais pas t'apprendre, dit-elle. Je n'ai jamais donné de cours. Je suis incapable d'expliquer comment je fais.

— Ah… dommage. Dans ce cas, oublie ce que je viens de te dire. Bonne chance avec Syllah.

Son ton n'avait pas changé. Calme et distant, comme si rien de tout cela ne l'intéressait vraiment. Mais c'était faux. Ne venait-il pas de lui demander son aide ?

Bonne chance pour l'initiation, eut-elle envie de rétorquer. Elle s'abstint. À ce jeu-là, c'était tout de même elle qui avait le plus à perdre.

— Attends, capitula-t-elle. Je peux essayer. Je ne te promets rien, mais…

Dessil sourit d'un nouveau sourire, satisfait et un peu supérieur.

— Parfait. Alors, retrouve-moi ce soir. Dans ma chambre.

Chapitre 8

C'était peut-être un piège. Peut-être que Dessil et Syllah étaient de mèche. Peut-être qu'ils s'étaient mis d'accord pour la manipuler et la faire entrer dans le palais du Grand Oiseleur, afin qu'elle soit surprise et punie en conséquence. La manœuvre de Dessil, sa promesse de l'aider, n'était qu'un tour, pervers et cruel. Il rirait lorsqu'elle arriverait, ce soir. Il dirait : « Comment as-tu pu croire que j'avais besoin de toi ? Tu n'es rien. Tu étais invisible, et maintenant, tout le monde te voit. Tout le monde voit que tu n'es rien. » Il ne fallait pas qu'elle y aille. Elle n'irait pas.

Elle y alla. Son inexplicable fascination pour Dessil, mêlée à la peur d'être à la merci de Syllah, guidait ses pas. À la nuit tombée, après le repas du soir, elle se dirigea vers le palais, les yeux levés vers la tour où se trouvait la chambre de Dessil. Qui la lui avait indiquée, cette tour ? Était-ce Tarier, le premier jour ? Ou bien Sagel ? En tout cas, elle savait laquelle c'était.

Elle longea le bâtiment. *Les élèves ne mettent pas les pieds dans le palais, à moins d'avoir de très sérieux problèmes*, avait dit Tarier.

J'ai effectivement de très sérieux problèmes, songea-t-elle.

Lunette, fidèle, montait la garde dans le ciel. Elle s'empara d'elle, jeta un coup d'œil par une fenêtre de la tour, s'assura que c'était la bonne chambre. *Très bien.*

Elle faisait les cent pas le long du mur depuis de longues minutes. *Et puis zut*, décida-t-elle. Sans se laisser le temps de réfléchir davantage, elle gagna la porte d'entrée et gravit les marches. *Je n'aurai qu'à dire que j'ai rendez-vous avec Dessil – après tout, c'est la pure vérité.*

Elle poussa le lourd battant. La porte n'était pas verrouillée et donnait sur un hall d'entrée éclairé par la lueur tamisée des bougies. Elle le traversa, prit un couloir à droite, et trouva un escalier. *J'espère que je ne vais pas me tromper de chambre et entrer accidentellement chez le Grand Oiseleur.* Chassant cette pensée terrifiante, elle grimpa les marches quatre à quatre. Au sommet de la tour, elle s'arrêta devant une porte en bois rouge. Elle ferma les yeux, reprit son souffle. C'était bien là – elle sentait la présence de Vulnémar de l'autre côté. Elle frappa.

— Entre.

Elle entra.

La chambre de Dessil avait la forme d'un octogone, cerné par huit murs de pierre. Trois d'entre eux étaient percés par de hautes fenêtres en ogive. Elles offraient une vue plongeante sur la partie ouest d'Avem Dis – où les routes pavées et les édifices récents cédaient progressivement la place aux ruines antiques des Adderyns, puis à la sauvagerie des montagnes et à l'obscurité des forêts. Les rayons du soleil couchant pénétraient obliquement dans la pièce, projetant des formes géométriques sur le tapis brodé. Dessil se tenait accoudé au rebord de la fenêtre de gauche. Il semblait plus petit que d'habitude. Alouette se sentit perturbée, puis elle réalisa que c'était parce qu'il était pieds nus. Ses sourcils noirs étaient légèrement froncés. Il avait l'air ennuyé. Il ne disait pas un mot. Il attendait qu'elle parle.

Cherchant quelque chose à quoi se raccrocher, les yeux d'Alouette rencontrèrent ceux de l'aigle, perché dans l'encadrement de la fenêtre du milieu. Elle le désigna :

— Je peux le toucher ?

Dessil hocha la tête et s'écarta pour la laisser passer. L'oiseau accepta sa caresse en s'inclinant.

— Il t'apprécie, constata Dessil.

Quelque chose de maussade rampait dans sa voix monocorde.

— La plupart des rapaces m'ignorent, en général, expliqua Alouette, mais ceux qui acceptent de m'entendre s'attachent fortement. J'avais un faucon…

Sa voix se perdit dans un raclement de gorge gêné. Pourquoi racontait-elle sa vie à Dessil ?

— Mais vous deux, reprit-elle, vous devez avoir une connexion bien plus grande. Vous vous êtes choisis, n'est-ce pas ?

Dessil laissa s'écouler un silence avant de répondre.

— On ne s'est pas choisis. Le Grand Oiseleur me l'a offert.

— Ah… C'est peut-être le problème.

Elle toussota encore, embarrassée par son corps, par sa voix fluette. Elle ignorait comment formuler ses questions, ses propositions, sans prendre une posture insupportablement supérieure. Elle n'était pas supérieure : Dessil était au-dessus d'elle en tout point.

— Est-ce que tu as essayé de te lier avec d'autres oiseaux ? D'une espèce avec laquelle tu as plus d'affinités ?

Dessil plissa ses yeux gris. *Serait-ce moins pénible si je ne le trouvais pas aussi beau ?* se demanda Alouette.

— Non, je n'ai pas essayé.

— Quel est ton autre nom ?

Dessil écarquilla les yeux, surpris par la soudaineté de la question. Alouette rougit de sa propre impudence.

— Parce que…, marmonna-t-elle, ce serait peut-être plus facile avec l'oiseau qui t'a donné ton nom…

Les personnes avaient toujours une affinité particulière avec l'oiseau dont elles portaient le nom. Ce nom était la première ouverture vers le monde des Ysbrids. Les gens du peuple, comme Alouette, n'avait qu'un nom. Les gens de plus haute naissance, comme Dessil ou Syllah, portaient souvent des noms d'origine dascalienne, et gardaient leur autre nom secret.

— Peu importe, riposta Dessil. C'est à lui que j'ai besoin de me lier. C'est un cadeau du Grand Oiseleur. Posséder tous les oiseaux du monde n'aura aucune importance si je ne peux pas posséder celui-ci.

— D'accord, je comprends.

— Tu penses que c'est vain ? demanda Dessil brutalement.

— Je… Non, je… Je n'en sais rien.

— Comment as-tu réussi, la première fois ?

— Eh bien, j'étais… j'étais petite. Il y avait ce faucon. J'allais le voir dans son aire. Je lui apportais à manger. On est devenus amis.

Le regard de curiosité féroce de Dessil la brûlait. Elle baissa les yeux.

— Je sentais qu'on se connectait. Au fur et à mesure. Et un jour, c'était arrivé. J'ai essayé d'aller vers lui, et j'ai réussi.

Elle ne voyait pas comment cette explication laborieuse pouvait aider en quoi que ce soit. Elle se tut, honteuse. L'idée d'être dénoncée et condamnée à mort ne comptait pas en cet instant – ce qui l'effrayait, ce qui l'humiliait, c'était qu'elle était en train de décevoir Dessil. Il avait aussi détourné les yeux. Il devait penser : « J'ai été stupide, elle ne peut pas m'aider. Elle sait à peine aligner deux mots. »

Tout à coup, une idée lui vint.

— Je pense que ça a un rapport avec la méditation.

— La méditation ?

— Quand je médite, j'accède à la Vue. Parfois, je m'élève dans le monde des Ysbrids. Je deviens alors autre chose. À ce moment-là, je sais exactement ce que je dois faire pour posséder un oiseau.

— La méditation est effectivement un moyen d'apprendre à maîtriser la possession. Je le sais. Je médite tous les jours. Ça ne change rien.

Il eut un geste impatient. Il allait la congédier. Cet entretien devait être aussi pénible pour lui que pour elle.

— On devrait peut-être essayer, proposa Alouette en désespoir de cause. De méditer.

— Maintenant ?

Elle haussa les épaules. *Au moins, je n'aurai plus à parler.* Dessil parcourut la pièce des yeux, hésitant.

— D'accord, décida-t-il.

Il s'assit en tailleur sur le sol. Alouette s'installa en face de lui et ferma les yeux. Le monde disparut, l'ovale insupportablement parfait du visage de Dessil aussi, ses yeux couleur argent, ainsi que ses lèvres fines et foncées. Elle regarda ailleurs : vers l'intérieur, vers le vaste. Elle chercha le vide pour mieux trouver le plein. Les formules éducatives et métaphoriques de maître Corneille s'égrenaient dans son esprit. *En cas de doute, les mots aident.* C'était facile, de plus en plus facile. Elle descendait en elle et montait dans le ciel. Tout à coup, elle se demanda si Dessil ressentait la même chose qu'elle. Elle ouvrit les yeux. Il la fixait. Cette fois, elle parvint à soutenir son regard.

— Qu'est-ce que tu ressens en méditant ? demanda-t-elle avant que l'effet apaisant de la méditation ne s'estompe.

— Rien, répondit Dessil. Ou plutôt, je n'en sais rien. Je le fais depuis plus de dix ans. Je n'y pense pas. Qu'est-ce que tu ressens, toi ?

— Je me sens libre.

Elle avait répondu sans réfléchir.

— Même si je suis dans une cave, ou dans un champ, ou dans un dortoir plein de monde, je suis libre. Je suis dans le monde des Ysbrids, hors du temps et de l'espace. C'est mon condoriaume. Je règne dessus. Et je ressens la même chose pendant la possession.

Il l'écoutait avec attention. Elle poursuivit.

— C'est un jeu. Personne ne m'a demandé d'y jouer, et personne ne m'a expliqué les règles, contrairement à toi, mais j'ai trouvé les dés en moi, alors je joue. Dès que je peux. Je m'échappe dans la Vue.

Elle se tut. La gêne revenait, par à-coups, comme une marée montante. Les mots la fuyaient, refusaient de venir à ses lèvres. Elle se sentit de nouveau petite, ridicule et stupide. Mais Dessil la regardait avec une considération nouvelle.

— Je crois que je vois ce que tu veux dire. Merci. Je vais y réfléchir.

Il se redressa souplement. Comprenant que c'était son congé, Alouette se leva d'un bond.

— Quel est ton vrai nom ? demanda Dessil.

— Alouette, articula-t-elle péniblement. Alouette Dessambre.

Et toi ? pensa-t-elle. Mais elle n'osa plus poser la question. Il hocha la tête.

— Reviens dans une semaine, Alouette, s'il te plaît.

Elle bredouilla une réponse inaudible, ouvrit la porte, et s'enfuit dans l'escalier. Elle sortit du palais et se dirigea à grands pas vers son dortoir, remplie d'une étrange excitation. Elle avait survécu à son entrevue avec Dessil, et il l'avait regardée presque avec respect. Elle ne pouvait s'empêcher de sourire.

— Qui se balade au clair de lune ? jeta une voix dans la pénombre.

Elle se tourna dans la direction de la maison des deuxièmes années. Syllah était sur le perron. Ses longs cheveux blonds, dénoués, paraissaient blancs sur ses épaules. Elle fronça les sourcils :

— Toi, apparemment.

— Je t'ai vue sortir de chez le Grand Oiseleur. Que cherchais-tu là-bas ?

— Mêle-toi de tes oignons.

— Tu es vraiment mal éduquée. Ce n'est pas comme ça qu'une femme devrait s'adresser à son souverain.

Le cœur d'Alouette s'emballa.

— Tu n'es pas mon souverain. Et je ne suis pas une femme. Si c'est Ross qui t'a dit ça, il a menti.

Elle haussa le ton, prise d'une soudaine inspiration :

— Mais vas-y donc, répands cette rumeur idiote, si ça t'amuse. Tu seras le seul à être humilié. Les gens se demanderont à cause de quelle perversion tordue le prince d'Achyros est si obsédé par l'idée de changer un orphelin de Mestkydd en femme.

Syllah fronça à son tour les sourcils.

— Tu bluffes.

— Tu crois ? Viens vérifier !

Il resta immobile, les mains crispées. Démuni.

— Il n'y a personne pour nous voir, insista-t-elle.

Elle écarta les bras, souriant largement, jubilant. Elle n'avait pas peur de Syllah. Il ne ferait rien. Et s'il l'approchait tout de même, elle lui donnerait un coup de pied qui prouverait certainement que *lui* était bien un garçon.

— Tu bluffes, répéta-t-il plus bas.

Elle éclata de rire, esquissa une révérence moqueuse.

— Bonne nuit, Votre Altesse.

Et elle passa devant lui pour rejoindre sa maison.

— Je te dénoncerai, lui cria-t-il après un moment. Pas tout de suite, pas encore. J'ai des projets pour toi… Mais ne commets surtout pas l'erreur de te croire en sécurité, Alouette Dessambre !

Chapitre 9

Alouette était montée dans les hauteurs de l'arbre, là où les branches étaient presque trop fines pour supporter son poids, et se tenait en équilibre précaire. Entre les feuilles, en contrebas, elle distinguait la tache dorée des cheveux de Syllah.

— On ne le voit pas souvent faire ses corvées, Albin, pas vrai ? disait-il à Milan.

Ce dernier haussa les épaules, maussade.

— Toi non plus. Apparemment, tu passes ton temps à surveiller les corvées des autres plutôt qu'à faire les tiennes.

— Je suis en deuxième année.

— On finira par le savoir, jeta Ortolan depuis un arbre non loin.

Syllah eut un rire dédaigneux.

— Je dirai à Tarier que certaines premières années sèchent leurs corvées. À plus tard.

Il s'en alla. Alouette ne pouvait tenir plus longtemps. Elle relâcha la tension de ses muscles, et descendit de l'arbre en catastrophe, accompagnée par quelques branches lourdes de fruits. Milan la regarda.

— Je comprends pas pourquoi t'as autant peur de lui.

— Je n'ai pas peur de lui, riposta-t-elle en se frottant les coudes.

— Alors pourquoi tu disparais dès qu'il approche ?

— C'est pas tes oignons, grommela-t-elle en se remettant sur ses jambes.

Elle se mordit les lèvres. Cette excuse, « C'est pas tes oignons », commençait à s'user dangereusement. Elle avait effectivement passé ces derniers jours à esquiver le prince d'Achyros, mais cela devenait de plus en plus compliqué ; il était évident qu'il la cherchait. Quelles étaient ses intentions ? *J'ai des projets pour toi,* avait-il dit. Il n'était pas comme les autres élèves. Il était ici pour des raisons politiques. Il devait voir un intérêt à garder le secret d'Alouette pour le moment, un intérêt qu'elle ne parvenait pas à deviner.

— T'es vraiment trop bizarre, parfois, lâcha Milan avec un peu de ressentiment.

Elle ramassa les pommes qu'elle avait fait tomber de l'arbre. *Il faut que je parle à Dessil.*

Malheureusement, ce dernier était beaucoup plus insaisissable que Syllah. Elle ne faisait que l'entraperce-voir, certains matins, pendant la méditation. Et quand cela arrivait, elle hésitait tellement avant de l'approcher que, lorsqu'elle se décidait enfin, il était parti.

— Tu penses trop, lui dit Darius, l'oiselier qui leur faisait travailler la Voix. Ça bloque ta respiration.

— Non, c'est faux, répliqua-t-elle, ennuyée qu'il ait interrompu tout le monde pour lui faire cette remarque.

Ils avaient marché jusqu'au bord du domaine et ils révisaient les Premiers Chants. Cela faisait plusieurs semaines qu'ils avaient entamé ce travail et leurs Voix commençaient enfin à se mêler de manière harmonieuse et à s'élever vers le ciel, au point qu'ils avaient commencé à y adjoindre des gestes. Leurs corps devenaient un seul corps et leurs Voix devenaient une seule Voix. Alouette commençait enfin à se laisser porter par le chœur et à se sentir à sa place quand Darius avait tout interrompu pour l'accuser de ne pas respirer.

— Si, c'est vrai, répondit-il.

— Moi, je trouve que c'était bien, intervint Milan.

Comme Darius n'était qu'un oiselier et qu'il était loin d'avoir l'autorité de Tarier ou de Dessil, ils n'hésitaient pas à le contredire.

— Bon, eh bien, remettez-vous en cercle, ordonna-t-il.

Ils obéirent et le chant reprit. Alouette ferma les yeux et écouta les Voix qui faisaient vibrer l'air autour et à l'intérieur d'elle. Il n'y avait pas de but à cet exercice. Ce n'était qu'un entraînement, comme le carnet de

Bernache, mais elle sentait qu'il recelait une puissance secrète, qu'il pouvait devenir un outil dont ils étaient le cœur. Ou une arme.

Au bout d'un moment, les oiseaux affluèrent autour d'eux. C'étaient les oiseaux messagers des colombiers, habitués à la Voix, qui venaient voir les novices. Alouette resta concentrée sur sa respiration. Malgré les heures de pratique, la Voix ne devenait pas plus aisée ou naturelle, seulement plus belle, et cela compensait le reste. Elle se sentait alors presque à sa place. Presque.

Elle ne pouvait pas oublier que, si elle était démasquée, tout le monde lui tournerait le dos. Peu importerait alors que leurs Voix aient résonné ensemble.

C'est ainsi que la semaine s'écoula. Quand elle se trouva de nouveau devant la porte rouge, elle était épuisée et démoralisée. La menace de Syllah, le manque de sommeil, le trac de devoir enseigner la possession à Dessil la submergeaient. Elle prit une profonde inspiration avant de frapper.

— Entre.

Assis en tailleur au milieu de la pièce, il lui fit signe de s'asseoir en face d'elle, et elle s'agenouilla précipitamment. Tout ce qu'elle avait eu l'intention de lui raconter s'était envolé de son esprit.

— J'ai réfléchi, commença-t-il. J'ai toujours pensé que j'avais eu le meilleur enseignement possible, ici, dans la confrérie. Je commençais à croire que si je n'arrivais pas à mes fins, ça devait être à cause de mon Don, et qu'il ne servait à rien de s'acharner. Mais tu m'as fait voir les choses sous un angle différent. Ta pratique s'est nourrie du fait que tu n'as pas eu d'enseignement.

— Oui.

Elle n'avait pas l'impression d'avoir exprimé ces choses savantes, mais elle n'allait pas le contredire. Dessil se frotta les genoux.

— J'ai essayé de méditer comme toi, comme si c'était un jeu. Mais ça n'a pas suffi.

— Je pense que… ça prend du temps.

— J'ai besoin d'y arriver pour l'initiation, rétorqua-t-il d'un ton brusque. Sinon… tu sais ce qui t'arrivera.

Il lui jeta un regard noir et entendu. Alouette se raidit. Pourquoi fallait-il qu'il la traite ainsi ? Elle voulait l'aider, ne le voyait-il pas ?

— Ce n'est pas la peine de me menacer, lâcha-t-elle. Je sais très bien ce qui est en jeu. Bien mieux que toi. Pour toi, réussir cette initiation n'est qu'une question d'ego. Moi, c'est de ma vie qu'il s'agit.

Elle avala sa salive, dans une tentative pour diluer le bloc de colère en train de se former dans sa gorge. *Cette fois, je ne m'excuserai pas.*

— Reprenons, dit Dessil sans prendre la peine de répliquer.

Alouette serra les poings sur ses cuisses. Elle n'avait pas envie de reprendre. Elle s'était torturée toute la semaine à cause de ce moment, mais ça ne signifiait rien pour lui. Après tout, qu'il la dénonce ! Quoi qu'il advienne, elle en aurait enfin fini avec cette incertitude, avec cette fuite en avant. Son regard s'éleva vers Vulnémar, elle se sentit aspirée par le sien. Si elle voulait, elle pouvait s'envoler…

— La colère, comprit-elle.

— Pardon ?

Elle ravala son dépit, tenta d'organiser ses pensées.

— La colère m'a toujours aidée, pour la possession. Elle me permet de remonter plus loin dans la Vue, parfois des siècles entiers. Elle m'aide à sortir de moi, à entrer en communication, et à stabiliser la possession. J'étais tellement furieuse quand…

Elle se tut.

— Quand j'ai dit que tu n'avais pas le Don, acheva Dessil.

— Oui.

— Je ne suis toujours pas sûr de comprendre.

— C'est une question d'émotion.

Elle se pencha en avant, les yeux brillants. Elle venait de réaliser quelque chose.

— Il te faut trouver l'émotion qui va te porter en dehors de toi et vers l'oiseau. C'est la seule manière possible. Je parlais de la méditation la dernière fois, car elle m'aide à sentir mes émotions, à les trier et à m'en servir. Le condoriaume sur lequel je règne, tu te rappelles ? C'est ça qu'il faut faire.

Une lueur vacilla dans le regard de Dessil, entre doute et espoir. Alouette se tourna vers l'aigle :

— Quand je suis entrée en contact avec Vulnémar la première fois, il a été réceptif à ma colère, il a bien voulu la partager. Nous nous sommes rencontrés à ce moment-là. Et depuis, chaque fois que je le regarde, il y a ce souvenir entre nous. Un souvenir inscrit dans le monde des Ysbrids. C'est notre relation. C'est différent avec chaque oiseau. Par exemple, avec Lunette, ce n'était pas la colère, c'était plutôt…

La solitude. La peur. La tristesse.

Dessil avait l'air complètement perdu :

— Lunette ? Qui est Lunette ?

— Oh… une chouette qui niche sous le toit de mon dortoir.

Il cligna des paupières, stupéfait. *Combien d'oiseaux est-elle capable de posséder ?*

— Je vois.

Alouette remua, mal à l'aise. Elle voulut changer de sujet, et se remémora la dernière fois qu'elle avait possédé un oiseau : dans les bains, face à Syllah.

— La peur aide, aussi.

— La peur ?

— À chaque fois que j'ai possédé un oiseau, au-delà de la colère, j'étais terrifiée. C'est peut-être la clef.

— La peur m'empêche juste de me concentrer, répliqua Dessil dédaigneusement.

— Mais de quoi tu as peur ?

Il ne répondit pas. Elle se sentit rougir – c'était la question la plus intime qu'elle ait jamais posé à quelqu'un. Elle reprit très vite :

— Mon maître disait que ce qui est au cœur de toute peur, c'est l'incertitude. Quand tu sais exactement de quoi tu as peur, quand tu as creusé tout autour, au plus près, pour voir la forme de ta peur, alors tu n'as plus peur.

— Qui est ton maître ?

— Il s'appelle maître Corneille. C'est lui qui a écrit ma lettre de recommandation.

— Bien que tu sois une femme ?

Elle se sentit rougir.

— Il pensait que j'étais douée.

Dessil eut un petit rire supérieur. Alouette le dévisagea sombrement. La colère, qui couvait depuis qu'il l'avait menacée, refit soudain surface.

— Tu te moques, lâcha-t-elle, mais toi non plus, tu ne serais pas là si quelqu'un n'avait pas brisé les règles.

Le sourire de Dessil s'évanouit brusquement.

— Je n'ai rien en commun avec toi.

— Je crois que si. Je crois que tu es exactement pareil que moi.

Il garda un instant le silence. Il savait à quoi elle faisait allusion. Il était inévitable que cela arrive, comme il avait été inévitable que Milan le confonde dans l'arène. Ce serait toujours ainsi. Peu importait le nombre de fois où il répéterait qu'il n'était pas une femme.

— Moi, je ne suis pas un imposteur. Je n'ai pas besoin de me cacher. Je ne suis pas…

Il se rendit compte que sa voix partait dans les aigus, s'interrompit. Alouette l'observait. Il reprit :

— Le Grand Oiseleur en personne a vu mon destin. En le mettant en doute, tu blasphèmes. Il n'y a rien de commun entre toi et moi. Toi, tu es une fille, et une menteuse, et une usurpatrice. Je suis le futur Grand Oiseleur.

— Et pourtant, tu portes le même déguisement que moi. Seulement depuis plus longtemps.

— Je ne me déguise pas. Tu ne comprends rien. Ton Don est peut-être puissant, mais ce n'est pas le Don qui compte. Ce sont les présages. Les présages font de moi ce que je suis. Mon corps n'a pas d'importance.

Alouette se leva d'un bond.

— Mais le mien en a, n'est-ce pas ? Moi, je n'ai pas le droit d'être autre chose que mon corps !

Dessil se leva à son tour. Il était plus grand qu'elle, mais pas de beaucoup.

— Les femmes ne peuvent prétendre à l'oisellerie, déclara-t-il calmement. Elles ont d'autres attributions.

— Tu ignores de quoi tu parles. Il y a des femmes qui ont le Don, des femmes puissantes. Qui font le bien.

— Des sorcières !

— Alors pourquoi tu as promis de m'aider ? Puisque tu penses que je suis une menteuse et une usurpatrice et une sorcière, pourquoi ?

Dessil se figea. Il n'y avait pas réfléchi – il n'avait pensé qu'à l'initiation. Il prit soudain la mesure de sa promesse : cacher cette intruse, mentir à son père. Devenir blasphème. Être un traître. Il prit peur.

— Tu ne… Tu ne devrais pas me parler ainsi. N'oublie pas que je connais ton secret. Je peux te dénoncer à n'importe quel moment. Tu ne veux pas me provoquer.

Elle se mit à rire, un rire vibrant de fureur. Elle était si fatiguée.

— Tu crois que ça me fait peur ? Même si je suis déouverte, j'aurai toujours mon Don. Il est réel. Rien ni personne ne m'en fera douter. Ni toi ni Syllah. Pas même le Grand Oiseleur en personne. Alors que toi… toi ! Malgré tes vêtements, malgré les honneurs qui t'entourent et toute ta précieuse éducation, tu ne peux pas en dire autant, pas vrai ? Si tu sors de ces murs, tu n'es plus rien.

Dessil aurait pu la frapper : il en éprouva l'envie, presque irrépressible. Au moment où cette envie le dépassait, il sentit quelque chose y répondre. Une présence familière derrière lui. Vulnémar. Tout à coup, il n'était plus debout au milieu de la pièce, il était perché sur le rebord de la fenêtre, et il observait son propre visage blême.

— Ha ! s'exclama Alouette.

Elle le vit regagner son corps, vit dans ses yeux la colère le disputer à la surprise et à la jubilation. Pendant plusieurs secondes il fut incapable de parler.

Est-ce qu'elle a fait exprès de me pousser à bout ?

Mais non : la fureur d'Alouette était toujours là, bien réelle, affleurant en taches rouges sur son visage chiffonné, étincelant dans son regard.

— Va-t'en, ordonna-t-il brusquement.

Alouette cligna des yeux. Sa colère retomba graduellement, à mesure qu'elle réalisait ce qu'elle venait de dire. *Tu n'es rien.* Son cœur battait frénétiquement.

— Je ne le pensais pas, bredouilla-t-elle. J'honore le Grand Oiseleur. Je…

— Va-t'en !

Elle recula vers la porte, le regard suppliant. Puis elle fit volte-face, poussa le battant avec des mains tremblantes, et dévala l'escalier. Son cœur menaçait d'exploser. Le rire léger de Dessil l'avait plongée dans une fureur noire. Elle avait voulu l'effacer, le lui faire ravaler. Et cela avait paru si simple, si facile… la faille était là, béante.

Je dois y retourner. Lui demander pardon.

C'était au-dessus de ses forces. Elle s'était trop excusée. Elle se sentait usée, salie.

En se glissant dans ses draps froids, elle perçut la présence amicale de Lunette se blottir dans son esprit. Un être, au moins, serait attristé par sa disparition.

Chapitre 10

Si tu sors de ces murs, tu n'es plus rien.

Le jour de l'initiation approchait. Dessil n'avait pas retenté de posséder Vulnémar. Chaque fois qu'il envisageait de le faire, les mots d'Alouette lui revenaient à l'esprit, brûlants. Il ne voulait pas y penser.

Qu'allait-il faire à son sujet ? Il était presque trop tard pour la dénoncer, maintenant. Son père ne comprendrait pas qu'il se soit tu pendant aussi longtemps. Il lui faudrait se justifier, expliquer que… quoi ? Qu'il avait cru avoir besoin de l'aide d'une femme ? C'était au-dessus de ses forces. Il savait bien quelle serait la réaction de Cyrus. Sa déception, il pouvait la supporter. Mais ce n'était pas la déception, le pire. C'était le doute. Ce vieux doute, qui serpentait entre eux depuis toujours.

Il prit sa tête entre ses mains, la mâchoire contractée.

Si seulement j'avais refusé l'initiation, songea Dessil. *Il suffisait de dire non. Père aurait compris.*

Il se força à respirer profondément et regarda Vulnémar. L'aigle était perché sur le rebord du balcon. Il s'ennuyait, comme d'habitude. C'était un animal sauvage, impétueux, qui aimait le sang et la colère. Il était incapable de comprendre Dessil, trop calme, trop hésitant. Cela avait toujours été ainsi. Dessil reporta son attention sur la table devant lui, couverte de victuailles. Un pain à la viande. Du riz épicé. Des fruits frits dans leur coque. Maître Merlebleu, qui avait la charge de la nourriture, donnait toujours le meilleur de lui-même en ce qui concernait les repas du Grand Oiseleur.

La table avait été mise dans le jardin suspendu des appartements de ce dernier. Les gerbes de fleurs oscillaient dans le vent. Cyrus aimait cet endroit pour s'y reposer ou pour lire. Aujourd'hui, il était en retard, comme souvent ces derniers temps. La situation concernant Achyros le minait.

Il fit enfin irruption. Son pas brusque remua les fougères et fit jaillir les insectes sous ses pieds. Il s'assit en face de Dessil, un pli entre les sourcils :

— Tu sembles préoccupé.

— Toi aussi, répondit son fils avec un sourire forcé.

Cyrus soupira. Avec des gestes automatiques, il préleva des morceaux de nourriture sur la table pour en faire l'habituelle offrande aux oiseaux. Vulnémar se jeta sur la viande, heureux de cette distraction. Le Grand Oiseleur l'observa pensivement.

— Y a-t-il du nouveau en Achyros ? demanda Dessil en mordant à son tour dans la nourriture.

— Je n'ai pas encore de nouvelles de Cochevis. Mais…

Il hésita, puis laissa tomber :

— Les présages ne sont pas bon. Les augures et moi avons consulté les auspices cette nuit.

— Qu'ont-ils dit ? Les auspices ?

— Que les ambitions d'un héritier impérial menacent l'équilibre entre les nations. Que le ciel pleurera du sang avant que les oiseaux puissent y régner de nouveau.

— Ça signifie… une guerre ?

— J'ai décidé de réunir le Grand Concile.

Dessil resta muet. Plus que n'importe quel présage, cette décision reflétait la gravité de la situation. Le Grand Concile était un rassemblement de maîtres qu'un Grand Oiseleur pouvait ordonner une seule fois au cours de son règne, lorsqu'il doutait de l'interprétation d'un auspice. Cyrus avait failli le convoquer à la naissance de Dessil.

— Mais ne parlons pas de cela maintenant, reprit Cyrus. Il sera toujours temps plus tard, après ton initiation.

Quelque chose dans son ton fit accélérer les battements de cœur de Dessil. Avant sa naissance, Cyrus avait lu dans les auspices que son enfant restaurerait la paix entre les peuples, et deviendrait le Grand Oiseleur du Quatrième Collège. Se pouvait-il que cette guerre qui se préparait soit celle à laquelle il devrait mettre fin ? *Mais c'est trop tôt*, pensa-t-il. *Je ne suis pas prêt !*

— As-tu réfléchi à ce sujet ? reprit son père.

— Réfléchi ?

— Sache que tu peux encore te rétracter. Je sais que je t'ai pris au dépourvu la dernière fois. Je comprendrais que tu ne sois pas prêt à franchir le premier cercle.

— Tu ne m'en crois pas capable ? demanda Dessil avec une moue provocatrice.

— Si je ne t'en croyais pas capable, je ne te l'aurais pas proposé. Je me flatte d'être assez lucide sur l'étendue de tes capacités.

— Dans ce cas, je ne vois pas pourquoi je me rétracterais.

— Très bien, sourit Cyrus.

Dessil se mordit la langue. Désormais, il était définitivement trop tard pour revenir sur sa parole.

La nuit était complètement noire. Seule la lumière des étoiles déposait une lueur pâle sur le visage de Dessil, tourné vers la porte. Il s'était endormi difficilement, conscient que son initiation aurait lieu d'ici l'aube et certain qu'il allait échouer.

Trois hommes entrèrent. Ils portaient des masques de plumes et des toges de couleur claire. Celui qui menait, Visalgan, s'approcha du lit. En voyant Dessil endormi, il éprouva une sorte de tristesse – les traits de son visage, adoucis par le sommeil, étaient trop féminins. Il le réveilla sans dire un mot. Le jeune homme se redressa, cligna des yeux dans l'obscurité. Il portait seulement une tunique, et toute la fragile illusion bâtie par le Grand Oiseleur vacillait. Ses épaules étaient rondes et étroites. Son torse qui n'était pas comprimé par les bandages n'était pas parfaitement plat.

Dessil se leva, l'esprit encore embrumé de sommeil. Il se cramponna aux restes d'un songe flou et confortable, tâcha d'y ensevelir sa peur panique pour ne pas la laisser paraître. *Je suis en train de dormir. Ce n'est qu'un rêve.*

Ils le conduisirent à l'extérieur, le long de l'allée qu'on appelait le Dernier Chemin. À mesure qu'ils avançaient, ils étaient rejoints par d'autres hommes masqués et vêtus de blanc. Dessil sentait les regards peser sur lui, parfois désapprobateurs et inquiets. Il connaissait tous ces hommes depuis sa plus tendre enfance. Beaucoup d'entre eux le considéraient presque comme un fils. Tous l'aimaient, à leur façon. Mais ils partageaient le doute secret de Cyrus. Ils craignaient que Dessil – celui qui était un homme à cause de son destin – ne soit une erreur.

Il était bien réveillé à présent, la frontière du sommeil définitivement franchie. Alors il s'efforça de ne penser à rien, concentré sur le froissement des toges et l'imperceptible sifflement du vent. L'allée se réduisit, ses pavés se firent plus ternes, plus épars, et bientôt disparurent. Ils avançaient maintenant sur un chemin de terre qui déroulait ses ondulations autour de la montagne. Les buissons devinrent des arbres, plongeant l'assemblée dans une obscurité inquiétante. Des points phosphorescents, des yeux jaunes, luisaient sur les bords du sentier et dans les frondaisons. Dessil devait lutter pour ne pas trébucher à chaque pas. Il sentait que personne ne l'aiderait à se relever.

Tout à coup la canopée se déchira, le sol s'aplanit, et il déboucha sur un vaste plateau. Le ciel était dégagé, et les étoiles illuminaient la scène. À quelques pas, il y avait un poteau noir, cubique, exactement semblable à celui de l'arène. Il surgissait du sol de pierre comme s'il en faisait partie intégrante. Un oiseau, forme noire frémissante aux épaules recourbées, se tenait dessus. Dans un ensemble chorégraphié, les hommes qui l'accompagnaient formèrent un cercle parfait qui se ferma derrière lui. Dessil fit un pas vers le poteau, mais une main le retint par le bras. Il se retourna. Un des hommes lui tendait quelque chose. Un cube sombre, pâteux, qui avait une odeur épicée. Il le prit et avança vers le centre du cercle. Il remarqua que l'oiseau était enchaîné au poteau. Il remarqua aussi les étranges symboles gravés dans la pierre, sur le sol. Il coupa le cube en deux, en plaça la moitié dans le bec de l'oiseau, et mangea l'autre moitié. Il considéra le volatile. C'était un vautour, un des fils d'Ysbrids les plus puissants.

À présent, il devait le posséder.

Il s'assit en tailleur en dessous de lui. Il se dit que son père devait se tenir dans l'assemblée. Il songea à ceux qui espéraient, peut-être sans se l'avouer, son échec. Cela ne l'atteignit pas. Les émotions de ces gens n'avaient rien à voir avec lui et avec ce qu'il devait faire. Il essaya d'entrer en contact avec le vautour. Il échoua.

Quelque chose bloquait. C'était la première fois qu'il en prenait conscience. Il y avait un obstacle. Ou plutôt, ce n'était pas un obstacle : c'était comme si l'oiseau avait été enterré, et qu'il lui fallait creuser pour l'atteindre. Les paroles d'Alouette lui revinrent à l'esprit.

Quand tu sais exactement de quoi tu as peur, quand tu as creusé tout autour, au plus près, pour voir la forme de ta peur, alors tu n'as plus peur.

Il ne voulait pas avoir à creuser, à enfoncer ses mains dans cette matière-là. Mais il le fallait. Et c'était extrêmement facile, finalement : les mots avaient été prononcés, ils étaient là, juste à portée.

Si tu sors de ces murs, tu n'es plus rien.

La colère jaillit, et le vautour ouvrit les ailes pour la recevoir. Dessil sentit le fer de la chaîne qui mordait sa patte, et il vit l'assemblée qui l'entourait à travers ses yeux perçants. Il entendit un sifflement mécanique, capta l'éclat du métal. Il fut incapable d'esquiver. Le carreau d'arbalète se ficha dans son cœur.

La drogue l'empêchait de regagner la conscience de son vrai corps. Il le voyait face à lui, le choc sur son propre visage, écho lointain de la douleur qu'il ressentait. La vie le fuyait. Il voulut appeler son père. Un cri furieux s'échappa de sa gorge. Le monde se mit à tournoyer. Le sol se déroba. Il bascula dans le monde de la Vue, le monde des Ysbrids, où le temps n'existe pas.

Il est attaché au poteau, au milieu d'une flaque de sang. Autour de lui, une foule hostile et désordonnée se presse.

Une femme s'approche. Ses yeux sont deux fentes noires, étroites, inclinées vers un nez plat prolongé par un bec blanc et courbé. Elle verse de l'eau entre ses lèvres desséchées. Des cris retentissent. Il fait grand jour, pourtant le soleil est invisible, masqué par d'épais nuages couleur de plomb. La femme prend son menton entre ses mains.

— Eun Latha ! crie-t-elle. Eun Latha !

Les autres reprennent le cri.

— Eun Latha, répète Dessil d'une voix qui n'est pas la sienne.

La femme se redresse, désigne la forêt qui s'étend au-delà de la plaine. Des silhouettes humaines y sont pendues par le cou. Elles portent des masques de plumes.

Le ciel s'assombrit encore. Une grande ombre apparaît à la surface des nuages, et Brenin Yr Adar, la Reine des oiseaux, la Mère des Ysbrids, apparaît soudain. Les nuages se déchirent, le passage vers le Vrai Condoriaume s'ouvre de nouveau. La Déesse descend vers l'assemblée. Les Adderyns se prosternent.

Brenin Yr Adar se pose, et Dessil voit qu'un homme la chevauche. Il saute au sol. Dessil s'aperçoit que ce n'est pas un homme, mais une femme. Elle marche vers lui, son visage dissimulé par le contre-jour qui forme un halo autour d'elle.

Dessil ouvrit les yeux. Il était allongé dans l'herbe, et le jour se levait. Son père était penché sur lui et serrait ses mains dans les siennes.

— Qu'as-tu vu ? demanda Cyrus.

Dessil ne comprit pas la question, couverte par la multitude de voix et de sons immémoriaux qui emplissaient son esprit.

— Eun Latha, répéta-t-il.

Il sentit à peine que son père passait un bras sous ses épaules pour le soulever. Son regard tomba sur sa propre main, et il la trouva étrange. Les doigts étaient trop longs, la peau trop fragile, les ongles absurdes. Il se rappela avec acuité la sensation du métal enfoncé dans son corps, la vie qui s'enfuyait.

— Je suis mort, murmura-t-il.

— Non, répondit Cyrus. Tu es un augure.

Chapitre 11

Alouette rôdait, l'air de rien, à proximité de l'entrée du palais. Elle n'était pas la seule. Aucun élève ne connaissait la teneur exacte de l'initiation du premier cercle, et comme cela faisait cinq jours que Dessil n'avait pas réapparu, les rumeurs les plus folles s'étaient mises à courir. Certains allaient jusqu'à prétendre qu'il était mort, dévoré vivant par les Ysbrids.

Elle fut la première à le voir franchir les portes et descendre l'escalier d'un pas vif, le visage fermé. Elle se précipita vers lui, puis s'arrêta net, ne sachant pas comment l'aborder.

— Que fais-tu ici ? l'interpella-t-il. Tu devrais être à tes cours. Ou à tes corvées.

Un vent tiède agitait ses cheveux.

— Je voulais m'excuser, dit-elle.

— J'aurais dû m'en douter, sourit Dessil. Les excuses sont une passion chez toi.

Au lieu de paraître embarrassée, elle se contenta de sourire à son tour. Dessil écarta une mèche de ses yeux.

— Tu as eu tort. Mais ça n'a plus d'importance, maintenant.

Alouette enfonça nonchalamment ses mains dans ses poches. Elle attendit encore un peu qu'il la remercie, puis elle comprit qu'il ne le ferait pas.

— Alors, tu as bel et bien réussi, dit-elle. On raconte tellement de choses. Je ne savais plus quoi croire.

— Ah oui ? répliqua Dessil d'un ton dégagé. Qu'est-ce qu'on raconte ?

— Des idioties. Qu'est-ce qui s'est réellement passé ?

Il ne l'avait peut-être pas remerciée pour son aide, mais il semblait étonnamment bien disposé à son égard. Et elle avait sincèrement envie de savoir.

— Je n'ai pas le droit de le révéler. Mais… viens avec moi.

Les regards plus ou moins discrets que leur jetaient les élèves disséminés aux alentours ne lui avaient pas échappé. Il contourna le palais, dévala la colline. Alouette l'avait suivi sans un instant d'hésitation. Milan allait lui en vouloir, il commençait à en avoir assez de la couvrir. Mais ça n'avait aucune importance.

Dessil la conduisit dans la partie nord du domaine, là où les habitations se faisaient plus rares et la pente plus prononcée. L'épaisse silhouette du colombier du Grand Oiseleur s'agrandit devant eux, puis disparut, dissimulée par les arbres de la forêt qui couvrait la colline appelée Trosddiad. Ils marchèrent le long de son flanc. La forêt s'ouvrit et dévoila une gorge profonde, dont les parois plongeaient dans une rivière large et calme où barbotaient quelques oies.

Dessil longea le bord du défilé et emprunta un passage dissimulé pour descendre dans le ravin. Pendant quelques minutes ils évoluèrent au-dessus du vide, jusqu'à atteindre une étroite corniche qui semblait avoir été découpée à même la roche. Dessil se laissa tomber sur la pierre avec un soupir de satisfaction. Au-dessus de leurs têtes, de l'autre côté du canyon, le colombier était de nouveau visible.

— On sera plus tranquilles ici. Les maîtres vont se poser des questions, s'ils nous voient discuter devant le palais. Sans parler des novices.

Elle s'assit à côté de lui. En contrebas, une oie prit son envol pour les rejoindre. Dessil tendit la main vers elle et l'oiseau vint nicher sa tête dans sa paume. Il sourit et murmura :

— Bonjour, toi, ça fait longtemps...

Alouette tendit la main à son tour.

— C'est ton amie ? Comment elle s'appelle ?

Dessil hésita, puis répondit sans la regarder :

— Selise...

Alouette l'observa un instant :

— En fait, tu préfères les anatidés aux rapaces, pas vrai ? Je suis sûre que tu n'aurais aucun mal à posséder cette oie.

Il ne répondit pas. Alouette se sentit un peu bête et dirigea son regard vers l'eau, morose.

— Anserina, lâcha Dessil au bout d'un moment.

— Hmm ?

— Mon autre nom. C'est Anserina. C'est… le nom que m'a donné ma mère.

Il ne la regardait toujours pas. Il avait l'air ennuyé, comme s'il regrettait déjà ses paroles.

— Je ne le dirai à personne, dit-elle. Je t'appellerai Dessil.

Il lui jeta un bref coup d'œil reconnaissant et elle sentit que quelque chose venait de basculer entre eux. Il n'y aurait plus de menaces, de contraintes, d'angoisse. Elle ignorait ce qui les remplacerait.

— Alors… tu as décidé de ne pas me dénoncer.

— C'était notre accord, répondit Dessil. Et puis, ton maître n'avait peut-être pas tort, finalement. Il y a une raison à ta présence ici.

Selise s'écarta et plongea vers l'eau.

— Une raison ?

— Le Grand Oiseleur dit qu'une guerre se prépare. Et lors de mon initiation, j'ai vu Brenin Yr Adar… je l'ai vue envoyer quelqu'un pour sauver Avem Dis.

Une femme.

— Je ne vois pas ce que ça peut bien avoir à faire avec moi.

— Bienvenue dans ma vie, sourit-il. Le Grand Oiseleur te dirait que tout a toujours un rapport avec tout, et que nous devons être capables de guider les gens lorsque le ciel s'assombrit.

— Ça me semble être une mission à la hauteur du Grand Oiseleur, ironisa Alouette. Pas à la mienne.

Ni à la mienne, pensa Dessil. C'était pourtant son rôle, désormais. Ce qu'il avait vu lors de son initiation n'était pas un rêve, mais une prophétie, et c'était à lui de la déchiffrer. Le Grand Oiseleur avait été très clair.

— Je crois que ce n'est à la hauteur de personne.

Pour l'instant, il n'avait qu'une certitude : la femme qui avait surgi en chevauchant Brenin Yr Adar venait pour l'aider. Elle était sa libération. Il jeta un coup d'œil en coin à Alouette. Elle avait l'air différente, pourtant c'était lui qui était censé avoir changé.

— Quoi qu'il en soit, reprit-il, ce qui importe pour le moment, c'est de préserver ton identité. Personne ne te soupçonne, à part Syllah et Rossignol ?

— Non. Milan me provoque parce que je ne vais jamais aux bains avec les autres, mais il ne se doute de rien, je crois. En revanche, j'ignore si Syllah en a parlé à d'autres personnes. La dernière fois que je lui ai adressé la parole, il m'a dit qu'il n'allait pas me dénoncer tout de suite, qu'il avait des projets pour moi d'abord.

— Il a intérêt à faire traîner les choses. Plus longtemps tu demeures cachée, plus la révélation sera humiliante pour le Grand Oiseleur.

— Je n'avais pas pensé à ça…

— C'est évident. Syllah est en mission à Avem Dis. Lui et sa famille haïssent les oiseleurs. Toutes ses actions ici, toutes ses paroles visent donc à miner notre influence et à renforcer la sienne. Tu n'es qu'un pion dans son jeu.

Alouette fronça les sourcils, légèrement vexée. Tout à coup, Dessil se redressa, la tête levée vers le ciel qu'une forme noire venait de traverser.

— C'est le corbeau de Cochevis ! s'écria-t-il. Suis-moi !

Il bondit pour regagner le sommet et coupa à travers le bois. Alouette courait à moitié pour le suivre, surprise par les raccourcis qu'il empruntait. Il s'arrêta au pied du colombier, fixant le haut de la tour avec attention à la recherche de l'oiseau qu'il suivait.

— C'est le colombier réservé au Grand Oiseleur, dit Alouette comme si Dessil pouvait l'ignorer. Il est le seul à avoir la clef.

— Pas besoin de clef.

Il pressa le bout de son pied contre le mur. La surface en pierre était plutôt lisse, mais il s'y éleva quand même, avec une aisance polie par l'habitude. Alouette l'observa un instant, d'un œil critique, avant d'entreprendre de le suivre. Elle n'avait pas escaladé de murs depuis qu'elle avait quitté Mestkydd, mais ses réflexes étaient toujours là.

Dessil fut surpris de la voir surgir à son côté.

— Tu grimpes bien, nota-t-il.

— À Mestkydd, si tu veux te rapprocher des oiseaux, tu n'as pas le choix.

Dessil atteignit la première corniche et s'y hissa. Dans une envolée d'oiseaux courroucés, il parcourut quelques mètres en équilibre précaire avant de reprendre l'ascension. Ensuite, il atteignit la tourelle, pourvue d'une lucarne étroite. Il se cala fermement à côté de l'ouverture, plongeant son regard dans la pénombre de la tour. Alouette le rejoignit peu après, à peine essoufflée.

— Ça fait quelque temps que je ne passe plus là-dedans, lui dit-il. Mais toi, tu peux. Je vais redescendre, et tu ouvriras la porte de l'intérieur. Enfin, si tu en es capable.

Il avait jeté cette dernière phrase sur un ton de provocation nonchalante. Elle le fusilla du regard.

— Bien sûr que j'en suis capable.

Il rit.

— Rentre par l'autre lucarne, alors. L'échelle est plus proche.

Elle acquiesça, traversa le toit à quatre pattes, et se glissa dans l'ouverture. L'obscurité moite du colombier, remplie d'ombres ailées, de froissements et d'odeurs lourdes, la cueillit. Depuis la lucarne, Dessil la suivait des yeux.

— Par la droite, tu peux attraper l'échelle.

Les oiseaux du Grand Oiseleur, surpris par cette intrusion, s'amassèrent autour d'elle, la déséquilibrant. Elle inspira, leur envoya des pensées rassurantes.

— Du calme, murmura-t-elle.

Elle parvint à atteindre l'échelle, se laissa glisser le long de cette dernière, et se réceptionna souplement au sol. Elle traversa la tour et déverrouilla la porte. Dessil entra.

— Et maintenant ?

— Maintenant, on retrouve cette lettre.

Il scruta le haut de la tour, que la poussière mêlée de lumière rendait brumeux. Il s'empara de l'échelle, monta quelques degrés. Au bout de quelques minutes, un corbeau vint se percher de lui-même sur sa main tendue.

— Salut, toi.

Il défit le lien qui retenait le rouleau à sa patte et sauta de l'échelle.

— Il faut que tu ressortes par en haut, ordonna-t-il à Alouette. Pour que la porte soit refermée.

— Ça marche.

Une fois qu'ils se furent rejoints au bas de la tour, ils regagnèrent le bord de la rivière qu'ils avaient quitté un peu plus tôt. Le corbeau s'était posé sur le bras de Dessil qui caressait sa tête entre son pouce et son index. Il déplia la lettre, contenue dans un rouleau d'ivoire. Alouette se pencha contre son épaule pour la voir.

— Qu'est-ce que ça dit ?

— Tu ne sais pas lire ?

— Pas si c'est écrit comme ça, rougit-elle.

— Ça dit que… Altan a fait exécuter les deux oiseleurs.

Les yeux d'Alouette s'agrandirent d'horreur. L'histoire des deux oiseleurs emprisonnés par le condor d'Achyros avait nourri de nombreux débats depuis quelque temps. Le Grand Oiseleur était le seul apte à juger les augures. Le condor lui-même n'avait pas ce pouvoir, et pourtant il se l'était octroyé. Pire, il avait maintenant fait exécuter un interprète des Ysbrids.

— Je ne comprends pas…, bredouilla Alouette. Pourquoi ? Pourquoi il nous hait ?

— C'est un test. Il veut voir comment va réagir le Grand Oiseleur.

Dessil roula la lettre, la rangea précipitamment.

— Ce n'est pas une surprise. Le Grand Oiseleur s'y attendait. C'est pour ça qu'il a décidé de réunir le Grand Concile. D'ailleurs, je vais y assister.

Les yeux d'Alouette s'écarquillèrent encore, d'admiration cette fois. Dans ce regard, Dessil puisa une assurance qu'il n'avait pas ressentie depuis plusieurs années. Il refixa la lettre à la patte de l'oiseau, lui ordonna mentalement de regagner le colombier. Puis il se tourna vers Alouette.

— Pour l'instant, tiens-toi à l'écart de Syllah. Je m'occupe du reste.

Chapitre 12

Dessil courait vers le pont qui achevait de se déliter, comme un château de sable emporté par la mer. Son père le regarda approcher, les bras croisés. Dionàch se posa derrière lui, l'enveloppant de son ombre immense, et courba sa tête couleur d'os vers les deux humains.

Dessil s'immobilisa, le cœur battant. Le pélargone était le véritable seigneur et protecteur d'Avem Dis. Sa mémoire allait plus loin encore que la Vue de Cyrus. Le Grand Oiseleur n'était que son apprenti. Pourtant, à ce moment-là, c'était bien ce dernier que Dessil craignait le plus.

— Où étais-tu ? demanda-t-il. Je t'avais dit d'être là pour l'invocation du pont.

Plusieurs heures s'étaient écoulées depuis que Cyrus et Dionàch avaient invoqué l'antique construction pour permettre le passage des membres du Concile.

— Je suis désolé, père. J'ai… j'ai oublié.

À cause du Grand Concile, les élèves s'étaient vu attribuer un jour de congé exceptionnel. Dessil en avait profité pour emmener Alouette dans les collines de l'est du domaine.

— Oublié ?

— Pardon.

Dessil se mordit l'intérieur de la joue. Si son père savait qu'il négligeait ses devoirs parce qu'il passait tout son temps libre avec un élève de première année, sans même mentionner la véritable identité de l'élève en question… il ne voulait pas imaginer l'étendue de sa désapprobation.

Cyrus soupira. Par une étrange circonstance, l'initiation de Dessil, au lieu de le faire gagner en sérieux et en maturité, semblait avoir eu l'effet inverse. Il n'avait jamais été aussi insouciant, aussi négligent, aussi… jeune.

— Nous en discuterons plus tard. Le Concile commence dans quelques minutes. Es-tu prêt ?

— Je… je crois, oui.

Dionàch s'éleva dans les cieux, s'éloigna de plus en plus. Le lien était rompu. Cyrus se mit à marcher à grands pas en direction du domaine et Dessil le suivit.

— Tu te souviens de mes instructions ? Tu assistes au Concile en tant que témoin silencieux. Tu n'interviens pas. Je veux seulement que tu écoutes – que tu écoutes attentivement. Je recueillerai tes impressions à la fin. Compris ?

— Compris.

Le Grand Concile avait lieu dans le temple sacré, autour de la table de pierre. Les grandes décisions devaient toujours être prises à ciel ouvert, afin que les signes des Ysbrids puissent être pris en compte. Dessil connaissait déjà deux des huit maîtres répartis autour de la table : Visalgan, doyen des oiseleurs et maître de Cyrus, et Choucas, le maître messager. Les sept autres avaient été choisis pour leur sagesse ou parce qu'ils étaient impliqués dans les évènements politiques en cours. Un siège demeurait vide : Kiliera, le Grand Conseiller d'Altan d'Achyros, n'avait pas répondu à l'appel. Cette absence en disait déjà plus long que toutes les paroles qui allaient être échangées les prochains jours. Dessil prit place à la droite de son père, les yeux fixés sur la pierre noire incrustée et les mots gravés sur la table.

Quand la dernière lumière s'éteint je m'allume
J'annonce la fin après la fin.

Le Grand Oiseleur s'assit sur le trône de pierre, et prononça les paroles rituelles. L'assemblée ferma les yeux. La méditation commença.

Quelques instants s'écoulèrent, pendant lesquels les sons alentour parurent s'amplifier. Les oiseaux familiers des maîtres tournoyaient dans le ciel ou se posaient dans les arbres, attirant les autres.

Ensuite, le Grand Oiseleur poussa un léger soupir et ouvrit les yeux. Il regarda chacun des membres tour à tour.

— Je suis heureux de vous voir.

Il était l'élu des Ysbrids. L'incarnation d'une seule âme transmise depuis la nuit des temps pour diriger l'Ordre. Chaque maître oiseleur avait ses opinions et ses convictions profondes, mais aucun ne s'opposerait aux décisions du Grand Oiseleur.

— C'est la première et dernière fois que je convoque l'Unique Concile. Comme vous le savez, nous sommes sur le point de vivre des moments critiques. Altan a fait exécuter deux oiseleurs. Une période de chaos approche, particulièrement complexe à appréhender. Je vous ai donc choisis pour représenter les oiseleurs des deux condoriaumes, Achyros et Sechyros. Et je sollicite votre éclairage.

Comme les regards s'attardaient sur le siège vide, il ajouta :

— Kiliera n'a pas répondu à mon appel.

— Il nous a trahis, annonça Enguerrand, grand haruspice de l'Est. À présent, il enseigne une version dévoyée de notre art dans les confréries d'Achyros. Elles sont de plus en plus nombreuses, à concurrencer les confréries des oiseleurs. Altan s'en sert pour propager sa vision guerrière, et pour transformer ses jeunes gens en armes. Ainsi, il ne compte pas seulement nous persécuter, mais aussi nous affronter sur notre propre terrain, celui de l'éducation.

— Son influence est encore minime, riposta alors Melchiro, le maître de la confrérie de Mestkydd. L'éducation reste notre prérogative. Le peuple est de notre côté. Ouvrons de nouvelles confréries, agrandissons celles qui existent. Faisons comprendre à Altan que tuer les oiseleurs, c'est tuer son propre peuple.

— Pour que cela marche, il faut nous unir, répliqua Visalgan d'un air entendu. Restaurer la confiance entre nous.

— À quoi fais-tu allusion ? demanda Cyrus.

— Je fais allusion aux augures renégats qui enseignent, en dehors des murs des confréries, à ceux qui ne devraient pas être initiés. Un tel individu sévit encore dans les rues de Mestkydd : Corneille continue d'empoisonner l'esprit de garçons qui devraient être confiés à de vrais oiseleurs, et de filles qui devraient se trouver des occupations plus dignes. Ce genre d'enseignement clandestin sape notre influence.

Dessil lutta pour garder un visage impassible. Corneille était le maître qui avait envoyé Alouette à Avem Dis.

— N'y a-t-il pas un sujet plus pressant ? intervint Faviel, le plus jeune du groupe. Deux des nôtres ont été exécutés.

Après un silence, Visalgan répondit :

— Tout est lié, Faviel. Le conflit avec Achyros était inévitable. Il est annoncé depuis la chute du Collège renégat. Nous sommes préparés.

Dessil jeta un coup d'œil au vieillard, surpris. Il n'avait pas le sentiment d'être préparé. Et il n'était manifestement pas le seul : de l'autre côté de la table, Faviel fronçait les sourcils d'un air préoccupé. Il se racla la gorge, et attendit que Cyrus pose les yeux sur lui pour parler.

— Le sommes-nous vraiment ? lança-t-il d'un ton où perçait de la colère. Votre Éminence, j'ai connu les oiseleurs qu'Altan a assassinés. Que cela ait été écrit ou pas, ils ne désiraient pas ce sort. J'ai lu les auspices comme vous tous. J'ai vu, comme vous, le chaos et le sang. Je me demande une seule chose : allons-nous nous laisser massacrer comme si nos vies ne comptaient pas ? N'y a-t-il pas une autre solution ?

— À ce stade, tous les chemins sont possibles, répliqua Cyrus.

— Dans ce cas, Votre Éminence, nous pouvons nous battre. Nous pouvons affronter Achyros et défendre nos vies et la vie de ceux que nous guidons.

Est-ce la réponse ? songea Dessil. À quelques reprises au cours de l'histoire, des oiseleurs avaient employé leur magie pour se battre. La plupart de leurs techniques avaient été interdites par la suite, mais certains maîtres les connaissaient encore. Surtout en Achyros.

— C'est en parlant ainsi, sans réfléchir, que l'on manque les signes les plus évidents, dit Visalgan avec sévérité. Tu t'égares, Faviel.

Faviel blêmit, mais le Grand Oiseleur n'avait pas manifesté de désapprobation. Après une profonde inspiration, il poursuivit :

— Alors, ce sera ainsi : attendons Altan d'Achyros comme nous l'attendons depuis cinquante ans. Observons-le pendant qu'il nous massacre et qu'il transforme nos confréries en ruines. Et lorsque ce sera fini, les plus lâches d'entre nous ramperont de sous les décombres et fonderont le Quatrième Collège. C'est l'éternelle histoire qui se répète depuis mille ans.

Visalgan parut sur le point de se lever, furieux. Cyrus leva la main :

— Je comprends ta colère, Faviel. Tu crains pour les tiens.

— Je suis aux premières loges, Votre Éminence. Je vois comment ils nous traitent à Achyros.

— Je sais. Tu préconises la fondation d'un ordre guerrier. Tu veux donner aux oiseleurs le pouvoir de se défendre face aux condoriaumes. C'était aussi la position de ton maître. C'est une mauvaise idée. Un tel pouvoir nous dépassera tous.

Les épaules de Faviel retombèrent. Étrangement, il semblait soulagé. Il était venu pour parler, et il avait parlé. Le reste était entre les mains du Grand Oiseleur.

— Il n'y aura peut-être ni sang ni chaos, intervint Choucas, le maître messager. Comme l'a dit Visalgan, le conflit avec Altan est prédit depuis la fin du Collège renégat. Depuis tout ce temps, nous nous sommes préparés. L'héritier d'Achyros est à Avem Dis. Entre nos mains.

Syllah, comprit Dessil, et il se mordilla la lèvre. Il n'aimait pas le prince : c'était une peste, ouvertement hérétique, et avec une langue trop bien pendue pour son âge. Mais de là à le considérer comme un otage…

— Syllah Achyros Dustyan, explicita Beltaga, grand haruspice de l'Ouest. D'après les présages, il est la clef de cette guerre. L'empereur qui réunifiera le continent.

— Altan n'avait pas d'autre choix que de nous le confier, intervint Cyrus. À cause des accords qui ont suivi la dernière guerre, il y était obligé. Mais il a retourné la situation à son avantage, en dressant Syllah de manière à en faire son envoyé et son espion. Il sème la division. De nombreux élèves sont prêts à le suivre et à retourner leur apprentissage contre nous. C'est du moins son espoir.

C'est dans ce but qu'il veut utiliser Alouette, songea Dessil. *Il espère peut-être qu'elle se rangera à son côté. Plus il attend pour la dénoncer, plus sa révélation aura d'impact.* Cela voulait dire que la menace qui pesait sur elle était toujours bien réelle, mais qu'elle n'était pas pressante. Il trouverait le moyen de la protéger, comme il l'avait promis.

— Ainsi, il recrute une armée d'oiseleurs parmi les nôtres, au sein même d'Avem Dis, dit Faviel d'une voix monocorde. Et nous ne nous défendrons pas.

— Surveille tes paroles, Faviel. Je n'ai pas dit que nous ne nous défendrons pas. Il y a plusieurs façons de se battre, des moyens autrement plus efficaces que les armes. Les Ysbrids nous guident, ne l'oublie pas.

Dessil se demanda si cela voulait dire que son père comptait se servir de Syllah, un novice sous la protection de la confrérie, comme monnaie d'échange. Paradoxalement, prendre les armes lui semblait plus propre. Mais il savait déjà que, dans une guerre, certaines règles – même sacrées – ne s'appliquent pas.

— Ha !

Menure, l'ermite, avait la tête levée vers les cieux. Suivant son regard, les autres maîtres et Dessil découvrirent une nuée d'oiseaux qui noircissait l'horizon. Le Grand Oiseleur se leva. Ils l'imitèrent, et pendant un moment le silence fut presque total. La nuée remplissait le ciel, traçant des motifs cryptiques sur le firmament comme sur du sable, éphémères dans notre monde, éternels dans la Vue. Puis le ciel se vida. La lumière se déversa de nouveau sur les ruines du temple sacré, rebondit sur la pierre noire en son centre. Le Grand Oiseleur tourna les yeux, tout naturellement, vers Fulmar, le seul homme qui n'avait pas encore parlé. Il était très grand, avec de longs cheveux noirs et raides et des yeux rougis par les sacrifices rituels.

— Votre Éminence, dit-il. Je suis proche de Cyel de Sechyros comme Kiliera est proche d'Altan d'Achyros, mais je connais encore mes devoirs. Je sais ce que je dois dans la confrérie.

— Parle.

Fulmar passa sa langue sur ses lèvres fines, étrangement foncées.

— Altan aura bientôt d'autres problèmes plus urgents que les oiseleurs. Les espions de Cyel se tiennent prêts. Ils sont dans son palais, attendant leur heure. Au moment où nous parlons, la question est peut-être déjà… tranchée.

Dessil retint son souffle. Personne ne semblait surpris. Tous les maîtres avaient vu les signes. Ils avaient vu à travers les yeux des oiseaux royaux et des pigeons des rues les prémices de l'affrontement. Ils avaient lu et écrit les lettres qui menaient à ce moment, comme autant de jalons le long d'un chemin à tracer. Il était impossible de les tenir pour responsables, et pourtant, en influençant les condors autant que leurs peuples, ils l'étaient. Ce coup d'État et cette trahison avaient été écrits, préparés, par des générations d'oiseleurs.

— Cela concorde avec ma vision, déclara Beltaga. J'ai vu Altan égorgé, et son fils, Syllah, monter sur le trône.

— Ce n'est qu'une des voies possibles, murmura Cyrus. Rien n'est encore fait. L'attentat peut échouer. Les fils sont encore noués.

Un gong résonna dans le lointain, déclenchant un envol d'oiseaux dans les arbres avoisinants. Cyrus les observa, songeur.

— Mais plus pour longtemps.

Chapitre 13

Plusieurs jours s'écoulèrent. Les lettres affluaient au domaine, relatant des présages, des épisodes de violence, des inquiétudes sous-jacentes. Avem Dis grouillait de maîtres, augures et haruspices en visite, cherchant leurs propres réponses dans les auspices. Et cependant Avem Dis devait rester une confrérie, avant d'être le siège du Troisième Collège des oiseleurs. Au milieu de cette tempête, Cyrus n'avait pas trouvé le temps de parler à Dessil. Comme il passait non loin de l'arène où celui-ci donnait un cours aux troisièmes années, il décida d'aller à sa rencontre. Il l'aperçut en train de dévaler la colline, derrière la file des élèves.

En voyant son père, Dessil ralentit le pas.

— Père ! Je croyais que nous nous voyions demain.

— Effectivement. Mais cela ne nous empêche pas de rentrer ensemble.

Ils se mirent à marcher côte à côte.

— Les derniers jours ont été éprouvants, déclara Cyrus. Qu'en penses-tu ?

— Tu veux parler du Concile ? J'ai... (Il s'interrompit, décida d'être honnête.) J'ai ressenti... de l'impuissance. J'ai eu l'impression que des forces contraires étaient en jeu, et qu'on ne pouvait rien faire. Que les hommes présents étaient comme les différents chemins que peut prendre le futur : aucun n'avait raison ou tort.

Cyrus eut un sourire mélancolique et se tourna vers lui.

— C'est assez exact. Est-ce que tu...

Il s'interrompit à son tour, leva la tête vers les branchages. Quelques secondes plus tard, un jeune homme pâle, efféminé et rougissant en descendit. Cyrus le dévisagea sévèrement.

— Qui es-tu ? Tu n'as rien à faire ici à cette heure.

Alouette ouvrit la bouche pour répondre, mais aucun son n'en sortit. C'était la première fois qu'elle se retrouvait face au Grand Oiseleur. Dessil fit un pas en avant.

— C'est mon ami, père. Albin. Je... te présente Albin.

Le Grand Oiseleur resta immobile. À sa connaissance, Dessil ne s'était jamais lié avec aucun des élèves d'Avem Dis, établissant entre eux et lui une distance que Cyrus trouvait plutôt légitime.

— Nous étions censés nous retrouver, expliqua Dessil. C'est pour ça qu'il est là.

— Très bien, dit Cyrus après un silence chargé de jugement. Dans ce cas, je vous laisse. Nous finirons cette discussion plus tard, Dessil.

— À plus tard.

Cyrus s'éloigna. Dessil poussa un profond soupir.

— Donc… je suis ton ami ? sourit Alouette.

— Ne m'oblige jamais à le redire. La prochaine fois, tu auras à expliquer pourquoi tu espionnes les conversations du Grand Oiseleur depuis les arbres.

— Je n'espionnais pas !

— Mais tu as entendu, pas vrai ?

— Presque rien, protesta-t-elle.

Dessil n'insista pas et ils se mirent à marcher côte à côte. Alouette leva les yeux vers le ciel. Elle sortait du cours de divination de maître Bernache, de plus en plus obscur à mesure que les formules mathématiques servant à délimiter les parcelles se multipliaient et se complexifiaient. Les carrés devenaient des cubes. Il fallait maintenant prendre en compte la distance et la vitesse des objets observés, pour ensuite les lier à des intervalles de temps. Elle s'était appliquée au début, mais maintenant elle faisait comme les autres, c'est-à-dire qu'elle inventait la majorité des signes qu'elle était censée relever dans sa parcelle de ciel, simplement parce qu'elle n'avait pas le temps de rester assise devant une fenêtre des heures durant. Elle avait même demandé l'aide de Dessil. Il avait aligné deux ou trois formules sur une feuille et tâché de lui expliquer, avant de finalement abandonner en disant : « Tu finiras par le sentir. » Elle soupçonnait que lui-même ne sentait pas grand-chose et n'avait pas insisté.

Elle s'aperçut qu'ils marchaient en direction du palais.

— On va dans ta chambre ? demanda Alouette.

Ils avaient passé beaucoup de temps ensemble depuis l'initiation de Dessil, mais ils n'étaient jamais retournés dans cette pièce.

— Non.

Il poussa les lourdes portes, gravit les marches du hall. Il lui fit traverser des salles de bal où des impératrices avaient valsé plus de mille ans plus tôt, gravir des escaliers vertigineux, et fouler des tapis princiers. Elle traînait en arrière, les yeux écarquillés, à la fois émerveillée et terrifiée à l'idée d'être surprise.

— Dépêche-toi ! se moqua Dessil.

Il monta encore une volée de marches, et entra dans une pièce illuminée par des fenêtres offrant une vue plongeante sur Avem Dis. Il ouvrit l'une de ces dernières, se hissa sur le rebord et le franchit sans effort.

— On va sur le toit, c'est ça ? cria Alouette.

Il ne pouvait déjà plus l'entendre. Ignorant le vide qui s'ouvrait au-dessous d'elle, elle le suivit. La hauteur était vertigineuse, mais le mur était facile à escalader. Longeant les pierres, les sculptures et les pinacles, elle arriva sur le toit de la tour, en pente douce, où Dessil l'attendait.

— Qu'est-ce qui t'a pris si longtemps ?

— Je n'ai pas mis longtemps !

Elle se retourna, et eut le souffle coupé devant la beauté de la vue. Le soleil était en train de se coucher. Les sommets des montagnes ressemblaient à des sculptures d'or tandis que les vallées se perdaient dans les ombres du crépuscule. Elle entoura ses jambes de ses bras, muette. Dessil l'observait. Au bout d'un moment, il s'allongea sur le dos et regarda le ciel, ses couleurs du rose au violet sombre qui s'embrasaient soudain en rouge sang. Un long moment s'écoula. Le ciel s'était considérablement assombri quand Alouette se tourna finalement vers Dessil :

— Alors, le Grand Concile ? Comment était-ce ?

Dessil sourit, les yeux fermés :

— Confidentiel.

Elle émit un grognement déçu. Dessil ouvrit un œil.

— Ton maître a été mentionné. Corneille, c'est ça ?

— Vraiment ? Pourquoi ? Ils ne vont pas l'arrêter, hein ?

— Je ne sais pas. Ses activités sont un danger pour l'Ordre. Elles contribuent à saper l'influence des confréries.

— C'est faux, protesta Alouette. Il enseigne aux garçons qui ne peuvent pas aller dans une confrérie, car ils sont obligés de travailler pour leurs parents. Et aux filles, qui n'ont pas le droit d'aller dans une confrérie. Il leur permet d'honorer les oiseleurs et de suivre leurs règles malgré tout. Moi, j'ai suivi son enseignement sans jamais cesser d'honorer le Troisième Collège.

— Toi, peut-être. Mais pas tous les autres. Il dispense un savoir qui n'est pas validé par la confrérie, à des gens qui n'en sont peut-être pas dignes.

— Des filles, tu veux dire.

Elle réfléchit, les sourcils froncés.

— Eh bien, les oiseleurs n'ont qu'à enseigner aux filles. Si elles avaient de vraies confréries où apprendre à utiliser leur Don, elles ne se tourneraient plus vers des confréries clandestines et des sorcières. Les oiseleurs pourraient contrôler le savoir qu'ils leur donneraient, et juger si elles en sont dignes ou pas.

— Ce n'est pas comme ça que ça fonctionne.

— Ah bon ? Pourquoi ?

— Je ne vais pas débattre avec toi.

— Pourquoi pas ? Parce que j'ai raison, c'est ça ?

— Non, parce que je suis fatigué. Les derniers jours ont été éprouvants.

Alouette roula des yeux. Au fil des semaines, elle avait appris qu'une grande partie de ce qu'elle avait admiré au début chez Dessil reposait en réalité sur une assurance fragile compensée par une certaine dose d'arrogance, variable selon son humeur. Elle n'insista pas, par égard pour lui. Elle savait, depuis leur dispute, où se situaient ses failles.

— D'ailleurs…

Il se redressa sur ses coudes, plongea une main dans sa poche. Il en sortit une sorte de tube de papier, serré par une ficelle. Il la dénoua.

— J'ai pris ça dans le bureau de mon père.

— C'est quoi ?

— La *selvia*. Mon père l'utilise pour stabiliser et approfondir sa Vue et entrer en contact avec Dionàch, le Gardien. Avec les oiseaux ordinaires, elle rend la possession très facile, et beaucoup plus puissante.

Pendant combien de temps tu arrives à posséder un oiseau, en général ?

— Je ne sais pas… Moins d'une minute.

— Avec la *selvia*, ça dure beaucoup plus longtemps. Et tu sors réellement de ton corps. Tu voles vraiment.

Il la regarda dans les yeux.

— Tu veux essayer ?

— Bien sûr.

Il partagea les feuilles noires et lui en tendit une.

— Mâche, mais n'avale pas ta salive.

Elle obéit. Il fit de même. Ils s'allongèrent sur le toit. Des rayons lumineux parcouraient le ciel, surgissant entre les nuages. Les silhouettes sombres d'oiseaux diurnes et nocturnes qui se croisaient pour l'unique fois de la journée y dessinaient leurs trajectoires immuables. Les lignes immatérielles s'intensifièrent, prirent de la consistance. Quelque part à proximité, Lunette s'éveillait. Alouette la trouva sans difficulté. Elle ouvrit ses ailes et s'envola.

Dessil avait raison. Cela n'avait rien à voir avec les fois précédentes. Elle se fondait entièrement dans l'oiseau. Sa volonté la portait autant que les masses d'air. Elle était toute-puissante, en équilibre sur le vent, portée par la Vue. Tout à coup, elle eut une inquiétude : elle avait entièrement perdu le contact avec son corps. Il était en bas, à peine visible même pour ses yeux perçants, étendu sur le toit luisant du palais d'Avem Dis. Minuscule. Elle sentit qu'elle pourrait s'en détacher totalement ; partir ; se perdre à jamais. Puis elle vit le corps de Dessil, allongé près du sien, son visage pâle et lumineux comme un soleil d'hiver. De lui, elle ne pouvait pas se détacher si facilement.

À présent une oie volait avec elle. Tous les deux avaient les mêmes yeux dorés, ouverts sur le monde étendu en dessous d'eux. Et ils riaient d'un rire muet et extatique.

Loin en dessous d'eux, le Grand Oiseleur faisait les cent pas entre les murs de son bureau, un pli entre les sourcils. Par la fenêtre ouverte, un oiseau messager était entré. La lettre reposait, décachetée, sur la table.

À Son Éminence, Cyrus Delphe, Seigneur des oiseaux et Envoyé des Ysbrids,

J'écris en urgence. La cité est à feu et à sang. À cette heure où j'écris, il est impossible de dire quelle direction vont prendre les évènements. Les auspices restent muets.

L'attaque a débuté à minuit. Elle visait le condor Altan en personne. Des dizaines d'espions sechyriens sont passés à l'action en même temps, et la garde a été débordée. Altan a reçu une lame dans la gorge.

La rumeur avait dû se diffuser dans la capitale. Au moment de l'attaque, le peuple de Cryos s'est soulevé et a pris le palais d'assaut. La condorine et sa fille sont confinées dans leurs appartements. Altan a été évacué plus tôt, et il est maintenant introuvable.

S'il survit à sa blessure, la guerre est inévitable.

J'ignore si je vivrai au-delà de cette nuit, je vous remets mon âme, à vous et à Avem Dis.

Cochevis

La lettre avait été rédigée quelques jours auparavant. Entre-temps, le condor Altan Achyros Dustyan, remis de sa blessure, avait repris le contrôle de sa ville, dans le sang.

Au moment où Alouette et Dessil s'ébattaient dans les cieux crépusculaires, des centaines d'oiseaux prenaient leur envol à travers deux condoriaumes, porteurs de déclarations de guerre écrites à l'encre rouge.

· II ·

HIVER PRINTEMPS

Chapitre 14

Quatre mois plus tard

Alouette faisait les cent pas au pied des arbres, écrasant la neige immaculée. Elle attendait Dessil. La nuit dernière, elle avait envoyé Lunette frapper au carreau de sa chambre pour lui donner rendez-vous. La chouette lui avait annoncé que le message était passé, mais cela n'empêchait pas son ami d'être en retard. Elle soupira, frustrée et anxieuse, et balança un coup de pied dans un tronc d'arbre. Un paquet de neige dégringola des branches, et elle poussa un cri de colère quand l'eau glacée ruissela sur ses cheveux.

— Tu t'amuses bien ?

Elle fit volte-face. Dessil la contemplait, les mains sur les hanches, un sourcil haussé. Les privations liées à Sanavem, le jeûne hivernal, avaient effacé la rondeur de ses joues et grisé légèrement son teint pâle. Ses cheveux n'avaient pas été coupés depuis le début de l'automne et ondulaient sur ses épaules.

Elle aplatit ses propres mèches trempées de neige sur son front et déclara :

— J'ai besoin de ton aide.

— Visiblement, ricana-t-il. Viens, montons dans cet arbre, maintenant que tu as dégagé le passage.

C'était un châtaignier, dont le tronc se séparait en trois branches épaisses qui formaient une fourche facile à atteindre et à peu près préservée de la neige. Ils s'y installèrent, leurs jambes entremêlées.

Dessil avait tenu sa promesse à Alouette. En plus de lui montrer où se laver, il lui avait enseigné la manière d'arranger ses vêtements pour mieux se dissimuler, y compris la nuit. Il lui avait expliqué le fonctionnement secret de la confrérie, les traditions qui se perpétuaient dans les dortoirs, celles auxquelles il fallait qu'elle se plie et celles auxquelles elle devait se soustraire à tout prix.

Les deux seules autres personnes qui connaissaient le secret d'Alouette, Syllah et Rossignol, n'avaient pas parlé. Les plans nébuleux du prince avaient été bouleversés par la guerre : en tant que seul héritier du condor d'Achyros, isolé de sa famille, il se trouvait dans une posture précaire, ambiguë. C'est pourquoi Alouette s'était crue en sécurité.

Et voilà que la peur revenait, et avec elle l'obscur sentiment de l'imposture et le sale goût du mensonge.

— J'ai parié avec les autres que je trouverais Gwanwyn.

Tous les élèves cherchaient Gwanwyn. Ysbrid annonciateur de la fin de l'hiver, il s'incarnait toujours dans le corps d'un oiseau de printemps. Il y avait plusieurs semaines qu'il aurait dû apparaître, mais nul ne l'avait encore vu.

— Si je ne le trouve pas, reprit Alouette, je devrai leur montrer où je me baigne. Et les accompagner. Il faut que tu m'aides, sinon je suis foutue.

Elle prenait un ton exagérément suppliant, afin de l'amadouer. Elle bougea sa jambe, pressant l'air de rien sa cheville contre le mollet de Dessil.

— Tu es stupide d'avoir fait ce pari, dit-il.

— Je me suis retrouvée bloquée. Je ne pouvais pas refuser.

En quatre mois, la guerre s'était abattue sur les esprits et avait étendu sur Avem Dis l'ombre de la paranoïa. Une trêve hivernale avait été déclarée par le Grand Oiseleur, mais le soulagement qui avait suivi l'annonce avait été de courte durée. Les rumeurs se propagaient comme une peste, et les tensions continuaient d'enfler silencieusement entre les Achyriens et les Sechyriens. Milan, qui venait d'une famille de paysans sechyriens, parlait soudain des seigneurs de guerre comme si c'étaient ses propres oncles. Ortolan, en revanche, qui avait l'habitude d'exposer ses opinions politiques, avait presque complètement cessé d'aborder ces sujets et semblait même s'être rapproché de Sagel.

Dans ce contexte où la moindre parole risquait de faire craquer la glace, Alouette ne pouvait pas se permettre d'éveiller les soupçons en refusant un défi.

Tu peux comprendre ça, faillit-elle ajouter.

Au cours des derniers mois, ils avaient appris à se connaître. Elle se soumettait à son autorité un peu vide, consciente qu'il aimait se faire prier mais ne savait pas dire non. Quant à lui, s'il avait conscience de son empire sur Alouette et aimait parfois en jouer, il n'en abusait jamais. Il savait très bien, depuis leur dispute, qu'il n'avait aucun vrai pouvoir sur elle. Dans les allusions qu'elle faisait à son ancienne vie, il devinait une liberté vertigineuse. Leur amitié reposait sur une répartition des rôles qu'ils avaient adoptée depuis le début. Ils s'y conformaient, un peu par jeu, et peut-être aussi par crainte de ce qu'il y avait au-delà.

— C'est bon, dit Dessil en écartant sa jambe du pied d'Alouette. Je vais t'aider à trouver Gwanwyn.

Dans leur quête, ils s'éloignèrent de plus en plus du domaine. Dessil connaissait les coins où les oiseaux de printemps avaient le plus de chance de se trouver. Ensemble, ils les avaient presque tous explorés. Au bout de quelques jours, il n'en restait qu'un, le plus difficile d'accès, à presque une heure de marche – et un peu d'escalade – du domaine.

— Et si, cette année, Gwanwyn ne revient pas ? lança soudain Alouette.

— Gwanwyn revient toujours, répliqua Dessil.

— Pas toujours. Une fois, à l'époque du Deuxième Collège, Gwanwyn n'est pas revenu. Et l'hiver a duré, duré, duré, pendant des mois, puis des années, jusqu'à ce que tout le monde meure de faim et de froid, et les Ysbrids de la mort, incarnés dans des vautours, sont venus proclamer leur victoire et ont mangé les yeux des cadavres.

— Qui t'a raconté ça ? Ton maître ?

— Non. Quelqu'un d'autre.

Dessil lui jeta un regard interrogateur, mais elle n'ajouta rien. Ils continuèrent à marcher en silence.

Gwanwyn revenait toujours. Mais ce n'était pas une nouvelle si réconfortante : le mince espoir que les hostilités ne reprennent pas après son apparition s'amenuisait de jour en jour. La guerre attendait, aux aguets, de l'autre côté de l'hiver.

Ils suivaient un sentier dérobé à travers la colline. Dépassant sur leur gauche le colombier du Grand Oiseleur, ils s'engouffrèrent dans une partie plus sauvage et plus épaisse de la forêt. Ici, la neige n'avait pas pénétré les branchages, mais avait formé un toit qui alourdissait la canopée. L'obscurité en dessous était humide et frémissante de vie. Le sol était meuble et inégal. Des trous s'ouvraient sous la mousse, passages étroits vers d'insondables gouffres, et des rochers, vestiges d'anciennes avalanches, se dressaient parfois devant eux. De temps à autre, ils rencontraient des symboles gravés sur les troncs épais d'arbres plusieurs fois centenaires, ou sur des cairns fossilisés. Ils effectuaient alors les gestes rituels avec des signes adderyns, pour prévenir le surgissement de mauvais Ysbrids.

Alouette accéléra le pas pour rattraper Dessil.

— Pourquoi les garçons aiment autant se baigner tous ensemble ? lui demanda-t-elle de but en blanc.

— Je n'en sais rien. Je n'ai jamais compris.

— Toi, quand tu vivais parmi eux… comment tu faisais ?

Il se sentit gêné. Moins à cause du sujet que de l'amertume dans sa voix.

— Ce n'était pas pareil, articula-t-il. Ils savaient qui j'étais.

Ils me respectaient, compléta Dessil en pensée. Et Alouette se disait : *S'ils savaient qui* je *suis, ils me lapideraient*. Elle ne nourrissait aucun doute à ce sujet. Après tout ce temps à vivre parmi eux, après toutes ces conversations sur les femmes et sur les filles qu'elle avait surprises, dans la pénombre du dortoir…

— Tu n'as jamais eu à te cacher.

Ce n'était ni entièrement une question, ni entièrement une affirmation. Comme Dessil la regardait d'un air un peu perdu, elle reformula :

— Tu n'as jamais eu le sentiment de jouer un rôle ? De n'être pas à ta place ?

Il réfléchit un instant.

— Non, dit-il enfin. Même s'il y avait des moments plus difficiles, au fond, j'étais à ma place. Je suis à ma place. Mon père m'a laissé le choix, tu sais… Mais ce n'en était pas vraiment un.

Soudain, Alouette s'arrêta de marcher.

— Moi, je n'ai pas ma place ici, lâcha-t-elle d'une voix sourde.

Dessil se tourna vers elle, alarmé.

— Comment ça ?

— J'ai rien à faire à Avem Dis. Je n'ai pas d'avenir, Dessil. Je ne suis pas comme toi. Même si j'arrive à finir mon instruction, je ne deviendrai pas un oiseleur. Tôt ou tard, on découvrira que je ne suis qu'une femme.

Au moment où les mots sortaient de sa bouche, elle réalisa qu'elle n'avait jamais cessé de les croire. Ils étaient en elle depuis le tout début, gravés profondément quelque part. Ce pari idiot les avait seulement révélés. Dessil lui prit la main.

— Tu n'es pas qu'une femme, Al… Alouette.

Elle lui jeta un regard perçant à travers ses cils mouillés. Il ne l'appelait presque jamais par son vrai prénom.

— Tu es la meilleure des premières années. Tu m'as appris la possession. Sans toi, je ne serais pas un augure. Si tu n'as pas ta place ici, alors moi non plus. Parce que j'ai besoin de toi.

Elle se sentit rougir. Leur amitié improbable était un cadeau inespéré, qui lui suffisait largement, en général. Mais lorsqu'il lui prenait la main, lorsqu'il la regardait avec un tel sérieux, c'était difficile de ne pas désirer plus.

Elle se demandait s'il s'en rendait compte.

— Dépêchons-nous, dit-il en lâchant ses doigts, sinon la nuit va tomber.

Il se remit à marcher. Elle attendit que les battements de son cœur s'apaisent un peu avant de le suivre.

Il ne l'attendait pas. Il avait même un peu accéléré. Il avait honte d'avoir été aussi sérieux et honnête. Pourquoi ne s'était-il pas contenté de dire « Mais non, ne raconte pas de bêtises » ? Il n'était pas censé avoir besoin de qui que ce soit. Il n'était surtout pas censé l'admettre.

Mais elle pleurait.

Elle pleurait et ce qu'elle disait était si insensé. Comment pouvait-elle croire cela ? Alors qu'ils se rapprochaient de la crevasse aux bords dentelés, il se demanda où ils allaient comme ça, exactement. Il avait oublié Gwanwyn. Il descendit dans la crevasse et elle le suivit sans qu'il ait besoin de l'aider. Elle n'avait jamais besoin qu'il l'aide.

Elle se mit à explorer les alentours. Il cherchait un prétexte pour la toucher de nouveau.

— Je l'ai trouvé ! Dessil !

Elle était penchée au bord de la crevasse, désignant un escarpement en contrebas. Un oiseau s'y trouvait en effet, dont le front doré jetait une tache de lumière dans la neige et sur la pierre pâle.

C'était bien Gwanwyn, le premier oiseau à revenir à Avem Dis au printemps.

Il était mort.

Dans ses appartements, Cyrus profitait de la faible lumière du jour pour répondre à son courrier. Un pli préoccupé marquait son front.

La fin de Sanavem approchait inévitablement, et avec elle la reprise de la guerre.

Lorsque Altan, attaqué au sein même de son palais, avait déclaré la guerre au condoriaume de Sechyros, une pluie de missives s'était abattue sur Avem Dis. Les maîtres des confréries de tout le continent pressaient le Grand Oiseleur de renoncer à sa position de neutralité et d'afficher un soutien officiel à Sechyros. En effet, Altan profitait de la guerre pour accélérer les persécutions contre les oiseleurs. De nombreux maîtres avaient été accusés de trahison. Des confréries avaient été fermées et déclarées hors la loi. Cyel, en revanche, offrait aux oiseleurs un soutien indéfectible, au point de donner à son entreprise conquérante des allures de mission céleste. Cyrus refusait de cautionner une manœuvre aussi destructrice. En attendant, les lettres revenaient, emplies de menaces voilées et de promesses ambiguës. Un nom y apparaissait de manière récurrente : celui de Syllah Achyros.

Vous détenez, écrivait Cyel, *le moyen de mettre fin à cette guerre que vous haïssez tant, je le sais, autant en qualité de Grand Oiseleur qu'en tant qu'homme. Syllah Achyros est mon neveu, et je désire sa protection. Confiez-le-moi, ô Seigneur des oiseaux et Envoyé des Ysbrids, si le ciel le permet. La guerre s'achèvera avec le retour du printemps et celui du prince dans sa famille.*

C'était une étrange manière de parler d'otage, de rançon et de transaction. Les lettres d'Altan étaient du même acabit.

Le contexte ne me permet pas de considérer mon fils et héritier comme étant en sécurité à Avem Dis. Ce n'est pas mon désir de m'opposer à la volonté du ciel et de son interprète, Grand Oiseleur. Mais en tant que père, en tant que condor, je prie et j'agis pour le retour de mon fils dans sa famille. Les oiseaux ne permettent pas qu'un fils et son père soient séparés par une guerre. Aussi sachez que je prierai et agirai pour son retour, inlassablement et quoi qu'il m'en coûte.

« Livrez Syllah à Sechyros, ou la guerre se poursuivra indéfiniment », disait Cyel.

« Rendez Syllah à Achyros, ou j'extermine les oiseleurs », disait Altan.

Il n'y avait pas de solution. Tant que cet interminable hiver se prolongeait, les auspices restaient indéfinis, obscurs. Mais quelque chose finirait par se produire, et alors, Cyrus saurait. Il connaîtrait l'issue de cette guerre, la teneur des sacrifices qu'il faudrait faire, le sens de ces évènements. L'incertitude prendrait fin.

Il suffisait d'un signe.

Trois coups retentirent contre la porte. Cyrus tourna la lettre face contre la table avant de dire « entrez ».

C'était Dessil. En découvrant qui le suivait, le regard déjà préoccupé de Cyrus s'assombrit encore. Il désapprouvait l'amitié soudaine de son fils pour cet Albin sorti de nulle part, dépenaillé et par trop efféminé. Et voilà que Dessil l'amenait dans son bureau.

— Oui ?

Il les fixa froidement. Albin restait en retrait, les bras repliés devant lui d'une façon bizarre, les yeux fixés sur le sol. Dessil fit un pas en avant.

— Pardon de te déranger. Nous avons trouvé Gwanwyn.

Albin s'avança, le regard baissé. Il sortit l'oiseau de son manteau et le déposa sur le bureau. Cyrus contempla le cadavre avec un visage inexpressif. Devant son fils, il s'interdisit de penser à tout ce que pouvait impliquer la mort de Gwanwyn. Il y avait plusieurs hypothèses qu'il décortiquerait plus tard, avec ses conseillers.

— C'est toi qui l'as trouvé ?

Alouette hocha la tête, la gorge serrée. La question était comme une condamnation. Le visage du Grand Oiseleur se durcit encore. Il se tourna vers la fenêtre et laissa échapper un soupir.

— Je vais annoncer Kahn Avem.

Kahn Avem était la cérémonie qui mettait fin à Sanavem et inaugurait le printemps. Chaque année, elle donnait lieu à des célébrations impressionnantes sur tout le continent en l'honneur de Gwanwyn. Toutes les populations se réunissaient pour fêter en danse et en musique le renouveau.

Jamais cette déclaration n'avait sonné de façon aussi sinistre.

Chapitre 15

Alouette avait remporté son pari, mais elle n'eut pas l'occasion de s'en vanter.

Lorsqu'il annonça Kahn Avem avec une gravité inhabituelle, le Grand Oiseleur ne dit pas un mot au sujet de la mort de l'oiseau. Cependant, l'évènement était si frappant, si lugubre, qu'il ne pouvait être ignoré. Gwanwyn mort était indubitablement un signe fatal, et le premier porteur de cette fatalité était forcément la personne qui l'avait découvert. Albin était donc maudit. Albin allait mourir. Ou tomber malade. Ou tuer quelqu'un.

Un cercle d'effroi et de pitié se forma autour d'Alouette. Les conversations s'achevaient abruptement dès qu'elle entrait dans une pièce. Les regards la suivaient, anxieux, comme si elle risquait de s'envoler.

Des frémissements d'agitation emplissaient l'air de la salle de cours. C'était le dernier jour avant le départ pour Mestkydd, où le falcomte Aelstir avait invité les oiseleurs à célébrer Kahn Avem. Personne n'écoutait plus maître Bernache, dont la voix s'était réduite, au fil des mois, à un lointain marmonnement quasiment inaudible.

Soudain, Milan leva la main. Le maître était peu habitué à être interrompu et ne s'en aperçut pas – à moins qu'il l'ignorât délibérément. Persévérant, Milan se racla la gorge, puis toussota, et enfin lança :

— Hmm, maître ? J'ai une question.

Maître Bernache le fusilla du regard. Il avait horreur des questions. Sa réponse favorite était : « Je pourrais vous répondre, mais vous ne comprendriez pas, de toute façon. » Sans attendre une invitation à parler qui risquait de ne jamais venir, Milan reprit avec courage :

— Que signifie le présage de Gwanwyn ? Vous devez le savoir, n'est-ce pas ? Est-ce qu'Albin est maudit ?

L'espèce de frénésie qui remplissait l'air se figea d'un coup tandis que l'attention se concentrait sur le maître.

— Je pourrais vous répondre en détail, répliqua-t-il. Mais vous n'y entendriez pas un mot, d'autant que votre question est mal posée, pleine d'approximations et de biais. Je dirais seulement que penser que la mort équivaut forcément à une malédiction est horriblement simpliste, donc stupide.

— Donc, Albin n'est pas maudit ? insista Milan sans se formaliser.

— Oh, ce n'est pas ce que j'ai dit.

Les yeux du maître trouvèrent Alouette et la jaugèrent comme si elle était une formule mathématique quelque peu retorse. Elle eut envie de se recroqueviller.

— J'ai seulement dit qu'il y avait une multitude d'autres éléments à prendre en compte. Le lieu et l'heure. La position des étoiles. L'âge de l'oiseau. Ses caractéristiques physiques. J'avais espéré, ajouta-t-il d'un ton presque mélancolique, qu'après tous ces mois de cours vous auriez au moins compris qu'il n'existe pas de conclusion facile, mais c'était manifestement trop attendre de vous.

Puis il se remit à aligner des formules mathématiques absconses et ne prononça plus un seul mot distinctement jusqu'à la fin du cours.

Alouette ne pensait pas qu'elle réussirait à trouver le sommeil. Elle n'avait jamais vraiment bien dormi à Avem Dis, entre les rideaux de son baldaquin qui l'enfermaient sans la protéger.

Pourtant elle avait dû s'endormir car elle se trouva soudain réveillée, et habitée d'une certitude absolue : il y avait quelqu'un sur son lit. Une ombre, penchée au-dessus d'elle. Paniquée, elle voulut faire appel à Lunette, mais la chouette était introuvable, sans doute partie chasser. Les battements de son cœur l'étourdissaient, diffusaient dans ses veines une terreur paralysante. Elle devait se redresser, repousser cet intrus, hurler.

L'inconnu plaqua une main sur sa bouche.

— Si tu cries, je leur montrerai ce que tu es, chuchota-t-il.

La colère qui l'envahit en reconnaissant la voix n'atténua pas sa peur. Elle ne pouvait rien faire, ni crier ni se défendre. Elle était une femme dans une chambre pleine d'hommes.

— Tu vas venir avec moi, continua-t-il. Sans faire de bruit.

Il enleva sa main. Elle n'avait pas le choix. Elle obéit. Elle portait deux chemises l'une sur l'autre et son pantalon d'uniforme, mais ses pieds étaient nus. Lorsqu'ils touchèrent le sol glacé, tout son corps fut parcouru d'un frisson.

Ils traversèrent la pièce endormie. Elle pouvait encore crier, alerter ses amis qui dormaient juste à côté. Sauf que ce n'étaient pas ses amis. C'étaient ceux d'Albin.

Une fois sortis du dortoir, ils accélérèrent le pas. Les portes défilaient de part et d'autre du couloir, noires et silencieuses. Ils arrivèrent dans le hall, suffisamment loin des chambres pour qu'elle ose parler :

— R-ross, souffla-t-elle.

Elle ne savait plus si elle frissonnait à cause de la peur ou parce que ses pieds étaient gelés. Elle prit une inspiration.

— Qu'est-ce que tu me veux ?

Il se tourna vers elle. Dans la faible clarté du hall, elle distinguait enfin son expression. Déterminée. Il fit un pas vers elle, réduisant inconfortablement l'espace entre eux, et lui saisit le poignet.

— Je veux, expliqua-t-il d'un ton posé, raisonnable, que tu ailles voir le Grand Oiseleur et que tu te dénonces. Tout de suite.

Elle ouvrit la bouche, mais aucun son n'en sortit.

— C'est allé trop loin, Alouette, reprit-il. Tu n'aurais jamais dû entrer à Avem Dis. Tu es une intruse, ici. Et maintenant, regarde le résultat. C'est la guerre. Gwanwyn est mort. Tout est ta faute. En venant ici, tu as perturbé l'équilibre. Tu le sais, non ?

Il s'efforçait de parler avec calme, il y avait dans ses yeux une ferveur brûlante, et sa main la serrait un peu trop fort.

— Je ne suis pas responsable de la guerre, répondit Alouette à voix basse. Et concernant Gwanwyn, maître Bernache a dit…

— Maître Bernache ne sait pas que tu es une femme, la coupa Ross. Moi, si. Moi, je suis capable de voir ce qui se passe. Et toi aussi, non ? Je te connais. Tu es intelligente. Mais tu es une femme. Je suis désolé pour toi, vraiment. Mais si tu restes, tu vas tous nous détruire. Tu dois te dénoncer, et subir le jugement des Ysbrids, avant qu'une nouvelle catastrophe se produise. Sois raisonnable.

Il lui parlait comme si elle était à la fois une enfant idiote et une sorcière mortellement dangereuse. Lui qui ne serait jamais entré à Avem Dis sans son aide.

— Tu te trompes, écoute…

Elle voulut se dégager, mais il resserra sa prise.

— Non, je ne t'écouterai pas ! Je ne me laisserai pas ensorceler par toi. Je ne suis pas comme Dessil.

— Quoi ?

— Je vous ai vus l'autre jour, dans l'arbre. Est-ce que ça faisait partie de ton plan, de le séduire ? Est-ce que tu l'as fait avec Syllah aussi ?

Son ton n'avait plus rien de raisonnable. Il avait continué d'avancer vers elle en parlant et la plaquait au mur.

— Tu es fou, décréta Alouette.

Il leva la main. Elle tourna la tête mais pas assez vite pour esquiver la gifle qui la frappa à l'oreille.

Il m'a frappée. Ross m'a frappée.

— J'aurais dû te laisser crever à Mestkydd, cracha-t-elle.

La fureur avait pris le pas sur la peur. Soudain elle se fichait d'être découverte. Elle voulait juste faire payer cet homme méprisable qu'elle avait pris pour un ami, et qui se croyait capable de la dominer.

Elle pouvait frapper, elle aussi. Elle jeta son poing contre sa gorge. Elle lui enfonça son genou dans l'entrejambe. Il la poussa, tellement fort qu'elle s'écrasa contre le mur. Il était plus grand qu'elle. Elle voulut se décaler, s'éloigner du mur qui l'acculait, mais il la rattrapa par la taille et elle perdit l'équilibre. Il la cloua au sol, de tout son poids.

Hurle, tant pis.

Les mains de Ross se refermèrent sur son cou.

Elle chercha ses yeux. Ils étaient écarquillés par la fureur, sa bouche tordue en un rictus effrayant. Il allait la tuer.

Soudain, les doigts se desserrèrent. D'autres bras étaient apparus et s'interposaient, tirant Ross en arrière, l'écartant de son corps à elle. Elle se redressa en position assise, la respiration sifflante. Quelqu'un l'avait défendue. *C'est Dessil*, pensa-t-elle un instant. Mais Dessil dormait au palais, pas dans le dortoir. Et Dessil n'avait pas les cheveux aussi longs, ni aussi blonds, d'une clarté fantomatique au milieu des ombres.

C'était Syllah.

— Qu'est-ce que tu fais ? lui demanda Ross, hors de lui.

— Et toi ? Tu es devenu fou ? répliqua le prince.

— Depuis quand tu la protèges ? Tu couches avec elle, toi aussi, c'est ça ?

— Écoute-moi !

— Non ! J'en ai assez de tes combines, Syllah. Je veux faire ce qui est juste. Je dois protéger Avem Dis.

Alouette se releva lentement, les sourcils froncés. Syllah paraissait aussi épuisé qu'elle, mais son expression était la même que d'habitude, hautaine, impérieuse.

— Qu'est-ce que tu comptais faire exactement ? demanda-t-il à Ross.

— L'amener au Grand Oiseleur pour qu'elle se dénonce.

Syllah regarda Alouette et parut réfléchir. Elle resta immobile, rassemblant ses forces. Qu'elle n'ait aucune chance ne lui faisait ni chaud ni froid à cet instant :

elle était disposée à les affronter tous les deux à la fois s'il le fallait.

— Inutile, finit par dire Syllah. Alouette va quitter Avem Dis.

Elle laissa échapper un reniflement méprisant. *Peut-être, mais je ferai de mon mieux pour te briser un os avant.*

— Demain, reprit-il avant de jeter un œil à la fenêtre, ou plutôt dans quelques heures, vous serez tous à Mestkydd pour Kahn Avem.

Il fit un pas en direction d'Alouette. Si calme, si sûr de lui.

— Tu comprends ? lui dit-il. C'est ta chance de t'enfuir sans avoir à te dénoncer. Reste à Mestkydd. Ne reviens pas à Avem Dis.

— Elle doit subir le jugement des Ysbrids, marmonna Ross.

— Laisse-lui cette dernière chance, lui répondit Syllah. Si elle remet les pieds à Avem Dis, tu la dénonceras. Alors elle subira le jugement des Ysbrids, et elle mourra.

Non, il n'était pas si calme. Il y avait une étrange urgence dans sa voix.

Qu'est-ce qui lui prend ?

Ross hésita. Il était sincère, comprenait Alouette. Il pensait qu'il sauverait Avem Dis en la dénonçant. Quant à Syllah, impossible de dire ce qu'il avait en tête.

— Le gong va bientôt sonner, ajouta Syllah d'un ton plus pressant. Retournons dans notre chambre, Ross.

Les épaules de Ross s'abaissèrent soudain. Les deux hommes firent demi-tour et se dirigèrent vers l'escalier qui menait au dortoir des deuxièmes années.

Avant qu'Alouette ne s'en aille à son tour, Syllah lui jeta un dernier coup d'œil. Sur son visage, les ombres du hall dessinaient un masque d'effroi.

Chapitre 16

Quelques heures plus tard, Alouette se frayait un chemin au milieu de la foule d'élèves amassés devant le pont invisible. Elle voulait parler à Dessil, mais quand elle se retrouva face à lui, au milieu de tout ce monde, elle eut peur.

— Ça va ? lui demanda-t-il avec un sourire un peu distant.

La dernière fois qu'ils s'étaient vus, il lui avait pris la main. Il lui avait dit qu'il avait besoin d'elle. Mais c'était avant qu'elle trouve Gwanwyn mort.

Elle était une intruse. Peut-être s'était-elle bel et bien attiré la colère des Ysbrids. Peut-être qu'elle méritait bel et bien un châtiment. Et s'il lui disait de suivre le conseil de Syllah ? De s'en aller et de ne jamais revenir ?

Elle ne pourrait pas le supporter.

Pas de sa part.

— Est-ce que, improvisa-t-elle, c'est vraiment prudent de quitter la confrérie alors que c'est la guerre ?

— Il n'y a pas de danger, répondit Dessil (ce qui signifiait en réalité : Mon père estime qu'il n'y a pas de danger). Personne n'osera rompre la trêve. Et puis, l'hiver a été long pour tout le monde. Peut-être que Kahn Avem est l'occasion d'apaiser les tensions.

Elle le scrutait désespérément. Si seulement il pouvait deviner ses pensées. Si seulement il pouvait la rassurer. Mais il y avait trop de monde autour d'eux.

— Tu n'es pas content de revoir Mestkydd, Albin ? demanda Dessil.

— Si, murmura Alouette.

Elle prit une inspiration. Elle devait se reprendre. Plus tard, elle lui raconterait ce qui était arrivé. Ils trouveraient une solution, ensemble, comme d'habitude. Elle devait lui faire confiance. Elle n'avait pas d'autre choix.

— Je me souviens de la dernière fois que les oiseleurs sont venus à Mestkydd, il y a quatre ans, dit-elle en parvenant à esquisser un sourire. D'ailleurs, je t'avais vu.

— Ah bon ?

Oui, elle avait aperçu Dessil à l'époque. Il descendait la grande avenue blanche, au côté du Grand Oiseleur, parmi d'autres hommes. Elle se rappelait ses cheveux noirs qui ondulaient de chaque côté de son front préoccupé et de son regard gris perle. La fascination qui l'avait saisie, pas tout à fait la même que celle qu'elle avait éprouvée toute sa vie pour les oiseleurs, mais d'une nature semblable, irrésistible. Il avait croisé son regard. C'était comme plonger, l'espace d'une seconde, dans un autre monde.

Bien sûr, elle n'était alors qu'une gamine, et tellement désespérée. Elle changea de sujet.

— Il y avait des danseuses venues du sud de l'île de Kaora. Des spectacles partout. Le ciel était rempli d'oiseaux. Oh, et il y avait cette dame qui faisait griller des marrons, c'était très facile de lui en voler ! J'espère qu'elle sera encore là. Et je te montrerai aussi les tours que j'escaladais, elles sont plus hautes qu'ici. Il y avait un clocher où logeait un très vieux hibou. Personne d'autre que moi n'arrivait à l'approcher. C'est dans ce clocher que j'avais planqué la lettre de recommandation de Rossignol. Il avait tellement peur de se la faire voler…

Elle se tut brusquement.

— Je n'aurai sans doute pas l'occasion d'explorer la ville avec toi, répondit Dessil d'un ton d'excuse. Mon père souhaite que j'assiste aux bals donnés pour le duc et pour le falcomte.

Le vent agita ses cheveux. Il les avait finalement coupés, et sa nouvelle coupe courte mettait en valeur ses pommettes. Il écarta sa frange du plat de la main – un de ces gestes anodins qui serrait la gorge d'Alouette.

— Quelle chance, commenta-t-elle platement.

— Mais j'espère que tu vas bien t'amuser.

Il ne soutenait pas son regard. Elle éprouva soudain la nécessité de lui faire ravaler son sourire.

— Je vais peut-être rester à Mestkydd, lâcha-t-elle.

Il plissa les yeux, déconcerté.

— À cause de Gwanwyn ? Al, ça ne veut rien dire…

— Je suis sérieux, insista-t-elle d'un ton grave. Je suis fatigué de me cacher. C'est le moment idéal.

Elle vit ses yeux gris s'écarquiller légèrement et un battement de panique agiter ses cils. Elle se détendit un peu. Peu importait qu'il la croie ou non : cette réaction spontanée lui suffisait.

— Je dois y aller, soupira-t-elle. Les autres m'attendent.

— Tu ne vas pas faire ça, jeta Dessil comme elle s'éloignait. Je ne te crois pas !

Mestkydd avait changé. Des guirlandes décoraient les rues, mais elles étaient faites de ficelles et de cailloux plutôt que de graines, et les plumes qui les ornaient étaient grises et rachitiques. Les offrandes de nourriture qui paraient les rebords des balcons ressemblaient à des déjeuners de mendiants. À travers les sifflets perchés sur les toits, le vent fredonnait une mélodie crissante, censée éloigner les esprits maléfiques. Alouette avançait en équilibre sur le faîte d'un toit, les bras tendus de part et d'autre de son corps. Le vent agitait ses cheveux autour de son visage. Il y avait longtemps qu'elle n'avait pas arpenté ainsi les sommets de Mestkydd, et pourtant les sensations demeuraient identiques : c'était la même impression de liberté, de vide, la même solitude accablante.

Dès leur arrivée sur la place des Grues, la plus vaste de Mestkydd, Alouette s'était sentie oppressée. La procession des oiseleurs, malgré l'afflux des villageois qui les avaient rejoints en cours de route, n'avait rien à voir avec la foule résonnant de chants et de rires quatre ans auparavant. Les exclamations des élèves, en particulier, sonnaient faux. Elle s'était écartée, et ils ne l'avaient pas retenue. Depuis qu'elle avait trouvé Gwanwyn mort, quelque chose avait changé entre eux.

Elle avait fui.

De rares oiseaux de nuit s'envolaient à tire-d'aile au-dessus de la ville ou surgissaient de sous les toits, curieux ou courroucés. Alouette croisa une multitude de gamins, parfois en groupes, mais souvent seuls. Maigres à faire peur, ils la bousculaient, la suivaient sur quelques mètres en lui réclamant de l'argent, ou la mettaient en garde contre telle autre bande. Elle connaissait toutes ces techniques, mais leur nombre la surprit. Quelques mois auparavant, ils étaient une vingtaine, et elle venait d'en croiser autant en une demi-heure.

Malgré tout, elle avait l'impression d'être revenue un an plus tôt, quand elle parcourait ces mêmes toits à la recherche d'offrandes tombées des faîtes, de petites tâches mal payées, de camarades d'un jour ou d'un abri. Lorsqu'elle avait dit à Dessil qu'elle allait peut-être partir, elle ne le pensait pas vraiment. Mais à présent, elle sentait son masque glisser – elle sentait qu'elle pouvait se fondre de nouveau dans cette ville transfigurée par la guerre, s'y enfoncer et y disparaître comme dans des sables mouvants. Avem Dis n'aurait été qu'un rêve. Et qu'était-ce d'autre, après tout ? Quel destin l'attendait au-delà des murs du domaine, au-delà de son déguisement et de son mensonge ?

Je n'ai pas ma place là-bas.

Pourtant, elle y était entrée. Il devait y avoir un sens à cela, puisque rien n'arrivait par hasard sous le règne des oiseaux. Une seule personne pouvait l'expliquer : la personne qui l'avait envoyée dans la confrérie, qui avait cru en elle, malgré toutes les règles et toutes les traditions. Maître Corneille.

Alouette se mit à sa recherche. Elle avait perdu ses repères, mais ses pieds la guidaient, habités par une mémoire propre et instinctive, vers les lieux qui avaient servi de repaires à la confrérie clandestine. En vain. Ayant atteint la périphérie de la cité, là où les toits étaient les plus hauts, elle s'assit un instant, mélancolique. Elle ne connaissait pas les nouveaux lieux de rendez-vous de la confrérie clandestine, les codes et les signes pour gagner la confiance des gamines des rues. Elle n'appartenait plus à cette ville.

Mais elle n'appartenait pas non plus à Avem Dis. Dès qu'elle y remettrait les pieds, Ross la dénoncerait. Elle serait jugée par les Ysbrids et condamnée.

Si tu n'as pas ta place ici, alors moi non plus. La voix de Dessil résonnait dans sa tête. *Parce que j'ai besoin de toi.* Était-ce vrai ?

Le vent la fit frissonner. Elle descendit le long du toit pour se mettre à l'abri, dévala un mur, bondit par-dessus un auvent. En contrebas, la rue étroite et profonde était déserte. Alouette termina sa descente, se réceptionna souplement au sol. Elle était en train de se tourner quand quelqu'un surgit et la heurta violemment.

— Hé ! gueula-t-elle.

— Pardon ! répliqua une voix rauque, tendue.

C'était un jeune homme. À peine plus grand qu'elle, il portait une tunique bleue extravagante, qui ressemblait à une robe de femme ou à un déguisement, et de courtes boucles dorées flottaient en désordre autour de son visage. Il recula de quatre pas, comme si Alouette était un fantôme. Une main s'abattit sur son épaule et le projeta contre le mur. Alouette n'eut que le temps de s'écarter.

— Je t'ai vu, chien d'Achyrien ! Je t'ai vu manger les offrandes.

C'était un habitant de Mestkydd, aux cheveux noirs, et il fut bientôt rejoint par deux autres hommes.

— Lâchez-moi, exigea le jeune inconnu qui avait effectivement un accent achyrien. Ne me touchez pas, ou je…

L'autre leva la main pour le frapper, mais il se baissa pour esquiver et parvint à passer sous son bras. Un des deux autres hommes se jeta sur lui… et s'arrêta net, parce qu'il venait de dégainer une épée.

— Je vous ai dit de ne pas me toucher.

Les trois hommes s'étaient figés, incrédules, impuissants.

— Maudit sois-tu, finit par articuler l'un d'eux. Qui vole les offrandes aux Ysbrids ne mérite pas de vivre sous leur ciel.

— Je n'ai pas touché les offrandes, répliqua l'Achyrien. Vous vous êtes trompés.

L'homme de Mestkydd cracha par terre. Il y eut un moment de flottement.

— C'est partie remise, cracha-t-il. Je n'oublierai pas ton visage. Tu n'es pas chez toi ici, vermine.

Ils s'en allèrent. Le jeune inconnu rengaina, fit volte-face, et se retrouva nez à nez avec Alouette, qui se tenait près du mur.

— À ta place, dit-elle, je ne m'attarderais pas ici. Je pense qu'ils vont rameuter tous leurs amis et te jeter dans le lac.

D'abord surpris, il dut décider que ce drôle de jeune homme en uniforme ne représentait pas un danger, parce qu'il sourit.

— Je n'ai pas peur d'eux.

— As-tu vraiment volé les offrandes ?

— C'est pour me faire subir un interrogatoire que tu m'abordes ? Comme c'est décevant.

Il souriait encore, mais il n'avait pas l'air disposé à répondre. Il la fixait avec une attention nouvelle, avec quelque chose d'aiguisé dans le regard.

— Garde tes secrets, concéda Alouette. Bon, je ne vais pas t'importuner plus longtemps. Bonne soirée, ô mystérieux arpenteur des ruelles !

Elle lui rendait son sourire dent pour dent.

— Attends, la retint l'inconnu, soudain légèrement paniqué. Par où dois-je passer pour rejoindre la place des Grues ?

Alouette leva les yeux au ciel et lui fit signe de la suivre. Elle le guida jusqu'à une rue mieux éclairée et il la remercia en souriant.

— Je m'appelle Jaelian, ajouta-t-il. Et toi ?

— Albin, répondit Alouette.

En disant son faux nom, elle éprouva un vertige, comme si elle venait de plonger dans le vide. Jaelian avisa l'emblème brodé sur sa veste.

— Et que fait un élève d'Avem Dis sur ces toits, en plein milieu de la nuit ?

Alouette sourit. *Un élève d'Avem Dis*. Dans la pénombre de la rue, son masque s'était solidifié, fondu à sa peau. Ses doutes s'étaient évanouis. Il n'y avait plus d'imposture, seulement Albin.

— Ah, c'est à mon tour de subir un interrogatoire ?

Il rit.

— Très bien. Que cette rencontre demeure à jamais empreinte d'un impénétrable mystère.

— Elle n'en restera que plus inoubliable, rétorqua Alouette sans trop réfléchir.

Elle lui tendit la main. À sa grande surprise, il la baisa.

— Je dois y aller, bredouilla-t-elle en rougissant vivement.

Elle fit quelques pas à reculons, s'inclina une dernière fois, puis fit demi-tour et partit en courant.

Celui qui avait dit s'appeler Jaelian regarda s'éloigner celui qui avait dit s'appeler Albin. Ses doigts se serrèrent convulsivement autour de la poignée de son épée. Son sourire s'était effacé, remplacé par une expression dure et anxieuse.

Un gong résonna au loin. Le deuxième jour de Kahn Avem, le jour de l'Appel, venait de débuter.

Chapitre 17

Le grand lac de Mestkydd, gelé sur les bords, avait été aménagé pour Kahn Avem. Avec les toits en escalier qui l'entouraient, il formait comme une immense arène naturelle. Toute la population de Mestkydd, ceux qui n'avaient pas pu accéder à la rive, s'était amassée sur les toits, les balcons et les nids-de-pie pour assister au spectacle. Là où la glace devenait trop fine, des plates-formes flottantes avaient été disposées, reliées entre elles par des passerelles en osier. Des barques faisaient la navette dans les couloirs d'eau, en cercles lents. À l'extrémité ouest de la surface, des tentes avaient été dressées, formant une sorte de quartier privé protégé par des gardes. Des estrades et des piédestaux de tailles variées flottaient sur l'eau, supportant des feux de joie suspendus dans des cages en métal.

Cyrus se tenait sous la plus grande tente. Elle était montée sur une estrade protégée de l'eau glaciale par deux mètres d'épaisseur de bois massif. Des tentures lourdes tombaient des armatures en ondulations paresseuses, éclairées par la lumière du poêle. Le Grand Oiseleur avait un air absent, comme s'il était déjà plongé dans les auspices. Dessil l'aidait à dérouler la bande de tissu qui entourait son bras gauche couvert de cicatrices.

Le deuxième jour de Kahn Avem était le jour de la cérémonie de l'Appel. Le Grand Oiseleur invoquait les oiseaux pour qu'ils reviennent dans le ciel et révèlent les présages pour l'année à venir. Par cette cérémonie, le temps d'une nuit, le monde invisible des Ysbrids devenait visible aux yeux de tous, partout dans le continent. C'était le moment le plus important de l'année. Seuls les mourants ou les femmes en train d'accoucher n'assistaient pas à l'Appel.

— Tu es prêt ? demanda Cyrus d'un ton vague, comme s'il se parlait plutôt à lui-même.

— Oui. Toi ?

Le Grand Oiseleur hocha la tête avec un sourire triste.

— Va t'occuper des élèves.

Dessil s'inclina, quitta la tente et traversa la glace pour rejoindre les oiseliers. Ceux-ci réunissaient les élèves. Ils avaient des mines pâles et surexcitées. Dessil remarqua tout de suite l'absence d'Alouette.

— Où est Albin ? demanda-t-il à Milan.

— Il a disparu hier soir. Il n'a pas voulu nous dire où il allait.

— Je suis là !

Elle arriva en courant. Ses cheveux fins balayaient son visage, voilant son regard sombre et brillant. L'espace d'un instant, Dessil ne la reconnut pas. Habitué à la voir parmi les élèves, à l'appeler Albin et à la qualifier au masculin, il oubliait qu'elle était en réalité quelqu'un d'autre. C'était la première fois qu'il entrevoyait la véritable Alouette.

— Ferme ta veste, lui ordonna-t-il.

Elle obtempéra avec des gestes précipités et ramena ses cheveux en arrière dans la foulée. Elle retrouva son apparence habituelle, terne, anonyme, unisexe. Dessil respira avec soulagement.

L'Appel débuta. Les élèves se placèrent en cercle sur la glace et entamèrent la chorégraphie du rituel. Ils furent rejoints progressivement par les oiseliers, puis par les augures et les haruspices. Les oiseaux familiers des maîtres traçaient des arabesques d'une symétrie parfaite dans le ciel pâle, leurs mouvements gracieux épousant ceux des hommes sur la glace.

Enfin, le Grand Oiseleur s'avança. Une musique solennelle s'éleva. Les minutes qui suivirent remplirent le firmament de nuées. Les oiseaux affluèrent en si grand nombre que, pendant quelques instants, la cité fut plongée dans l'obscurité. Aux quatre coins de la glace, et à travers toute la ville, des augures étaient postés sur des promontoires et prenaient en note les présages que dessinaient leurs trajectoires dans la Vue.

Après la cérémonie, Dessil rejoignit son père sous la tente. Cyrus était assis dans un fauteuil profond, les bras étendus sur les accoudoirs et la tête rejetée en arrière. Dessil lui pressa le genou et s'assit à ses pieds. Cyrus abaissa sur lui un regard clair et froid :

— Dessil, j'ai besoin que tu déchiffres la prophétie de ton initiation.

Dessil cligna des yeux, surpris par cette demande. Son initiation avait eu lieu six mois plus tôt, et ils n'avaient jamais reparlé de sa vision depuis. Pourquoi maintenant ? Cela devait avoir un rapport avec ce que Cyrus avait vu durant l'Appel.

— Je travaille dessus, père, articula Dessil. Mais tu avais dit que tu m'aiderais, et je…

— Tu es le seul à pouvoir la comprendre. Je sais que tu ne te sens pas prêt. J'espérais ne pas avoir à prononcer ces mots avant plusieurs années… mais voilà : j'ai besoin de ton aide.

Les yeux de Dessil s'agrandirent. Pris de compassion, Cyrus lui passa une main dans les cheveux.

— Tu…

Il fut interrompu par le claquement des tentures qui s'ouvraient.

— Magnifique ! Impressionnant ! Comme toujours !

Le falcomte Aelstir de Mestkydd venait d'entrer dans la tente. Il était suivi par Melchiro, le maître oiseleur de la confrérie de Mestkydd. Dessil se leva et s'écarta d'un pas.

— Comment faites-vous cela ? Ne me dites rien, ne me dites rien. Ah, mais c'est toujours un émerveillement !

— Heureux que cela vous ait plu, répliqua Cyrus d'un ton funèbre.

— J'expliquais à mon seigneur que les auspices étaient néfastes, cette année, murmura Melchiro.

— Bien sûr qu'ils sont néfastes, renchérit le falcomte. Il y a une guerre. Comment pourraient-ils être positifs ? Vous, les oiseleurs, vous avez une légère tendance à surestimer l'importance de vos prédictions. Il n'y a pas besoin de parler aux oiseaux pour savoir que l'année va être difficile. C'est bien pour cela que l'aspect esthétique de la cérémonie est important – j'oserais dire, presque autant que les présages !

Cyrus garda le silence, mais Dessil pouvait sentir son mépris remplir la tente. Le falcomte sembla s'en rendre compte. Il prit un air contrit et s'inclina profondément devant le Grand Oiseleur.

— Mais laissons mes opinions ineptes de côté pour le moment. Les présages des oiseleurs me guident depuis ma naissance, et me guideront jusqu'à ma mort. Et ce n'est pas parce qu'on ne peut éviter une chose qu'on ne peut pas s'y préparer. En attendant vos premières prédictions, dans quelques jours, promettez-moi de venir au bal donné en votre honneur ce soir. Le duc Raelin en personne sera présent, dans l'espoir de vous rencontrer.

Le duc Raelin était le premier seigneur de guerre de l'Est, le capitaine de l'une des principales flottes sechyriennes. Sa présence n'était pas un hasard : les opérations militaires étaient toujours largement influencées par les prédictions des oiseleurs, en particulier celles de Kahn Avem.

— Très bien, dit Cyrus.

Le falcomte s'inclina de nouveau et sortit. Melchiro se racla la gorge.

— Je vous demande pardon pour ses paroles. Son enthousiasme pour l'Appel lui…

— Peu importent ses paroles. Il y a plus important. À quel point se voile-t-il la face au sujet d'Achyros ?

— Il est convaincu que la guerre n'atteindra pas Mestkydd. Qu'Altan n'a pas les moyens de déployer sa flotte, et que les montagnes à l'est sont infranchissables. Et il argue qu'il a toujours entretenu de bonnes relations commerciales avec le condoriaume.

— Il sous-estime la haine du condor pour les oiseleurs. Mestkydd est l'avant-dernier rempart d'Avem Dis.

— Vous pensez vraiment qu'Altan veut détruire Avem Dis ?

Cyrus ouvrit la bouche pour répondre, mais s'interrompit en voyant le regard inquiet de Dessil. Un gong résonna au loin.

— Vas-y, dit Cyrus à son fils. Amuse-toi. Mais sois présent au bal.

Dessil ravala une protestation, s'inclina et sortit. Il ne comprenait rien. Juste après lui avoir demandé son aide, son père le congédiait de nouveau comme s'il était un enfant. Il se sentait à la fois sous pression et complètement inutile.

Comme d'habitude.

Le soleil pâle se couchait à l'horizon. La foule était descendue des balcons pour s'amasser sur la glace. Tout le monde attendait. Puis le soleil disparut, l'obscurité tomba. Un ultime rayon fendit l'air, rouge et furtif. La nuit était là. Alors les lumières du monde des Ysbrids tombèrent du ciel, semblables à des soies translucides et multicolores. Des acclamations saluèrent leur apparition. C'était la Vue basculant dans la réalité.

Dessil erra au milieu des gens. Les regards s'accrochaient à lui avec le respect imprécis dû à sa tenue, mais sans reconnaissance. Ici, il était noyé dans la mer des visages inconnus. Il chercha désespérément une silhouette familière parmi la foule d'étrangers.

Il la vit enfin, Alouette, reconnaissable à son uniforme et à ses cheveux ébouriffés. Elle parlait à un jeune homme habillé d'une façon absurde : ses cheveux blonds dépassaient à peine d'une espèce de turban décoré de pierres brillantes, et des plumes pendaient à ses oreilles et à son cou. Un masque imitant des plumes avait été dessiné autour de ses yeux, dont l'effet était renforcé par la couleur dorée de ses cils.

Soudain, il hésita à s'approcher. Mais c'est elle qui le vit en premier.

— Alors, l'apostropha-t-elle, tu daignes te mêler à la plèbe, finalement ?

— Je peux te parler ? rétorqua-t-il.

Il ne savait pas ce qu'il voulait lui dire. Il voulait seulement l'éloigner de l'extravagant inconnu, qu'il évitait consciencieusement de regarder.

— Comment tu t'appelles ? lui demanda ce dernier.

Dessil se tourna vers lui de mauvaise grâce. Il n'avait pas l'habitude de se présenter. Tout le monde savait qui il était.

— Dessil Delphe.

— Jaelian, répondit l'autre en souriant, sans manifester le moindre signe que le nom du futur Grand Oiseleur lui était familier.

En fait, il soutint son regard tellement intensément que Dessil se demanda si ce n'était pas lui qui était censé le reconnaître. C'était très déstabilisant.

Vulnémar, qui avait exploré la ville de son côté pendant toute la journée, choisit ce moment pour descendre du ciel et se poser sur l'épaule de Dessil. Jaelian recula vivement, et Dessil en éprouva une certaine satisfaction.

— Il ne te fera rien, le rassura Alouette.

Jaelian fixait l'oiseau, les yeux écarquillés comme s'il n'en avait jamais vu un d'aussi près.

— Tu es aussi un oiseleur, constata Jaelian.

— Évidemment, répondit Dessil.

— Dessil est le fils du Grand Oiseleur, expliqua Alouette.

— Je vois, répondit Jaelian d'un ton neutre, esquissant un sourire à Dessil, avant de s'adresser à Alouette : L'Appel était magnifique.

— Tu n'avais jamais vu d'Appel ?

— Je viens d'Achyros. On ne célèbre pas tout à fait les choses de l'antique manière, là-bas. À Cryos, par exemple, il y a un Appel mais il est presque clandestin.

— Je l'ignorais.

— Moi aussi, intervint Dessil. Vous venez de vous rencontrer ?

Alouette et Jaelian échangèrent un regard mystérieux sans lui répondre. Alouette arborait un sourire rieur et insolent qu'il avait rarement trouvé aussi agaçant.

— Disons qu'Albin m'est récemment venu en aide, expliqua Jaelian. J'ai été surpris. Je pensais que les oiseleurs ne s'intéressaient qu'aux Ysbrids, pas au commun des mortels.

— J'en déduis que tu ne sais pas grand-chose.

— Oh, je pourrais te surprendre, répliqua Jaelian avec une infinie légèreté. Mais pour l'instant, je vais vous laisser entre oiseleurs. Albin, j'espère qu'on se recroisera.

Il lui tendit la main et, lorsqu'Alouette la prit pour la serrer, il se pencha pour embrasser ses doigts. Le corps de Dessil se crispa.

— Qu'est-ce que c'était que ça ? demanda-t-il une fois que Jaelian eut disparu dans la foule.

— Je ne sais pas, il est comme ça.

— Comment est-ce que tu l'as rencontré ? À quoi est-ce que tu l'as aidé ?

Alouette s'avisa soudain de son expression tendue et du reproche dans sa voix.

— Mais qu'est-ce que ça peut te faire ? riposta-t-elle. Qu'est-ce que tu fais là, d'abord ? Tu ne devrais pas être avec les nobles, à je ne sais quel bal ?

— Tu voulais qu'on passe du temps ensemble, non ?

Cela la prit au dépourvu. Elle cligna des yeux, les sourcils froncés, et un soupçon de rouge colora ses joues.

— Oui.

Jaelian semblait oublié. Dessil se détendit, soulagé.

— Il y a un bal auquel je dois assister. Mais retrouvons-nous ensuite. Ici, ordonna-t-il.

Son ton était impérieux, pressant. Ils ne s'étaient pas vus en tête à tête depuis qu'ils avaient découvert Gwanwyn. Depuis qu'il avait éprouvé l'envie soudaine et quasi irrépressible de la prendre dans ses bras. Il fallait à tout prix qu'elle vienne.

— Si tu veux bien, ajouta-t-il.

Alouette hésita. Quelque chose étincela dans les yeux de Dessil – quelque chose de sérieux et d'avide. Un éclair, aussitôt évanoui. Mais cela suffit à modifier l'équilibre du monde.

— D'accord.

Chapitre 18

La salle de bal ressemblait à l'intérieur d'un miroir. Elle était éclairée par un jeu de lumière entre des voiles colorés qui imitait une aurore boréale. Le sol était parcouru de scintillements dorés, et des immenses fenêtres provenait la lueur argentée de la neige. La foule qui déambulait entre les murs somptueux était bien différente de celle qui occupait encore la surface du lac à moitié gelé. C'étaient les ducs, les seigneurs de guerre des terres environnantes, les falcomtes et leurs fils et filles, les courtisans des condors et des condorines d'au-delà de la mer. Ils étaient venus jusqu'ici malgré l'hiver glacial, pour voir le Grand Oiseleur. Sur le pas de la porte, Dessil marqua une hésitation, surpris.

— Il y a des nobles achyriens, ici.

— N'oublie pas que c'est la trêve, lui dit Cyrus. Et Achyros n'est qu'à quelques heures de cheval de Mestkydd. Par ailleurs, la majorité des habitants et des seigneurs d'Achyros continuent de respecter les rites des oiseleurs, malgré la politique de leur condor. C'est pour cela qu'ils sont venus.

Le duc et seigneur de guerre Raelin, beau-frère du condor Cyel en personne, était installé sur un trône au bout de la pièce, au côté de son épouse. À l'arrivée du Grand Oiseleur, il vint à sa rencontre pour l'escorter lui-même jusqu'à la place d'honneur.

Avant de le suivre, Cyrus se pencha vers Dessil :

— Ce qui va se passer ce soir dans cette salle de bal aura peut-être un impact plus grand sur la guerre que certaines batailles. Sois attentif.

Dessil hocha la tête, le cœur battant. Il se sentait écrasé par les responsabilités que lui confiait soudain son père, surtout dans cet endroit où rien ne lui était familier. Une atmosphère étrange régnait. Les danses se succédaient sur des musiques saccadées, unissant des héritières achyriennes et des nobles sechyriens. Les regards froids ou au contraire brûlants des danseurs donnaient l'impression que la guerre se jouait effectivement là, sur ce parquet ciré. Certains s'attardaient sur lui, songeurs ou curieux : nul n'ignorait qui il était. Sur les bords de la piste, entre les hommes en costume militaire ou en tenue de gala, des chuchotements frénétiques s'achevaient soudain en éclats de rire, et des poignées de main s'éternisaient comme des menaces.

— Comment se porte Son Altesse condoriale, Syllah Achyros ?

L'homme au front dégagé qui venait de prononcer ces mots portait une tenue neutre, pourtant Dessil devina tout de suite qu'il était achyrien. Il arborait un sourire rouge, mais ses yeux demeuraient froids comme deux pierres. Croisant le regard de Dessil, il le salua d'une courbette.

— Maître…

— Il est en parfaite santé, répondit ce dernier. Et en parfaite sécurité.

Syllah était resté à Avem Dis. Cyrus avait estimé que c'était la solution la plus prudente. L'homme échangea un regard avec sa voisine. Ils ne s'étaient pas présentés, ce qui mettait Dessil mal à l'aise.

— Nous l'espérons vivement.

— Ne prenez pas un ton si funèbre, sire Dio, intervint la femme. Avem Dis est un sanctuaire. Votre prince n'y court aucun danger… tant qu'il s'y trouve.

Elle était très maigre. Le tissu épais de sa robe contrastait avec la finesse de sa peau, lui donnant l'aspect acéré d'une épée. Ses cheveux étaient courts, brun-roux, surmontés d'un diadème aux couleurs sechyriennes. Dessil reconnut la duchesse Raelin, l'épouse du seigneur de guerre.

Le falcomte Dio s'inclina et lui baisa la main.

— Nous aussi, poursuivit-elle, nous avons hâte de revoir notre cousin en bonne santé.

Notre cousin. Le qualificatif sonna étrangement aux oreilles de Dessil. L'actuel condor d'Achyros était le neveu du condor de Sechyros ; pourtant, cela n'avait pas empêché la guerre. Et cela n'empêchait pas le falcomte achyrien et la duchesse sechyrienne d'échanger des menaces à travers leurs sourires policés. Cette dernière se tourna vers Dessil.

— Bonsoir, maître.

Elle fit une profonde révérence.

— C'est un grand honneur de vous rencontrer. Vous êtes une sorte de légende.

— Je n'ai encore rien accompli.

— Et cependant, vous êtes le plus jeune augure que j'aie jamais vu. Quant à vos accomplissements futurs, ils sont déjà inscrits dans les cieux, n'est-ce pas ? Pardonnez-moi si je me trompe. Je ne suis qu'une femme. Je ne comprends pas toutes ces choses.

Elle souriait comme si elle ne pensait pas un mot de ce qu'elle disait. Le falcomte Dio s'était éloigné.

— Nos rôles sont définis par les esprits du ciel, répondit prudemment Dessil. Je me conforme au mien mais il n'a pas plus de valeur que le vôtre.

Elle acquiesça, et fit signe à quelqu'un derrière lui. Une jeune femme approcha. Elle était un peu plus âgée que Dessil. Elle fit une révérence.

— Ma fille, indiqua la duchesse. Cornelia.

Les rondeurs de la jeune femme contrastaient vivement avec la maigreur maladive de sa mère. Ses bras épais tendaient le tissu brillant de sa robe, et sa poitrine débordait de son corset d'une façon calculée. À part cela, elle était son portrait craché : les mêmes yeux pâles et acérés, la même peau fine, les mêmes cheveux courts et roux. Comprenant ce qui était attendu de lui, Dessil s'inclina et l'invita à danser. Il mit les mains sur sa taille moelleuse, se concentra sur son visage pour ne pas baisser les yeux sur ses seins. Inexplicablement, il pensa à Alouette – il se demanda de quoi elle aurait l'air dans une robe pareille, avec les cheveux longs et relevés, et de quelle couleur était sa peau là où il ne l'avait jamais vue.

La jeune femme conserva un visage neutre. Ses gestes quoique précis étaient raides, comme si elle ne le croyait pas digne d'elle. Au bout d'un moment, elle parla :

— Comment va Son Altesse mon cousin ? Je suis déçue de ne pas le voir.

— Le Grand Oiseleur n'a pas jugé prudent qu'il quitte Avem Dis, répondit Dessil.

— Mais il y a un accord de trêve.

— Certains pensent que les trêves sont des occasions idéales de frapper par surprise. Notre priorité est la sécurité du prince.

— Sa sécurité. Et qu'en est-il de la sécurité du peuple de deux condoriaumes ? La trêve pourrait se changer en armistice si Syllah se trouvait dans cette pièce.

— Que voulez-vous dire ?

Cornelia baissa la voix.

— Vous savez ce que je veux dire. Mon père tient en ce moment les mêmes propos au vôtre. Syllah est le seul héritier d'Altan. Le condor ne prendra jamais le risque de le perdre. Livrez Syllah à Sechyros, et Sechyros se chargera de ramener la paix.

— Les oiseleurs ne peuvent pas s'impliquer dans le cours d'une guerre de cette façon. Syllah est à Avem Dis en tant qu'élève. Pas en tant que prince, ni en tant qu'otage.

Le visage de Cornelia s'éclaira d'un sourire hautain.

— Et pourtant, tant qu'il est entre vos murs, vous n'avez pas à craindre d'être visés par Altan, qui vous hait. Et Sechyros vous mange dans la main, sachant que vous détenez la clef de la guerre. Mais vous devez penser à plus long terme, Dessil Delphe. Vous êtes le prochain Grand Oiseleur. Soyez celui qui apportera la paix et réunifiera deux condoriaumes en un seul empire, un empire sous l'égide des oiseleurs, dont Avem Dis sera le centre. Livrez Syllah à Cyel.

La danse s'acheva. Dessil s'inclina sèchement, troublé. Depuis son trône, légèrement plus bas que celui du Grand Oiseleur, le duc les observait.

— Permettez-moi de vous présenter à mon père, dit Cornelia.

Dessil acquiesça et s'inclina devant le duc. Il avait l'impression de passer la soirée à faire des courbettes.

— J'étais impatient de vous rencontrer, déclara le seigneur de guerre. Mes augures me murmurent que vous jouerez un rôle de premier ordre dans la guerre qui va reprendre. J'avoue être perplexe. Il est pénible pour nous autres guerriers de ne rien comprendre aux voies des Ysbrids.

— C'est que les réponses ne sont pas dans la compréhension mais dans l'acceptation, riposta Dessil, piqué.

— Vous parlez certainement de manière aussi obscure qu'un augure.

— Je suis un augure.

— Et pourtant, vous êtes une femme, n'est-ce pas ?

Dessil hésita. Il avait de nombreuses réponses « obscures » toutes prêtes à cette question familière. Mais cette fois, les seuls mots qui lui vinrent à l'esprit furent ceux d'Alouette. *Les oiseleurs n'ont qu'à enseigner aux filles. Ils pourraient contrôler le savoir qu'ils leur donnent, et juger si elles en sont dignes ou pas.*

— S'il était possible qu'une femme devienne augure, répliqua-t-il, alors j'en serais probablement une.

Un silence interloqué accueillit cette hypothèse parfaitement invraisemblable.

— Mais c'est une idée étrange pour moi, ajouta-t-il, comme si son ressenti personnel sur la question pouvait intéresser le duc.

— Comme je le disais, répondit ce dernier avec un rictus perplexe, les voies des Ysbrids me restent impénétrables.

Assis sur son trône à côté du duc, le Grand Oiseleur fixait Dessil d'un regard glacial, son visage figé dans une expression sévère. Dessil baissa la tête, mortifié.

— Ah, mais c'est ce qui rend les choses intéressantes, reprit le duc. Je me réjouis de voir le monde changer de nouveau.

Quelque chose dans son ton fit courir un frisson le long des épaules de Dessil.

Le bal se poursuivit pendant des heures, la frénésie sous-jacente qui animait les corps augmentant progressivement. Les nobles se tournaient autour, cordiaux mais brutaux, comme des sportifs avant une compétition féroce. Leurs arbres généalogiques, souvent entremêlés, s'enracinaient dans des champs de bataille abreuvés de sang. Leur pouvoir, leur richesse et leur prestige, tout découlait de la guerre. Ces hommes et ces femmes n'avaient que faire de la paix, péniblement bâtie depuis cinquante ans. Ils n'avaient que faire des peurs et des incertitudes qui pesaient sur Avem Dis, et partout ailleurs.

C'est dans cette pièce illuminée, parmi les visages souriants et les corps tournoyants, que Dessil comprit ce qu'était véritablement la guerre, cette chose étouffante qui se reflétait dans tous les regards qu'il croisait depuis quatre mois.

Un simple jeu.

— Je suis désolé pour ce que j'ai dit devant le duc, père.

Assis dans le plus grand fauteuil, Cyrus leva sur lui un regard attentif et sombre. Ils s'étaient vu attribuer la suite condoriale, située dans l'aile ouest du château du falcomte Aelstir. Dessil devait retrouver Alouette, mais vu l'expression sévère de son père, il devinait que celui-ci ne le laisserait jamais s'éclipser avant qu'il ait expliqué sa réponse incongrue au duc.

S'il était possible qu'une femme devienne augure, alors j'en serais probablement une.

— J'aimerais comprendre ce qui t'a pris, dit Cyrus.

Dessil s'assit sur l'autre fauteuil, terriblement mal à l'aise. Il pouvait prétendre qu'il avait parlé sans réfléchir, qu'il ne savait pas ce qui l'avait pris.

S'excuser d'un air contrit. Ce n'était pas une explication, ça ne satisferait pas Cyrus, mais ils passeraient à autre chose.

Sauf qu'il n'avait pas vraiment parlé sans réfléchir.

Surmontant sa propre incertitude, Dessil prit une profonde inspiration. Il était un augure, à présent. Il avait fait ses preuves.

— Père, j'ai repensé à ce qui a été dit lors du Concile, au sujet des confréries clandestines. Si les jeunes femmes avaient accès aux confréries, si elles étaient autorisées à développer leur Don, cela bénéficierait à beaucoup de personnes.

Il se tut. *Et tu n'aurais jamais eu aucune raison de douter de moi.*

— Des femmes dans la confrérie. Qui t'a mis ce genre d'idée dans la tête ? Ton ami, Albin ? Je sais qu'il a été recommandé par un hérétique notoire.

Dessil se passa la langue sur les lèvres.

— Albin ne me met pas d'idées dans la tête. Il me donne à réfléchir. Tu sais, j'ai toujours cru que j'étais spécial.

— Tu l'es.

Dessil prit une inspiration.

— Oui, parce que le monde est tel qu'il est. Mais si nous étions dans un monde où les femmes avaient le droit de devenir des oiseleuses, alors je n'aurais pas été spécial. Tu m'aurais élevé en fille. J'aurais été une femme. Une femme à Avem Dis.

— Est-ce ce que tu désires ?

— Je…

Dessil s'interrompit, surpris par la question.

— Ce n'est pas ce que je veux dire…

— Tu sais que tu as le choix, Dessil, rappela Cyrus. Je ne t'ai plus rien imposé depuis ton entrée dans la confrérie. Si tu veux vivre en tant que femme, je ne m'y opposerai pas. Cela me causerait des problèmes dont je n'ai pas besoin, mais je ne t'en empêcherais pas.

Son expression était calme pendant qu'il attendait la réponse de Dessil. Elle ne vint pas. Il reprit :

— Cependant, je pense que tu ne feras jamais ça. À mon avis, si tu avais dû emprunter cette voie, tu l'aurais fait depuis longtemps.

Dessil s'efforça de revenir au sujet qui l'intéressait.

— Et si c'était le cas, tu m'aurais acceptée ? Tu aurais accepté d'avoir une femme comme héritière ?

— Je n'en sais rien. Je ne connais pas la femme dont tu parles. Cela aurait dépendu d'elle, je suppose.

— Donc, tu reconnais que certaines filles peuvent être spéciales.

Cyrus plissa les yeux, à la fois amusé et agacé par cette démonstration.

— *Ma* fille pourrait être spéciale.

— Mais aucune autre au monde ? N'est-ce pas injuste ?

Cyrus garda le silence. Dessil insista :

— Et sans même parler de cette fille hypothétique, père, s'il y avait d'autres personnes comme moi ? Des personnes qui seraient autorisées à choisir ? Dans ce cas, l'exclusion des femmes aurait encore moins de sens, non ?

Cyrus le contempla. Longtemps. Quand il parla, son ton était redevenu distant et froid.

— Et c'est tout cela que tu as voulu exprimer en faisant cette déclaration au duc Raelin, pendant le bal ? dit Cyrus en se levant et en se dirigeant vers la fenêtre.

Le débat était terminé. Son père ne réagirait plus à ses interrogations. Pour la première fois de sa vie, Dessil soupçonnait que, s'il restait muet, c'était parce qu'il ne connaissait tout simplement pas la réponse. Il pinça les lèvres, ravalant sa frustration.

Au moins, j'ai réussi à lui parler honnêtement.

— Je sais que j'aurais dû m'abstenir. Je suis désolé.

Cyrus hocha brièvement la tête, le visage tourné vers la fenêtre. Tout à coup, il dit, d'une voix encore plus glaciale :

— Tu seras toujours spécial à mes yeux, Dessil.

Dessil se mordit la lèvre, le souffle bloqué. Plusieurs secondes s'écoulèrent. Une éternité.

— Je vais y aller, finit-il par dire. J'ai rendez-vous avec quelqu'un.

Cyrus acquiesça d'un air absent et revint vers la table. Elle était recouverte d'une carte tracée sur un papier aussi épais que du tissu. Les lignes colorées représentaient les auspices relevés par les augures quelques heures plus tôt. Dans quelques jours, les haruspices d'Avem Dis se réuniraient officiellement pour les interpréter. Mais pour une fois, les signes paraissaient relativement clairs, et Cyrus pouvait déjà voir que…

Il s'immobilisa.

— Dessil, attends.

Son fils s'arrêta sur le pas de la porte, inquiet. Les yeux du Grand Oiseleur suivaient les lignes en s'écarquillant progressivement. Était-ce possible ?

Comment ne l'ai-je pas vu plus tôt ?

— Je dois… je dois parler aux haruspices. Va me chercher Petrel et Bernache.

Si je ne me trompe pas, alors il n'y a pas de temps à perdre.

— Non. Va me chercher le falcomte Aelstir. Et le duc Raelin. Fais vite !

— Mais qu'est-ce qui se passe ?

Cyrus leva les yeux vers lui. Il avait pâli.

— Mestkydd va tomber. Cette nuit.

Chapitre 19

La fête battait son plein. En attendant de retrouver Dessil, Alouette s'était arrêtée devant une estrade où des acteurs itinérants jouaient une comédie de mœurs. Jaelian était parmi eux : outrageusement maquillé, il interprétait une jeune femme amoureuse. Alouette le fixait sans suivre l'intrigue, perplexe.

À quoi joue-t-il ?

Aucun homme ne s'était jamais comporté avec elle de cette façon : à la fois enjouée et intense, un peu comme dans une histoire. Et il le faisait alors qu'il la prenait elle-même pour un homme. Elle ne savait pas quoi en penser. Se moquait-il d'elle ? Ou bien était-ce elle qui était en train de le piéger ? Devait-elle mettre un terme à ce badinage, ou au contraire l'encourager ?

Cela avait-il seulement une importance ? Elle ne le reverrait sans doute jamais.

Milan, Sagel et Ortolan passèrent près d'elle. Ils marchaient à grands pas en direction de la rue, collés les uns aux autres, en riant fort.

— Eh ! Vous allez où ?

Milan se retourna et lui fit face. Hostile.

— Qu'est-ce que ça peut te faire ? Maintenant que ton Dessil est occupé avec les nobles, tu te rappelles qu'on existe ?

— Pfff, fit Alouette en levant les yeux au ciel. Vous êtes des gamins.

— D'accord, d'accord. Bonne soirée, Al.

Et il fit volte-face. Les deux autres lui emboîtèrent le pas, Ortolan avec un haussement d'épaules gêné. Démoralisée, Alouette revint vers la scène. Elle ne comprenait décidément rien à l'intrigue : la seule chose qu'elle voyait, c'était combien Jaelian semblait heureux. Bizarrement, cela lui paraissait injuste.

Pile au moment où elle formulait cette pensée, une pierre atteignit le jeune acteur au front :

— Hérétique ! Chien d'Achyrien !

Elle chercha l'origine de ces cris. Les trois hommes qui s'en étaient pris à Jaelian l'autre nuit étaient revenus, et avec du renfort : une dizaine de personnes les suivaient, se frayant un passage parmi les spectateurs désorientés. Des exclamations de colère et de confusion s'élevaient de la foule :

— Voleur d'offrandes !

— Quoi ?

— Hé ! Attention !

— Arrêtez !

— Attrapez-le ! C'est un espion achyrien et un hérétique !

La foule se densifia et se mit en mouvement. Un coude s'enfonça dans la nuque d'Alouette alors qu'elle tentait de se rapprocher de la scène. Quelqu'un poussa un cri de douleur. Au loin, la musique continuait.

Alouette parvint à s'extraire des corps qui l'entouraient et se hissa sur l'estrade, en passe d'être prise d'assaut. Jaelian était au sol, empêtré dans sa jupe, avec du sang sur le front. Le spectacle allait dégénérer en lynchage en règle.

Soudain, un son vrilla l'air, figeant la foule. Clair et vibrant, il semblait venir de partout à la fois. Des cloches. Leur timbre régulier n'avait rien de musical et se répétait à l'infini. Chaque coup était comme un coup de marteau.

Le temps s'arrêta. Les têtes se levèrent vers le ciel. Plus personne ne criait.

Les cloches ne s'arrêtaient pas.

— Le tocsin ! cria quelqu'un.

D'un coup, les corps se remirent en mouvement.

— La ville est attaquée !

— La garde ! La garde arrive !

Effectivement, un groupe d'hommes en armure entra sur la place depuis une rue adjacente, déclenchant un nouveau mouvement de panique. Les gens s'éparpillèrent. Mais les soldats ne s'intéressaient pas à ce qui se passait sur la scène. Ils traversèrent la place en direction des portes de la ville.

— L'armée d'Achyros est en vue ! Mettez-vous en sécurité ! Allez dans la confrérie !

Les confréries étaient des lieux sacrés, des sanctuaires. Même en temps de guerre, personne n'attaquerait jamais une confrérie.

N'est-ce pas ?

Un homme immense, vêtu de noir, bouscula Alouette, la sortant de sa torpeur. Il saisit Jaelian par le bras, et le tira avec brutalité au bas de la scène. Celui-ci se débattit, en vain. Ils s'enfoncèrent dans la foule.

— Jaelian ! cria Alouette.

Elle sauta à son tour au bas de l'estrade pour les suivre. Deux marées humaines avançaient en sens contraires, celle des soldats et celle des citoyens, créant des courants qui la comprimaient et l'entraînaient malgré elle.

Sa respiration se bloqua dans sa gorge. Dans la multitude des visages autour d'elle, elle ne pouvait se raccrocher à aucun. Elle ne pouvait compter que sur elle-même. Elle ferma les yeux et s'efforça de se calmer. Puis elle se fraya un chemin, centimètre par centimètre, vers la rue où Jaelian et l'homme avaient disparu.

La foule se desserra soudain, et elle accéléra le pas.

— Jaelian !

Plutôt que de s'engouffrer entre les bâtiments, où grouillaient les habitants paniqués, elle escalada un mur, atteignit un rebord de fenêtre, se hissa sur un balcon, et finit par atteindre le toit. Là, enfin à l'air libre, elle se mit à courir, en réfléchissant à toute vitesse. L'homme en noir avait dû prendre l'une des directions les moins fréquentées, à contresens de la foule. Elle se pencha au-dessus de la rue, et son cœur fit un bond. Jaelian était parvenu à se dégager et s'enfuyait, toujours poursuivi par l'homme en noir. Elle se remit à courir sur les toits, le plus vite possible, puis dévala un mur décrépit en catastrophe avant de sauter dans la rue. Elle eut à peine le temps de se redresser que l'homme en noir déboulait et lui heurtait l'épaule :

— Où est-il ? aboya-t-il. Tu l'as vu ?

Il portait des vêtements de cuir et des cheveux coupés en brosse. Quelque chose brillait d'un éclat argenté sous son manteau entrouvert, au niveau de sa ceinture. Il se dégageait de sa démarche féline une impression diffuse de vigilance et de danger. Il n'avait rien à voir avec les autres agresseurs de Jaelian, motivés seulement par la peur et la colère : il était en chasse.

— Il..., haleta-t-elle, terrifiée, il est parti par... par là.

Elle désignait une arche qui donnait sur l'obscurité d'une cour intérieure, véritable gouffre plongeant entre les bâtiments.

L'homme s'éloigna. Aussitôt, Alouette fit volte-face et se remit à escalader le mur. Ses mains moites glissaient sur la paroi. Elle n'osait pas se retourner pour vérifier si l'homme avait suivi la direction indiquée, ou s'il était derrière elle. Elle se hissa sur le toit, le traversa en courant, dérapa dans la pente, et sauta sur le sommet d'un mur en contrebas. Jaelian était au fond du cul-de-sac.

— À ta droite ! cria Alouette.

Il sursauta, scruta le haut du mur.

— Il y a une prise à ta droite !

Il n'hésita pas plus longtemps, saisit la prise.

— Maintenant, mets ton pied sur la corniche.

Jaelian obéit à cet ordre comme aux suivants. Alouette lui tendit la main pour l'aider à monter sur le toit.

— Merci, articula-t-il, trop bas pour qu'elle l'entende, à cause des cloches.

À ce moment-là, l'homme en noir refit irruption dans la rue. Alouette et Jaelian retinrent leur souffle de concert. Les pas de l'inconnu se rapprochèrent, s'arrêtèrent… s'éloignèrent.

Jaelian poussa un soupir de soulagement et se tourna vers Alouette.

— Merci, répéta-t-il d'un ton plus ferme.

— Qu'est-ce qu'il te voulait ? Tu le connais ?

Il ne répondit pas. Peut-être n'avait-il pas entendu. Soudain, elle se rappela la bataille qui faisait rage au pied des murs de la cité.

— La confrérie, dit-elle. On doit aller dans la confrérie.

Jaelian acquiesça, jetant des regards angoissés en bas de la rue.

Ils atteignirent la confrérie au moment où l'armée achyrienne franchissait les portes de la ville, juste avant minuit. On aurait dit que les habitants s'étaient volatilisés. Qu'ils étaient déjà devenus des fantômes. Ils cognèrent aux battants de toutes leurs forces, mais la confrérie était verrouillée.

— À l'aide ! Ouvrez !

Personne n'ouvrit. Autrefois, Alouette avait passé des heures à rôder devant ces portes, et personne n'avait jamais ouvert.

Mais ça ne l'avait pas empêchée d'entrer.

— Je connais un endroit par où on peut passer, dit-elle à Jaelian. Tu peux escalader ?

— Je peux essayer, répondit-il.

Ils contournèrent le bâtiment par des rues vides, comme si la mer les avait lavées. Les installations prévues pour Kahn Avem étaient laissées à l'abandon. Sans le tocsin, le silence aurait été absolu.

Non.

Il était absolu.

Et lorsque les cloches s'arrêtèrent, il explosa.

Chapitre 20

Un sifflement traversa l'air, immédiatement suivi par la fin du monde. La terre trembla, la poussière s'éleva du sol, et l'ensemble de la ville parut s'écrouler sur elle-même.

Le dos d'Alouette heurta un mur qui était peut-être le sol, et elle se recroquevilla contre cette surface qui n'était à présent pas plus solide que de l'eau ou du papier. Quand elle rouvrit les yeux, elle mit longtemps à se rendre compte qu'elle était toujours entière, alors que la confrérie n'existait plus, et que la rue était devenue son cimetière.

— Jaelian ?

Elle n'entendit pas sa propre voix. Peut-être était-elle devenue sourde. Peut-être n'avait-elle pas parlé.

Elle se releva. La confrérie était en ruine. La confrérie où tout le monde s'était réfugié, y compris ses camarades d'Avem Dis.

Milan, Ortolan, Sagel. Tarier. Tout le monde.

Morts.

Et tandis qu'elle songeait à se recroqueviller de nouveau, puisqu'elle était toute seule et que l'univers était sens dessus dessous, elle entendit une autre explosion. Et elle pensa soudain :

Je ne veux pas mourir.

Alors elle leva la tête, et le ciel était toujours là.

Elle se mit à courir sans savoir où elle allait. Elle était incapable de penser, incapable d'analyser ce qui venait de se passer. Une sorte d'instinct qu'elle ignorait posséder prit le pas sur sa mémoire. Elle fit demi-tour et ses pas la guidèrent vers là où les bâtiments tenaient encore debout, loin du centre.

Elle trouva un passage vers les catacombes au fond d'un jardin délaissé, de l'autre côté d'un mur de pierre. Une volée de marches, sous une trappe libérée de l'herbe qui la recouvrait.

Elle descendit. Les couloirs humides étaient remplis d'échos et de murmures. Elle n'était pas seule.

— Qui va là ? cria soudain une voix stridente, tendue, terrifiée.

La lumière frémissante d'une torche surgit d'un détour.

— Ah, c'est toi.

Il y avait dans cette voix un mélange de soulagement et de dédain, et d'autre chose encore. Quelque chose de râpeux, de métallique.

— Ross ?

Elle était si soulagée de voir un visage familier que quelque chose se brisa dans sa poitrine et qu'elle se mit à pleurer.

— Qu'est-ce qui te prend, idiote ? siffla-t-il entre ses dents. Tu veux que tout le monde s'aperçoive que tu es une femme ? Arrête de pleurer !

Elle déglutit et essuya ses joues d'un geste brusque qui était presque une gifle.

— T-tout le monde ? Tu les as amenés ici ?

Bien sûr, lui aussi connaissait les passages. Combien lui en avait fait-il découvrir, et réciproquement ? Il était autant chez lui à Mestkydd qu'elle était chez elle.

— Dans la grande salle, dit-il.

Elle fit un pas dans la direction qu'il indiquait, mais il la retint.

— Attends. Ta veste est déchirée.

Elle la rabattit sur elle tant bien que mal. Dans le silence qui s'installa, elle distingua les voix lointaines mais familières des élèves d'Avem Dis. Il n'avait pas menti. Il les avait sauvés. La vague de gratitude qui la submergea faillit la mettre à genoux. Mais ce n'était pas le moment de flancher.

— Tu m'aides, maintenant ? articula-t-elle.

— Bah…

Il toussa, un bruit douloureux.

— Va les rejoindre, dit-il. Moi, je reste là. Je monte la garde.

— Ross… tu te sens bien ?

— Ça va. J'ai juste… reçu un coup sur la tête. Mais ça va.

Elle hésita. Elle ne se résignait pas à le laisser seul.

— Un coup ?

— Un bout de mur.

Soudain, il se retourna contre la paroi et vomit. Il toussa plusieurs fois, fit quelques pas et déclara :

— Je vais m'asseoir un peu.

Elle s'installa près de lui.

— La confrérie, dit-elle au bout d'un moment. Il a été détruit.

— Mmh.

— T'endors pas, Ross. Tu es censé monter la garde, non ?

Elle le poussa du coude. Quelque chose n'allait pas. Pas du tout.

— Hé, murmura-t-il alors. Alouette.

— Oui ?

— Je t'aide pas.

— Hein ?

— Tu m'as demandé pourquoi je t'aidais, mais je t'aide pas, expliqua-t-il d'une voix bizarre, comme s'il avait quelque chose de gênant dans la bouche. Les femmes ont pas leur place à Avem Dis. Je pense toujours que tu as tort de faire ce que tu fais.

Alouette ramena ses genoux contre elle, sans répondre.

— Mais c'est vrai, reprit-il, qu'on était amis. Et j'avais une dette envers toi. Il faut bien que je la paie.

— Je vois.

— Aller à Avem Dis… tu ne sais pas ce que ça signifie pour les gens comme moi.

— Si, je sais, Ross. Nous sommes pareils.

— Non, dit-il. Pas pareils.

Il s'adossa au mur, et posa sa tête sur l'épaule d'Alouette.

— Ross ? souffla-t-elle.

— Je vais rejoindre les autres, annonça-t-il. Dormir un peu.

Mais il ne fit aucun mouvement pour se lever, et elle non plus. Quelques secondes s'écoulèrent. D'une voix rêveuse, quelque part près de sa clavicule, il dit :

— Fiente… Je m'étais promis que je ne mourrais pas à Mestkydd.

Puis il ferma les yeux et se tut. Alouette resta pétrifiée. Elle n'osait pas bouger, de peur qu'il s'écroule au sol, inerte. Elle n'osait pas lui dire de se réveiller, de peur qu'il n'obéisse pas. Elle attendit jusqu'à ce que son épaule lui fasse mal, concentrée sur sa propre respiration pour ne pas guetter celle de Ross. Soudain, des pas retentirent dans le couloir :

— Al ?

C'était Milan.

— Al ? Qu'est-ce qui se passe ? Qu'est-ce qu'il a ?

Alors enfin elle se tourna vers Ross et l'allongea par terre. Puis, malgré les fourmis qui parcouraient ses membres, elle se leva.

— Il est… il est…

Sa voix trembla et s'arrêta, avant de reprendre dans une sorte de hoquet :

— Mort.

Chapitre 21

Un serviteur entra avec un plateau, sur lequel se trouvaient plusieurs bouteilles d'un alcool local, et le posa sur la table avant de faire le service.

— Ah, enfin ! s'exclama la duchesse Raelin, en portant un verre à ses lèvres.

Elle et sa fille se trouvaient à une extrémité du salon, Dessil et son père à une autre. Cyrus était tourné vers la fenêtre, probablement en contact avec la moitié des oiseaux de la ville. Dessil se mordait les lèvres, les doigts serrés autour des accoudoirs de son fauteuil. Lorsque l'alarme avait été donnée, il avait voulu rejoindre les élèves – s'assurer qu'ils étaient en sécurité, savoir ce qui se passait dehors, à l'extérieur de ce palais. Mais son père avait dit : « Non. »

Dessil n'avait pas protesté. Il n'avait même pas cherché à soutenir son regard. Il avait fait demi-tour et couru à contre-courant de la foule, vers l'extérieur.

Alouette était dehors. Il devait juste la trouver et la ramener ici, en sécurité. *Et les autres aussi.*

Mais les gens qui se précipitaient en sens inverse le ralentissaient. Puis un garde s'était dressé devant lui. Il n'avait pas compris. Encore moins quand il l'avait saisi par le bras et ramené dans la suite condoriale, devant le Grand Oiseleur.

Cyrus l'avait pris par les épaules avec une force qui l'avait collé au mur.

— Je comprends ton inquiétude, siffla-t-il, mais tu ne sortiras pas d'ici. Tu ne te rends pas compte du danger.

— Mais Al et les autres…

— Écoute-moi, gronda son père. C'est à ta propre sécurité que tu dois penser en ce moment. À ton propre futur. Si tu te laisses dominer par tes émotions, tu mourras, et ça n'aidera pas Albin. Ça n'aidera personne. Tu m'entends ?

Avant que Dessil ait eu le temps de répondre, la porte s'était ouverte, et ils avaient été rejoints par la duchesse et sa fille. Le duc Raelin et le falcomte Aelstir venaient de partir au combat.

Dans le fauteuil d'en face, Cornelia Raelin se tenait presque exactement dans la même posture crispée que lui. La duchesse se leva et tendit un verre à Dessil, qui le prit par automatisme.

— Alors, dit-elle sur le ton de la conversation, que va-t-il se passer ? Nous sommes en sécurité, n'est-ce pas ? Mestkydd va tenir ?

— Je ne saurais le dire, répondit Cyrus. Il faut se préparer à toutes les éventualités.

Dessil avala le contenu de son verre et lâcha :

— Pourquoi est-ce que tu mens ?

Son cœur battait assez fort pour couvrir tous les sons, mais pour une fois il n'avait pas peur. Il était seulement furieux.

— Dessil…

— Mestkydd va tomber, expliqua posément Dessil à la duchesse, et tout ce que nous avons à faire est de rester cachés pendant que les autres meurent.

Cornelia éclata d'un rire nerveux.

— Excusez-le, dit le Grand Oiseleur.

Dessil le méprisa.

Au même instant, la porte s'ouvrit de nouveau. Deux gardes poussaient un troisième homme entre eux. La tête bizarrement penchée sur le côté, il traînait les pieds, et ses mains étaient attachées dans son dos. Dessil reconnut le falcomte achyrien Dio, celui qui avait demandé des nouvelles de Syllah lors du bal. Ses terres faisaient partie du duché de List… dont le seigneur attaquait Mestkydd en ce moment même.

Les deux gardes l'installèrent de force dans un fauteuil, en face de Dessil.

— Votre Éminence, dit le commandant de la garde, le falcomte Dio.

Cyrus hocha la tête. Le duc Raelin avait ordonné l'arrestation de Dio dès l'annonce de l'attaque. En vérité, il n'avait pas prononcé le mot « arrestation ». Il avait dit : « Assurez-vous qu'il ne quitte pas le palais. »

Apparemment, Dio non plus n'avait pas été dupe de cette consigne. Un filet de sang coulait de sa lèvre et une bosse poussait sur son front.

— Saviez-vous ce qui allait se passer ? lui demanda Cyrus.

— Bien sûr que non, cracha le falcomte. Vous croyez que je serais venu me jeter dans ce panier de crabes, si j'avais été au courant ?

— Alors, vous serviez de leurre. Vous étiez destiné à nous faire croire qu'Achyros respecterait la trêve.

Dio laissa échapper un ricanement amer :

— Oh, il l'a respectée. La trêve devait durer jusqu'à Kahn Avem, n'est-ce pas ? Et Kahn Avem a eu lieu. Tout est parfaitement en ordre.

La duchesse ricana à son tour.

— Ce n'est pas le moment de plaisanter, dit Cyrus.

— Sauf votre respect, riposta la duchesse avec un charmant sourire, cette soirée est peut-être bien la dernière de certains d'entre nous. Alors j'aime autant la passer à rire.

Le falcomte répliqua quelque chose, ou peut-être était-ce Cyrus. Dessil avait cessé d'écouter. Sa colère était retombée pour laisser la place à ce qu'elle était en réalité : de l'impuissance. Il ne pensait qu'à une chose : *J'aurais dû courir plus vite.*

— Excusez-moi, murmura-t-il.

Il se leva et passa dans la pièce voisine.

— Dessil.

Il fit volte-face. Son père l'avait suivi.

— Le destin de millions de personnes est en jeu. Et tu es le futur Grand Oiseleur. Tu ne peux pas te permettre d'agir ainsi. Pas pour Albin.

— Qu'est-ce que c'est censé vouloir dire ?

Dessil croisa les bras, sur la défensive. La voix basse et dure de Cyrus se chargea de menace.

— Réponds-moi : si tu devais choisir entre sauver ton ami et sauver Mestkydd là, tout de suite, que choisirais-tu ?

Alouette.

Il avait sa réponse avant la fin de la question. Elle avait été sa première pensée à l'instant où son père lui avait annoncé la chute de la cité : Alouette.

Je me fiche de Mestkydd.

Il serra les poings, enfonçant ses ongles dans ses paumes. Lui qui avait toujours été incapable de choisir, voilà que la première certitude de sa vie condamnait une cité entière. Il fixa le sol, tenta de rationaliser, de trouver une autre réponse à ce dilemme impossible, mais c'était trop tard. Il avait choisi Alouette, une jeune femme déguisée en homme qu'il connaissait depuis quelques mois.

Le ton de Cyrus s'adoucit – avec effort :

— Est-ce que tu mesures à quel point ce genre de sentiment peut être dangereux ?

Dangereux pour toi, dangereux pour moi, dangereux pour Avem Dis, dangereux pour le monde. Son père ne le disait pas, mais c'était ce qu'il pensait. *Tu pourrais tout détruire, tout, l'œuvre de ma vie, et celle des Grands Oiseleurs avant moi.*

— Je sais ! cria Dessil.

C'était pour cela qu'il avait tenu Alouette à distance pendant tout ce temps alors qu'il avait conscience de ce qu'elle éprouvait. Pour cela qu'il avait repoussé le moment de s'expliquer avec elle. Pour cela qu'il avait fui. Mais ça n'avait pas suffi.

Il plaqua ses mains sur ses yeux, horrifié par ses propres pensées, parce qu'il venait de se dire : *Si elle mourait ce soir, ça résoudrait le problème*.

— Dessil, reprit Cyrus en lui posant les mains sur les épaules. S'il te plaît, calme-toi. J'ai besoin de toi.

Dessil prit une inspiration saccadée. Son père avait raison. Il croisa son regard et y lut de la compassion. Cyrus était le seul à le comprendre, le seul à savoir ce qu'il devait faire. Ils avaient le même destin.

— Tu dois y mettre un terme, dit le Grand Oiseleur.

— Je sais, répéta Dessil d'une voix brisée.

À l'aube, les soldats achyriens affluèrent dans les couloirs du palais. Il n'y eut aucune résistance : le falcomte Aelstir de Mestkydd avait été tué au combat une heure plus tôt. *Les présages des oiseleurs me guident depuis ma naissance*, avait-il dit la veille, *et me guideront jusqu'à ma mort*.

Le duc Callah, de List, entra dans la suite condoriale, accompagné d'une odeur de fer, de sueur et de sang. Ses hommes se dirigèrent vers la duchesse et sa fille.

— Suivez-nous.

La duchesse ne riait plus. Son visage était un masque de marbre blanc. Elle suivit les soldats, et Cornelia aussi, sans dire un mot, sans jeter un regard à personne. Dessil sentit son estomac se retourner et réprima un haut-le-cœur. Callah se tourna vers Cyrus :

— Quant à vous…

— Je vais regagner Avem Dis, déclara le Grand Oiseleur avec hauteur. Je ne fais pas partie de cette guerre.

— Je crains que ce ne soit plus à vous d'en décider.

Cyrus redressa le menton :

— Vous n'êtes pas un fou, Callah. Les Ysbrids étaient de votre côté cette nuit, mais ne poussez pas votre chance.

Le duc hésita. Longtemps. Il jeta un coup d'œil par la fenêtre, devant laquelle passaient les nombreux oiseaux de Cyrus, vigilants.

Il s'inclina.

— Mes hommes vont vous escorter jusqu'à Avem Dis.

Ils traversèrent des décombres, marchèrent entre des cadavres, et parcoururent des rues désertes. Au bout d'un long moment, comme s'il venait seulement d'émerger d'un cauchemar, Dessil parla :

— Père ? Que va-t-il arriver à la duchesse et à sa fille ?

— Je l'ignore.

Il aurait pu dire : « Le duc Raelin a été fait prisonnier, aussi vont-elles probablement être gardées en otages. Peut-être même seront-elles libérées. »

C'était ce qu'il croyait… mais après cette nuit, il doutait même de ce qu'il croyait.

Ils rejoignirent les élèves et les oiseleurs à l'extérieur de la cité, non loin du champ de bataille où le falcomte Aelstir avait trouvé la mort. Le groupe était silencieux, choqué.

Et incomplet.

Tous ceux qui s'étaient réfugiés dans la confrérie, pensant y trouver un sanctuaire, étaient morts. Si la plupart des élèves d'Avem Dis avaient survécu, c'était grâce à Rossignol, qui les avait guidés vers la sécurité des catacombes.

— Ils ont sciemment visé la confrérie, dit maître Petrel à Cyrus avec une colère que l'épuisement n'atténuait pas. Cette attaque était autant dirigée contre nous que contre Mestkydd !

Cyrus leva la main en signe d'apaisement.

— Les hommages seront rendus aux victimes, dit-il, et justice sera faite. Par la volonté des Ysbrids. Maintenant, il est temps de rentrer à Avem Dis. En sécurité.

— En sécurité ? répéta Petrel comme si c'était la première fois qu'il entendait ce mot.

— Petrel, dit le Grand Oiseleur d'une voix douce, nous devons protéger les nôtres. Protéger Avem Dis.

Petrel s'inclina. Avec raideur.

Alouette s'était assise sur le sol, à l'écart des autres élèves. Elle n'était pas morte, finalement. Contrairement à Ross.

La confrérie de Mestkydd, qui n'avait jamais voulu d'elle, avait été détruite. Le clocher où elle s'était si souvent réfugiée était tombé. Les toits qu'elle avait parcourus s'étaient ouverts en hurlant et en crachant du feu.

Orpheline, elle avait cru savoir ce que ça faisait de tout perdre. Ce vide était en elle depuis si longtemps, elle n'avait jamais pensé qu'il pourrait l'avaler.

— Tu vas bien ?

C'était Dessil, accroupi près d'elle, surgi de nulle part. Elle ouvrit la bouche, mais plusieurs instants s'écoulèrent avant qu'elle se mette à parler.

— Je voulais tellement te montrer Mestkydd, bredouilla-t-elle. Mes endroits. Mes cachettes. Elles n'existent plus, Dessil… Et Ross…

Elle se mit à pleurer.

Dessil éprouva un choc, pareil à un coup de poignard en pleine gorge. Car parmi toutes les horreurs de cette nuit, de cette aube et des jours à venir, c'était sa souffrance à elle la plus insoutenable.

Et si seulement il avait pu la prendre dans ses bras, la serrer contre lui et sécher ses larmes avec sa propre peau. Mais il ne pouvait pas, pas avec autant de monde autour, pas avec son père si proche, même si c'était la fin du monde. Et il ne pourrait plus jamais. Alors il se laissa tomber à côté d'elle et se mordit la langue jusqu'à ce qu'il sente le goût du sang.

Chapitre 22

Un mois plus tard

Une foule inquiète commença à se déverser sur la plaine qui bordait le gouffre. Le camp, qui semblait de moins en moins provisoire, s'étalait en arc de cercle autour du pont brisé qui le séparait du siège mythique du Troisième Collège. De plus en plus d'oiseaux survolaient les arrivants, envoyés par les oiseleurs depuis l'autre côté du gouffre. Dessil en faisait partie. Planant à ras du sol, il scrutait les gens avec les yeux perçants de Vulnémar, à la fois fasciné et horrifié par la foule immense qui grouillait sur le bord de la falaise. Les gens avaient l'air d'avoir voyagé pendant des années et d'être arrivés au bout du monde. Au bout de tout espoir. Il vit un groupe d'hommes assis en silence, les mains sur les genoux. Il vit une femme âgée en train de marchander de la nourriture avec un gamin qui ne pouvait pas avoir plus de douze ans. Il vit un garçon bercer un bébé hurlant. Parmi eux, il aperçut Jaelian, le jeune homme qui avait embrassé la main d'Alouette. Il avait survécu et il jouait de la musique, appuyé sur ce qui restait d'un muret de pierre. Un cercle de spectateurs s'était formé autour de lui.

Qui es-tu ?

Pour mieux voir la scène, Dessil se percha au sommet d'un des antiques piliers noirs, d'origine adderyne, qui s'élevaient encore dans la plaine. Il ne connaissait pas la chanson. Elle parlait de la guerre, d'abandon et d'espoir.

Jaelian se tut et leva les yeux vers lui. Son expression changea. Il s'approcha lentement et tendit la main comme pour le toucher.

— Je te connais, dit-il. Je t'ai vu à Mestkydd. Avec Dessil Delphe.

Du coin de l'œil, Dessil vit une silhouette sombre se dissimuler derrière une tente. Un éclat d'acier étincela.

— Ces gens ont besoin d'aide, disait Jaelian à Vulnémar. J'ai besoin d'aide.

L'aigle s'agita. Une sorte de frénésie animait le camp, dirigée vers l'autre côté de la falaise. Ce n'était pas seulement l'espoir que les gens venaient chercher à Avem Dis, c'était un refuge. Dessil s'envola. En contrebas, Jaelian continua longtemps à regarder le ciel, même après que l'aigle eut disparu.

Une immense table carrée avait été placée au centre de l'arène adderyne. Elle était recouverte d'une carte tracée sur ce papier aussi épais que du tissu. Les lignes colorées représentaient les auspices relevés par les augures lors de Kahn Avem. Les haruspices tournaient autour, dans une chorégraphie calculée. Leurs gestes et leurs paroles faisaient surgir des formes ailées qui s'évaporaient plus loin, esquissaient des cités miniatures, faisaient résonner des mots prononcés ailleurs ou à une autre époque.

Trois cent soixante-quatorze augures, dont Dessil, occupaient les gradins, leurs yeux anxieusement fixés sur la magie des haruspices. Le Grand Oiseleur surplombait la scène depuis l'autre face des gradins.

— Avem Dis est en danger, lâcha soudain le vieux Visalgan.

Les autres maîtres s'immobilisèrent, consternés. Les interprétations des auspices donnaient toujours lieu à de mémorables joutes verbales que le Grand Oiseleur devait trancher. Mais aujourd'hui, tous semblaient partager l'avis de Visalgan. À présent que Mestkydd était tombée, Altan dirigeait le gros de ses troupes vers la région. Le condor lui-même était en route : il avait apparemment décidé de s'installer dans le palais du falcomte et de mener ses opérations depuis Mestkydd. Cela n'augurait rien de bon.

— Avem Dis est protégée par les montagnes et par le gouffre, déclara Cyrus. Et nous avons le prince Syllah. Altan ne nous attaquera pas. Au pire, nous serons assiégés. Nous avons de quoi tenir un siège.

Des regards s'échangèrent par-dessus la table massive. Bernache, qui avait longtemps dirigé une confrérie sechyrienne avant de se retirer à Avem Dis, prit la parole.

— Avez-vous envisagé de livrer le garçon ?

— C'est impensable, répliqua Mandarin de sa voix douce. En tant qu'élève, Syllah est sous la protection du Grand Oiseleur.

En tant qu'administrateur des oiseliers et des élèves, Mandarin veillait sur Syllah depuis que celui-ci vivait reclus dans le palais. Sa position n'avait donc rien de surprenant.

— En effet, asséna Cyrus. Une telle action reviendrait à trahir le Troisième Collège. Nous devons rester neutres. Même si cela implique des sacrifices.

Bernache baissa les yeux. Dessil se remémora un débat semblable, lors du Concile Unique, cinq mois plus tôt, à l'époque où la guerre n'était encore qu'une lointaine éventualité. La voix puissante, empreinte de colère, du jeune augure d'Achyros, Faviel, lui sembla résonner de nouveau :

Alors, ce sera ainsi : attendons Altan d'Achyros comme nous l'attendons depuis cinquante ans. Observons-le pendant qu'il nous massacre et qu'il transforme nos confréries en ruines. Et lorsque ce sera fini, les plus lâches d'entre nous ramperont de sous les décombres et fonderont le Quatrième Collège. C'est l'éternelle histoire qui se répète depuis mille ans.

— Et les gens ? laissa-t-il échapper.

Les regards se tournèrent vers lui. Dessil s'obligea à rester immobile. Il n'avait pas prévu que sa voix porterait autant, et les augures n'étaient généralement pas invités à parler lors de telles réunions. Mais il ne pouvait plus se taire.

— Je parle des habitants de Mestkydd, reprit Dessil d'un ton plus affirmé. Et des habitants d'Achyros et de Sechyros en général. Ceux qui ont perdu leur maison et leur travail, ceux qui ont dû fuir. Nous devrions faire quelque chose pour eux. Nous devrions essayer de mettre fin à la guerre, même si ça signifie prendre un parti. Les oiseleurs sont censés guider les gens lorsque le ciel leur devient obscur. En quoi serait-ce trahir l'Ordre que d'essayer de venir en aide à ceux qui en ont besoin ?

Il se tut. Son cœur battait si fort qu'il avait à peine entendu ses propres paroles. *Je viens de contredire le Grand Oiseleur devant l'ensemble des maîtres d'Avem Dis.*

— Ton intention est peut-être noble, rétorqua son père, mais tu te fourvoies. Qu'imagines-tu ? Nous ne sommes pas une armée. Nous n'avons pas de moyens d'action contre Achyros… à part le prince. Et c'est un moyen que j'ai décidé de ne pas employer.

Dessil se leva. *Ça n'a aucun sens,* avait-il envie de dire. *On ne peut pas se contenter d'attendre jusqu'à ce que ce soit notre tour !* Mais il savait que ce serait inutile. Les augures autour de lui lui décochaient de discrets coups d'œil, désapprobateurs, encourageants ou simplement sceptiques. Ce n'était pas le moment de s'opposer publiquement au Grand Oiseleur, qui devait avant tout maintenir l'unité dans ses propres rangs. Il perçut soudain une présence sauvage dans le ciel, loin au-dessus de l'arène : Vulnémar.

Pour une fois, le rapace faisait écho à ses émotions. Il n'était pas effrayant ou incompréhensible. Il était là.

Alors tout devint clair.

— Au moins, laissons entrer les gens de Mestkydd, asséna-t-il.

Il y eut du remous dans les rangs des maîtres, un murmure chargé d'autant de désapprobation que d'approbation. Ils n'étaient pas tous contre lui. Cyrus ne répondit pas tout de suite, laissant ses haruspices exprimer d'abord leur opinion. Bernache fut le premier.

— Cela violerait notre vœu de neutralité.

— En quoi est-ce rester neutre de les laisser mourir ? riposta Ibis.

Dessil retint son souffle, surpris qu'un membre du conseil de Cyrus prenne son parti.

— Impossible, intervint Visalgan d'un ton tranquille, il y a des femmes parmi eux.

— Je suis d'accord avec Dessil, déclara Anhinga en vrillant son regard dans celui de Visalgan, et il me semble que la situation est suffisamment dramatique pour faire une entorse à cette tradition.

Les yeux du doyen se tournèrent alors vers Dessil et il y lut quelque chose de nouveau, proche de la haine. Cyrus reprit la parole :

— Même si j'acceptais de rompre avec la tradition, faire entrer autant d'étrangers à Avem Dis comporte d'immenses risques… il y a forcément des espions parmi eux. Des espions des deux camps. Voire des assassins. Si Syllah n'était pas ici, peut-être… mais tant qu'il est entre nos murs, faire entrer une telle foule risque de changer le cours de la guerre, en plus de mettre tous les oiseleurs et les élèves en danger.

— Absolument, appuya Visalgan.

Dessil observa le silence pendant un instant. *Rien n'est décidé*, réalisa-t-il. Il avait parlé et avait été écouté. Cyrus ne l'avait pas congédié comme s'il était un enfant. En fait, le Grand Oiseleur avait l'air plutôt satisfait de ce qui était en train de se passer.

— J'ai compris la prophétie de mon initiation, osa alors annoncer Dessil. Elle signifie que le salut ne viendra pas d'Avem Dis. Il ne viendra pas de la réclusion. Il viendra de l'extérieur. Il faut ouvrir les portes, ou bien le ciel deviendra stérile, et ce sera notre fin. C'est une femme que j'ai vue, chevauchant Brenin Yr Adar. Une femme qui venait d'ailleurs.

Cyrus contempla les visages qui l'entouraient. Furieux, attentifs, approbateurs, tendus. S'il choisissait de déployer le pont invisible pour accueillir les gens de Mestkydd, le domaine ne serait plus jamais le même. Des traditions millénaires seraient bouleversées. *Aucune femme n'a jamais mis les pieds à Avem Dis.*

D'un autre côté, le monde était déjà en train de changer. Cyrus l'avait lu dans les cieux, des années plus tôt. Il avait lui-même accompagné – orchestré – ce changement. Il jeta un regard en coin à Dessil.

— Je dois réfléchir, déclara-t-il.

Le Grand Oiseleur consulta les auspices. Il écrivit aux maîtres de confrérie de tout le continent. Les rares réponses qu'il reçut de la part des confréries achyriennes étaient alarmantes. Profitant de son avantage militaire, Achyros avait encore augmenté la pression sur les oiseleurs de son condoriaume : ceux qui refusaient de se soumettre devaient fuir les confréries détruites par ses armées.

Son intention a toujours été d'exterminer les oiseleurs, songeait Cyrus. *La guerre déclenchée par Cyel lui fournit une occasion idéale.*

D'ailleurs, cette stratégie n'était pas dépourvue de sens. Le massacre des oiseleurs illustrait la volonté d'Altan de rompre radicalement avec un héritage millénaire, de fonder un nouvel ordre. S'il poursuivait dans cette voie, et s'il parvenait à démontrer l'impuissance des oiseleurs, cela minerait la légitimité de Sechyros à poursuivre la guerre. La confiance des seigneurs de guerre dans les augures, si vitale, s'effilocherait.

Ce serait la fin du Troisième Collège. La fin des oiseleurs.

Sept jours plus tard, Altan d'Achyros prenait ses quartiers au palais de Mestkydd et ordonnait l'exécution du duc Raelin. La duchesse Raelin et sa fille Cornelia demeuraient prisonnières.

Au même moment, le Grand Oiseleur déployait le pont invisible, et la foule des habitants de Mestkydd posait pour la première fois le pied à Avem Dis.

La neige avait entièrement fondu.

Chapitre 23

Alouette essuya une goutte de sueur sur son nez et empoigna de nouveau son sarcloir. Il faisait encore froid, et le ciel était terne, mais elle était en uniforme, une tenue peu adaptée au travail dans les champs. Les autres élèves avaient tous ôté au moins leur veste depuis plusieurs heures, mais pas elle.

Elle reprit sa tâche, qui consistait à arracher les herbes menaçant le blé planté à l'automne. La production de nourriture à Avem Dis s'était intensifiée depuis le début de la guerre, et encore plus depuis le retour du printemps : ils visaient maintenant l'autosuffisance. Cela ne posait pas de problème particulier, car les terres étaient fertiles et vastes. Cependant, le nombre de plus en plus grand de gens arrivant de Mestkydd commençait à créer de l'inquiétude. Le Grand Oiseleur avait pris des mesures d'urgence et ordonné l'exploitation de terres laissées en friche depuis des années.

— J'en ai assez !

Alouette se retourna. Dans la rangée d'à côté, à quelques mètres derrière elle, Sagel venait de lâcher son outil.

— Je ne suis pas venu ici pour servir d'esclave !

Il traversa le champ à grands pas. L'homme qui surveillait leur parcelle l'arrêta.

— Hé, tu ne peux pas partir comme ça.

C'était un paysan qui venait d'un village des alentours. Il s'appelait Gui. Depuis plusieurs semaines, il travaillait sous la supervision directe des maîtres Junco et Macareux, qui étaient chargés de l'administration des terres et des réserves de nourriture.

Sagel se redressa et le foudroya du regard :

— Ne me donne pas d'ordre.

Les autres élèves échangeaient des regards étonnés, mais Alouette n'était pas surprise du comportement de Sagel. C'était un lambin geignard, mais il n'oubliait jamais son ascendance noble. S'il s'aplatissait volontiers devant les maîtres ou même devant Tarier, sa fierté ne supportait pas d'être sous les ordres d'un paysan.

Gui serra les dents, mais ne répondit pas. Sa propre fierté l'empêchait de tolérer un tel ton de la part d'un gamin, mais l'uniforme de Sagel – plus que son sang – le retenait de le corriger comme il se devait. Le respect dû aux oiseleurs, y compris aux élèves, était la seule chose que les nouveaux arrivants n'avaient pas bouleversée : tout le reste était sens dessus dessous. La guerre avait brouillé les cartes, et l'air était chargé de tensions en suspens, non réglées.

— Sagel ! cria Tarier. Reviens tout de suite.

Il avait toujours la charge de la surveillance des élèves. Comme Sagel ne faisait pas mine de faire demi-tour, Tarier traversa à son tour le champ. Alouette profita de cette distraction pour prendre une petite pause.

C'est alors qu'elle remarqua la fille.

Au début, elle la prit pour une sorte d'animal. Elle était accroupie par terre, les deux bras enfoncés dans le sac qui contenait le pain censé récompenser leurs efforts. Elle portait une tunique sale et déchirée. Ses pieds et ses jambes étaient nus, maculés de terre et d'écorchures. Ses bras aussi étaient nus et ressemblaient à deux longs bâtons cassants. Elle portait les pains à sa bouche avec constance, mâchant à peine, une expression concentrée sur son visage étroit. Alouette jeta un regard alentour. Personne n'avait remarqué la présence de la voleuse.

— Hé ! lui cria-t-elle.

La fille ne sursauta pas. Elle tourna seulement la tête vers elle, l'observa un instant et sembla estimer qu'elle ne représentait pas un danger. Elle arrêta tout de même de manger, se redressa, et prit carrément le sac. Alouette sentit une bouffée de colère l'envahir.

— Arrête ! Laisse ça, voleuse !

Attirés par ses cris, les élèves accoururent et se mirent à leur tour à hurler.

— Dégage, dégage ! Voleuse !

La fille ne bougeait toujours pas. Elle était plus jeune qu'Alouette. Ses cheveux étaient très courts et très clairs, et ses yeux en amande et son visage sérieux lui donnaient un air de félin. Il lui manquait une incisive. Tout à coup, elle se mit à sourire.

— Vous allez faire quoi, bande de crétins ?

Alouette fonça sur elle. La fille lâcha alors le sac, dont le contenu se répandit sur la terre. Elle se mit à piétiner les pains. Au moment où Alouette allait l'atteindre, elle fit volte-face et s'enfuit en riant.

Alouette partit à sa poursuite. Elle frôla Tarier, qui avait renoncé à poursuivre Sagel et tenta de la rattraper :

— Albin, arrête ! C'est inutile !

— Laisse tomber ! cria Milan un peu plus loin.

Mais elle n'écoutait pas. Elle voulait sa vengeance. Elle trimait depuis l'aube. Elle était affamée. Et cette gosse n'avait même pas le droit d'être ici : elle ignorait quel privilège c'était d'être à Avem Dis. Elle ne méritait pas ce pain.

Cependant, Alouette devait reconnaître qu'elle courait vite.

La fille dévala la colline, traversa la route, sauta un fossé et se fondit dans les rues encombrées de monde qui serpentaient autour de la confrérie. Les allées habituellement paisibles grouillaient à présent d'hommes qui n'étaient pas des oiseleurs, de marchands échangeant des objets et des produits de provenance douteuse, qui rangeaient précipitamment leurs étals à l'approche des augures. Les femmes, elles, évitaient de sortir.

La gamine disparut à un angle de rue, et Alouette accéléra pour la rattraper. Elle quitta le centre pour se diriger vers le flanc ouest de la colline Doethineb. Là-bas, les femmes étaient plus nombreuses. Leur présence avait causé tellement de tensions au début que le Grand Oiseleur avait fini par s'exprimer à ce sujet. Il leur avait attribué un quartier, plus ou moins déserté depuis quelques années, au pied de Doethineb, non loin de la falaise. Il avait cependant précisé qu'elles n'étaient pas obligées de vivre recluses. Et il les avait autorisées à travailler, ce à quoi plusieurs maîtres oiseleurs s'opposaient toujours.

Alouette n'eut pas le temps d'atteindre les premières habitations en construction. Une forme hurlante s'abattit sur son dos, la précipitant au sol. C'était une autre fille, du même âge que la première. Comme elle était petite et légère, Alouette parvint à la repousser, mais elle revint à la charge et agrippa férocement ses cheveux. D'autres gamines surgirent de derrière les arbres et se rassemblèrent autour d'elles. Alouette voulut se relever, mais une des filles la poussa en arrière, et elle retomba. Chaque fois qu'elle essayait de se relever, un nouveau coup de pied vicieux l'atteignait à un endroit stratégique. Elle parvint à faire tomber une de ses assaillantes en lui attrapant une cheville et se mit debout. Elle se retrouva face à face avec la première fille, celle qui avait jeté le pain. Elle lui souriait toujours. Oubliant toute velléité de fuite, Alouette lui sauta à la gorge. Elles roulèrent au sol. La fille était féroce. Alouette se retrouva plaquée au sol, sur le dos.

— Tenez-le, ordonna la voleuse.

Les autres gamines lui empoignèrent les épaules pour la maintenir par terre.

— Tu me paieras ça, cracha Alouette.

Mais elle sentait que sa fureur s'enfuyait, remplacée par une sorte d'étonnement. *Tenez-le*, avait dit la fille. Dans sa fureur, elle avait oublié qu'elle était Albin.

— C'est toi qui vas payer, répliqua la fille. Donne ton uniforme !

Ses doigts maigres s'acharnèrent sur les attaches de la veste. Les mains des autres filles tiraient sur ses bras, leurs ongles griffaient sa peau. Elle se retrouva en tunique. En dessous, elle portait les bandages que Dessil lui avait appris à disposer pour cacher sa poitrine. La fille finit de lui arracher la veste, la jeta en boule à une de ses camarades.

— Maintenant, dégage.

Alouette se redressa. Elle partit sous les rires et les quolibets des gamines.

Elle retraversa Avem Dis à pas lents. Des habitations plus ou moins provisoires s'élevaient un peu partout autour du centre, ressuscitant les vestiges dascaliens et adderyns. Il y avait mille cinq cents ans, un empereur avait voulu faire d'Avem Dis sa capitale. Cette cité mythique semblait renaître à présent. L'expansion des champs, les nouvelles constructions, l'agitation ambiante, et même la peur de la guerre faisaient écho à un autre temps.

Aux abords de Doethineb, un groupe d'hommes et de femmes faisaient de la musique. Elle s'arrêta. Jaelian était parmi eux, et il lui fit signe en la voyant.

Quand elle avait ouvert les yeux dans les décombres de la confrérie, elle avait été sûre et certaine qu'il était mort. Mais ce n'était pas le cas. Comme elle, il s'était retrouvé perdu parmi les ruines. Ensuite, il avait rejoint Avem Dis avec des centaines d'autres, et il dansait et jouait de la musique et des pièces de théâtre comme si la fin du monde n'avait pas eu lieu. Son charisme et ses talents faisaient oublier son accent achyrien. Tout le monde le connaissait et l'appréciait. Même Dessil, contre toute attente.

Dessil, qui était devenu si distant avec elle depuis Mestkydd.

Elle ne voulait pas y penser. Quelque chose s'était brisé pendant l'attaque et elle ne savait pas si c'était en elle, en lui ou entre eux. C'était comme un gouffre qu'elle ne pouvait pas contempler sans s'y précipiter.

Elle salua Jaelian et regagna le champ. Avisant ses cheveux emmêlés, ses écorchures, et surtout la disparition de son uniforme, ses camarades se rassemblèrent autour d'elle.

— Me dis pas que tu t'es fait battre par cette gamine, ricana Ortolan.

Les autres la fixaient avec un mélange d'inquiétude et de déception, presque de colère. Ils ne disaient rien. Elle croisa les bras sur sa poitrine.

— Mêlez-vous de vos affaires.

— Retournez au travail, intervint Tarier.

Les élèves se dispersèrent. Tarier se dirigea vers Alouette.

— Qu'est-ce qui est arrivé à ton uniforme ?

Elle lui jeta un regard vide. Elle était bizarrement épuisée. Ce n’était pas seulement le travail de la matinée qui l’avait assommée, ni les coups de pied des filles qui l’avaient meurtrie. Ce n’était même pas son orgueil qui était blessé. En fait, elle ne ressentait plus rien : ni colère, ni honte, ni peur. Seulement de la lassitude.

— J’avais chaud.

Chapitre 24

Juste avant la nuit, Dessil s'arrêta devant la porte de maître Petrel et hésita un instant, le cœur battant.

Petrel était un des plus jeunes haruspices d'Avem Dis. D'origine achyrienne, il était arrivé dans la confrérie à l'âge de dix-sept ans. Il faisait partie du conseil rapproché de Cyrus. Pourtant, il ne participait pas à la vie des oiseleurs, et sa maison se situait à l'écart du domaine, tout près du bord d'une falaise.

L'un des oiseaux du maître devait se trouver à proximité, parce que la porte s'ouvrit avant qu'il frappe. Petrel le fixa de son œil droit. Le gauche était un trou noir et vide qu'il ne prenait pas la peine de dissimuler. Quand il était enfant, cette orbite sans fond terrorisait Dessil.

— Dessil, fit le maître d'un ton parfaitement neutre. Que veux-tu ?

— J'aimerais te parler.

— Demain.

Petrel amorça un geste pour fermer la porte, mais Dessil rattrapa le battant.

— Les haruspices se sont réunis aujourd'hui. Tu n'étais pas là.

— C'est bien observé, garçon, ironisa Petrel sans sourire. Ton père, le Grand Oiseleur, a-t-il un message pour moi ?

— Non, maître, c'est moi qui veux te voir. En tant qu'augure. J'ai quelque chose à te demander.

— Bon. Entre.

La pièce était éclairée par un feu de cheminée, et un escalier dissimulé dans l'ombre menait sous le toit. Dessil savait que le maître n'avait pas l'intention de l'interroger. Petrel ne prononçait jamais un mot inutile. C'est pourquoi il avait bien préparé son discours.

— Il y a sept mois, lors du Grand Concile, maître Faviel a dit qu'Altan était en train de recruter une armée d'oiseleurs. Que si nous refusions de prendre les armes, nous serions massacrés. À l'époque, personne ne pouvait imaginer qu'Achyros attaquerait directement Avem Dis… Mais Faviel avait vu juste. Alors j'ai fait des recherches. Je sais qu'il est possible d'utiliser la magie des oiseleurs pour se défendre. Pour se battre.

Il avait passé des heures dans la bibliothèque d'Avem Dis, à la recherche d'informations. Si les trajectoires des oiseaux laissaient une marque magique sur le monde, il était possible de s'en servir pour autre chose que prédire le futur : avec de l'entraînement, on pouvait y puiser de l'énergie et l'employer soit pour se défendre, soit pour attaquer.

— Et je sais que tu connais certaines de ces techniques.

— Tu en sais, des choses, commenta Petrel d'un ton morne.

— Enseigne-les-moi. Nous devons savoir nous défendre. Les attaques que nous avons essuyées jusqu'à présent ne sont que des distractions. Les trébuchets et les tours de siège s'élèvent un peu plus haut chaque jour autour d'Avem Dis. Un jour ou l'autre, Achyros trouvera le moyen de nous atteindre beaucoup plus durement. Je veux que les élèves soient prêts.

— Les élèves ? Tu veux que je t'enseigne ce que je sais de l'art du combat, pour que tu l'enseignes ensuite aux élèves ?

— Oui. J'ai déjà commencé… je leur apprends la possession. Mais ça ne suffira pas.

Une étincelle d'intérêt s'alluma dans les yeux du maître.

— Tu fais cela ? Le Grand Oiseleur est au courant ?

La possession n'était généralement pas enseignée avant l'adoubement.

— Il n'a pas besoin de l'être. Je suis augure. J'ai le droit d'enseigner ce que je veux à mes élèves.

— Bien sûr.

Petrel réfléchit. Dessil ouvrit la bouche pour ajouter quelque chose, peut-être un « s'il te plaît » ou un argument supplémentaire. Mais c'était inutile, avec Petrel. Tout dépendait du fait qu'il le prenne au sérieux ou pas. « Rentre chez ton père et ne te mêle pas des affaires des adultes », voilà la pire chose qu'il pouvait lui répondre.

— Je partage ton avis, dit-il à la place. Mais je refuse.

— Pourquoi ?

— Parce que j'ai juré devant le Grand Oiseleur de ne jamais faire usage de cette magie, et que je n'ai pas l'intention de me parjurer. Ce sont des techniques puissantes, mais dangereuses, Dessil. Dangereuses pour celui qui les emploie et surtout dangereuses pour le monde. Je regrette.

Dessil n'insista pas. C'était inutile, et il le savait. *Tant pis. Je trouverai un autre moyen.*

— Albin, déclara Tarier d'un ton ferme, j'en ai assez de voir cette moins-que-rien arrogante parader dans ton uniforme. Tu fais honte aux premières années. Trouve une façon de récupérer ta veste, sinon… eh bien, puisque tu n'as pas l'air d'attacher une grande importance à cette tenue, je m'arrangerai pour que tu n'aies plus à la porter. Définitivement.

Alouette baissa la tête, les sourcils froncés. De son côté, ça lui était bien égal de ne plus avoir d'uniforme. En fait, elle se sentait presque soulagée depuis qu'elle ne le portait plus. Les paroles de Ross, dans la pénombre des catacombes de Mestkydd, résonnaient encore dans un coin de son esprit. *Les femmes ont pas leur place à Avem Dis.*

Pourtant, elles étaient bien là. Et elle, Alouette, malgré son déguisement censé la rendre libre, n'avait rien pu faire pour les empêcher de la dépouiller. Le vêtement qui avait été pour elle une protection et une source de fierté était devenu un fardeau sans qu'elle s'en rende compte.

— C'est bon, marmonna-t-elle quand même. Je vais m'en occuper.

Elle s'apprêta à regagner sa place dans le champ, mais Tarier la rappela.

— Albin ? Va chercher cet uniforme… tout de suite.

Après avoir poussé un soupir dramatique, Alouette partit à la recherche de sa voleuse. Elle se rendit dans le quartier des femmes, qui s'était encore développé au cours des derniers jours. Malgré l'absence de son uniforme, la plupart des habitantes la saluaient respectueusement sur son passage.

Tout à coup, elle s'arrêta. Elle venait de voir Dessil, devant l'une des maisons, en grande conversation avec quelqu'un : Jaelian, dans un costume extravagant, qu'une couturière était occupée à retoucher pendant qu'il parlait à Dessil.

Jaelian la vit et lui fit signe. Elle s'approcha.

Elle devait se retenir de regarder Dessil. *Retrouvons-nous ensuite*, lui avait-il dit à Mestkydd. C'était un ordre et une promesse à la fois. Mais Achyros avait attaqué, le monde s'était arrêté, et *ensuite* n'était pas venu.

Elle devait se concentrer sur Jaelian.

— Une gamine m'a volé ma veste d'uniforme, lui dit-elle. Petite, maigre, sauvage. Il lui manque une dent ici. Tu l'aurais pas vue ?

— Fauvette ?

Décidément, il connaît tout le monde.

— Tu sais où elle est ?

— Oui, mais je ne sais pas si j'ai envie de me la mettre à dos.

— Oh, je vois, riposta Alouette. Donc à la place, c'est moi que tu préfères te mettre à dos ?

— Ce serait un très mauvais calcul, Jaelian, intervint Dessil.

Alouette le regarda. Il avait parlé sans réfléchir, d'un ton morne. Il avait l'air fatigué et ses yeux ne restèrent pas sur elle. Il voulait qu'elle s'en aille.

— Elle est dans la maison en ruine derrière l'ancienne bibliothèque, révéla Jaelian. Ne lui dis pas que c'est moi qui te l'ai dit.

— Promis.

Elle fixait toujours Dessil, attendant qu'il ajoute quelque chose, mais il ne le fit pas. Elle n'allait pas attendre indéfiniment. Elle fit un pas en arrière avant de se décider :

— Retrouvons-nous ensuite, lança-t-elle.

Elle recula encore pour ne pas manquer sa réaction, le battement de ses paupières, l'infime mouvement de sa mâchoire, et son silence. Puis elle fit volte-face et partit en courant.

Elle finit par trouver Fauvette dans cette maison à moitié écroulée. Le petit groupe de gamines s'était bâti une cabane à l'aide de tissus tendus. Alouette se planta devant elle :

— Rends-moi ma veste.

— Sinon quoi ? riposta Fauvette.

— Je te donnerai quelque chose en échange.

— Je fais pas d'échange. Ce que je veux, je le prends.

— Mais il y a des choses que tu ne peux pas avoir de cette manière.

— Comme quoi ?

Alouette ouvrit la bouche, mais ne trouva rien à rétorquer. *C'est vrai*, réalisa-t-elle, *je n'ai rien à offrir à cette fille. J'ai beau appartenir à la plus prestigieuses des confréries, j'ai beau être le meilleur novice, tout ce que je possède repose sur un mensonge. Albin ne peut pas faire d'échange, parce qu'Albin n'est pas réel.* Elle se passa la main dans les cheveux et frotta son cuir chevelu, saisie d'une soudaine envie de se gratter jusqu'au sang, d'arracher cette fausse peau qui l'étouffait.

Elle prit une profonde inspiration.

— Garde-le, articula-t-elle. Garde-le, l'uniforme.

Fauvette eut un sourire triomphant. Libérée d'un poids, Alouette reprit :

— Vous avez le Don, pas vrai ? Si vous voulez, je peux vous apprendre quelques trucs.

— Pourquoi tu ferais ça ? demanda une des autres filles.

Au même moment, Fauvette répliquait :

— On a pas besoin de toi.

— Comme tu veux.

Alouette commença à se détourner. Au moment où elle franchissait le trou dans le mur qui servait d'entrée, Fauvette jeta :

— Comment tu t'appelles ?

Alouette se retourna. Sourit.

Alors qu'elle regagnait le champ, elle sentit une sorte de poids s'abattre sur son cœur. Ça n'avait rien à voir avec ses émotions : c'était comme si le ciel s'était soudainement vidé, lui arrachant quelque chose au passage. Sur le trajet, elle croisa plusieurs maîtres oiseleurs qui marchaient, aussi pâles que la mort, du désespoir dans les yeux. Elle s'arrêta pour les suivre du regard : ils se dirigeaient vers le colombier.

Quelque chose n'allait pas. Du tout.

Alors elle leur emboîta le pas, à distance. À mesure qu'elle s'approchait du colombier, elle se sentait de plus en plus oppressée, comme si une force maléfique avait pris possession du bâtiment et l'avait transformé en…

… cimetière.

Dans les boulins, tous les oiseaux étaient morts.

Elle le sut au moment où elle leva les yeux vers la tour. Elle ne contenait aucune vie ; aucun froissement d'ailes ; aucun battement de cœur.

Quelqu'un avait tué tous les oiseaux messagers.

Chapitre 25

Les maîtres étaient tous sous le choc et leurs voix mêlées formaient un bourdonnement lugubre dont surgissaient quelques mots : « poison… Choucas… état grave ». Le Grand Oiseleur était allé voir par lui-même le colombier désert et les dizaines de cadavres d'oiseaux, puis il avait réuni les maîtres. Chacun avait raconté ce qu'il savait, c'est-à-dire rien. À présent, ils allaient interroger les oiseliers et les élèves. Ils allaient fouiller le colombier et recenser les novices chargés des corvées.

— Qui a pu faire ça ? demandait Mandarin, encore et encore.

Seul le silence lui répondait tandis qu'ils passaient en revue tous les visages inconnus qui remplissaient désormais Avem Dis.

N'importe qui.

Absolument n'importe qui.

Dessil s'éclipsa. Il arpenta les longs couloirs du palais jusqu'à l'aile opposée et gravit l'escalier qui menait aux appartements occupés par Syllah Achyros.

Il frappa et entra. Le prince était seul, assis dans un fauteuil près d'une fenêtre qui donnait directement sur le colombier. Quelle qu'eût été son occupation jusqu'à cet instant, il n'en restait aucune trace. Il n'y avait aucun livre, aucune feuille près de lui. Il se leva pour saluer Dessil.

— À quoi dois-je le plaisir de ta visite ?

— Je crois que tu le sais, répliqua Dessil.

Ses yeux se tournèrent vers le sommet d'une imposante armoire, où était perchée une corneille qu'il connaissait pour l'avoir souvent vue dans le bureau de son père. Syllah était sous surveillance.

— Effectivement, fit le prince d'un ton insouciant en s'accoudant à la fenêtre. J'ai une vue imprenable. Que fais-tu ?

Dessil avait fait descendre l'oiseau de l'armoire et l'avait pris sur son bras.

— J'envoie un message, répondit-il avant d'ouvrir une autre fenêtre.

C'était faux, il voulait seulement éviter que leur conversation soit surprise. La corneille s'envola.

Syllah avait suivi l'opération sans dissimuler sa perplexité. Il avait toujours la même lueur calculatrice, presque fiévreuse, dans le regard.

— Alors ? fit Dessil en se tournant vers lui. Tu es au courant de quelque chose ?

Le prince d'Achyros le fixa en silence, la tête penchée sur le côté. Il ne réagissait jamais spontanément. Vérité ou mensonge, chaque mot était soigneusement aiguisé.

— Oui, finit-il par déclarer.

Il se tut mais Dessil se contenta d'attendre.

— Conduis-moi au Grand Oiseleur, reprit Syllah. Je lui dirai ce que je sais.

Sait-il vraiment quelque chose ou essaie-t-il juste de gagner du temps ?

— Non. Tu me diras d'abord ce que tu sais, et ensuite nous irons voir le Grand Oiseleur.

Syllah fit mine de réfléchir. Il était toujours dans la même position détendue, mais son visage était mortellement sérieux. Il finit par pousser un petit soupir.

— Bon, très bien. Tu devrais dire à ton père d'interroger Albin Dessambre.

Dessil s'était attendu à entendre ce nom, mais son cœur accéléra tout de même légèrement.

— Pourquoi ?

— C'est une fille. Une orpheline, sans protecteur, qu'un maître a manipulée et envoyée ici pour détruire Avem Dis de l'intérieur, sur ordre de Sechyros.

— Comment pourrais-tu savoir ça ?

— Rossignol la connaissait et m'a mis en garde. Il était le seul à connaître la vérité... D'ailleurs, ajouta-t-il, il paraît qu'il était avec elle quand il est mort.

L'insinuation était subtile. C'était un magnifique mensonge, un piège parfait.

Si Syllah n'avait pas tout de suite dénoncé Alouette, c'était parce qu'il n'y voyait pas d'intérêt. Mais cette attaque changeait tout. Femme, usurpatrice, Alouette faisait une coupable indéfendable… Si Syllah parvenait à convaincre les oiseleurs qu'elle agissait pour le compte du condor de Sechyros, alors le Grand Oiseleur pourrait décider de quitter sa posture de neutralité. Il prendrait le parti d'Altan d'Achyros et de son fils. Un plan parfait.

Sauf que Dessil avait promis à Alouette de la protéger.

— Tu n'as qu'à vérifier, insista Syllah. Elle est dangereuse, Dessil. Elle va détruire Avem Dis. C'est la vérité !

Il parlait un peu trop vite, avec trop d'agressivité. Et lorsque la corneille déboula tout à coup par la fenêtre derrière lui en lui frôlant la joue, il sursauta violemment.

— Vérifier ? dit Dessil en se levant. Oui, c'est ce que je vais faire.

Le dortoir bruissait d'une excitation tendue – l'heure du couvre-feu approchait mais personne ne semblait s'en préoccuper. Lorsque Ortolan se glissa dans la pièce, les discussions s'arrêtèrent net. Il prit l'air important pour rapporter les dernières nouvelles, volées à l'étage supérieur :

— C'est catastrophique. J'ai entendu Tarier dire que les boulins vont rester toxiques pendant des mois, peut-être des années.

— Il y a toujours le colombier du Grand Oiseleur, dit Sagel.

Il était assis dans l'encadrement de la fenêtre, ses cheveux blonds formant un halo pâle dans le crépuscule.

— N'empêche. C'est des dizaines d'oiseaux perdus. Des centaines peut-être !

Ortolan se laissa tomber sur son lit, près de la fenêtre où Sagel était installé. Milan, en tailleur par terre entre les deux, renchérit d'une voix lugubre :

— C'est même pas le pire. Il paraît que maître Choucas va mourir.

— Et d'où est-ce que tu sors ça ? jeta Alouette agressivement.

Elle se trouvait sur son propre lit, à l'écart des trois autres, les genoux remontés contre sa poitrine. Sans sa veste pour se cacher, elle se sentait presque nue. Elle aurait voulu qu'ils se taisent, qu'elle puisse dormir, tout oublier, mais elle était comme eux, fascinée par le désastre, avide de la moindre miette d'information. Milan ne répondit pas.

— Ça m'étonnerait pas, intervint Ortolan. Le poison, et le choc de perdre ses oiseaux… Et il est vieux.

Alouette serra les paupières. Comme si ce n'était qu'un cauchemar, qu'elle pouvait chasser par la force de sa volonté. Mais quand elle les rouvrit, rien n'avait changé.

— Je n'arrive pas à croire que quelqu'un ait pu faire ça, lâcha-t-elle. C'est monstrueux.

— Ça allait forcément arriver, glissa Sagel en fixant l'extérieur. En ouvrant Avem Dis aux réfugiés. C'était une folie.

— Tu dis n'importe quoi, comme d'habitude, riposta Milan. Les gens de Mestkydd n'ont pas accès au colombier. Seuls les oiseleurs et les oiseliers y vont. Et les élèves, pour l'entretien.

Ils se turent, chacun mesurant les implications de ce fait indiscutable.

— Dessil arrive, déclara soudain Sagel d'un ton plat.

Le cœur d'Alouette fit un bond.

— Il vient ici ? Pourquoi ?

— Tu devrais le savoir, non ?

— C'est probablement pour nous interroger ! s'exclama Ortolan.

Sagel laissa échapper un rire légèrement hystérique à ces mots. Pendant plusieurs minutes, ils ne dirent rien. Ortolan triturait un livre qu'il avait récupéré on ne savait où, sans le lire. Sagel fixait obstinément le ciel. Milan se rapprocha d'Alouette et s'adossa au pied de son lit :

— Qui a pu faire ça, tu penses ?

Comment pouvait-elle le savoir ? Il la fixait d'un regard perçant, et elle eut un geste vague d'ignorance. Elle était une intruse, ici. S'il y avait des traîtres parmi les élèves, elle en faisait partie.

D'une manière ou d'une autre, elle était coupable.

La porte s'ouvrit sur Tarier. Les élèves se levèrent.

— Milan, Albin et Sagel. Venez avec moi.

Ils le suivirent au long du couloir et entrèrent dans un petit bureau où se tenait Dessil. Alouette le scruta, cherchant à deviner ses pensées. La solennité de la procédure la mettait terriblement mal à l'aise.

Elle aurait tant aimé lui parler seule à seul.

— Je dois poser des questions aux dernières personnes qui se sont rendues au colombier, expliqua-t-il. Vous y étiez il y a quatre jours, tous les trois, n'est-ce pas ?

— Ce n'est pas nous les derniers à y être allés, dit Sagel d'une voix haut perchée. Il y a eu Ortolan et…

— Je sais, riposta Dessil. J'ai vu la liste avec Tarier. Milan, tu peux me raconter en détail comment ça s'est passé la dernière fois que vous y étiez ?

— On était à l'heure. On a parlé à Choucas, et puis, on s'est mis au travail. Il ne s'est rien passé de particulier…

Sagel avait prétexté s'être fait mal à la cheville pour ne pas grimper à l'échelle, mais cela ne valait pas d'être mentionné.

— Vous n'avez rien remarqué d'étrange ?

Milan secoua la tête.

— Moi, j'ai vu quelque chose, bredouilla Sagel.

Dessil se tourna vers lui. Il reprit :

— Quand je suis allé chercher du grain dans la remise…

Il jeta un bref coup d'œil à Alouette, qui retint son souffle.

— J'ai vu cette… cette fille. Celle qui était près du champ avant-hier, qui a volé la veste d'Albin.

Alouette fronça les sourcils et échangea un regard avec Milan : c'était la première fois que Sagel mentionnait cette rencontre.

— Fauvette ? demanda Dessil. Où l'as-tu vue exactement ? Que faisait-elle ?

Tarier renchérit :

— Elle était à l'intérieur ou à l'extérieur de la remise ?

— À l'intérieur, répliqua Sagel immédiatement, et elle s'est enfuie en me bousculant quand je suis arrivé. Je suis tombé et je me suis tordu la cheville.

— C'est peut-être elle, dit Tarier. Elle aurait empoisonné le grain.

— Une simple gamine ? s'interrogea Dessil. Je n'y crois pas trop.

— Moi non plus, intervint Alouette.

— Personne ne te demande ton avis, Albin, la tança Tarier.

Dessil parut sur le point de le contredire, mais se ravisa.

— J'irai interroger cette fille, déclara-t-il. Vous pouvez y aller.

À aucun moment, il ne lui avait adressé directement la parole. Est-ce que ce serait toujours ainsi désormais ? Elle s'était crue plus proche de lui que de n'importe qui. Lui qui était le seul à savoir qui elle était vraiment, lui qui avait promis de la protéger. La peur s'enfonça comme un poing dans son ventre, à lui couper le souffle. Et s'il avait changé d'avis ?

Après tout, il n'a jamais eu aucune raison de m'aider, réalisa-t-elle.

— Cette fille, si c'est elle, que va-t-il lui arriver ? demanda-t-elle.

— Vu la gravité du crime, le coupable sera livré au jugement des Ysbrids, répondit Dessil sans la regarder.

Derrière elle, Milan hoqueta de stupeur. Le jugement des Ysbrids était une pratique ancienne, qui n'avait quasiment plus cours depuis que les oiseleurs n'avaient plus de réel pouvoir judiciaire. C'était un rituel punitif, au cours duquel un prisonnier était laissé attaché du crépuscule à l'aube sur la colline Ghaoil – où se trouvait le pilier du Jugement. Les Ysbrids avaient la nuit pour décider de son sort. Au matin, leur jugement était rendu : souvent, le condamné était retrouvé mort, parfois seulement mutilé. S'il s'en sortait indemne, c'était qu'il était innocent.

À peine étaient-ils dans le couloir que Milan se tournait vers Sagel :

— Pourquoi tu nous as pas dit que tu avais vu cette fille ?

Sagel haussa les épaules sans les regarder.

— C'est pas elle, déclara Alouette. J'en suis sûr.

— Pourquoi ? T'es amoureux ? Tu fais des infidélités à Dessil ?

— La ferme.

— Tu penses que c'est qui ? demanda Sagel.

— N'importe qui.

Elle réfléchit avant d'ajouter :

— On devrait y aller. Au colombier. Chercher des indices.

— Je ne crois pas qu'on devrait se mêler de ça, dit Sagel. On risque de se faire accuser, si on nous voit rôder par là-bas.

— Comme tu veux. Et toi, Milan, tu viens avec moi ?

— Maintenant ? En pleine nuit ?

— Non. Demain matin. Pendant la méditation.

Ils s'étaient immobilisés devant la porte de leur chambre et chuchotaient dans la pénombre.

— D'accord, finit par dire Milan.

— Moi aussi, je viens, ajouta Sagel à contrecœur.

Le lendemain, dans la lueur grisâtre de l'aube, les trois se glissèrent hors de la place octogonale remplie d'élèves et randonnèrent jusqu'au colombier. Sa silhouette noire et désolée le faisait ressembler à une ruine. Alouette frissonna.

Elle escalada la paroi pour entrer par le sommet, comme Dessil le lui avait enseigné, et puis elle ouvrit aux deux autres. Une odeur douceâtre de pourriture flottait dans l'air. Sagel s'arrêta sur le pas de la porte, une main plaquée sur la bouche.

— On va être empoisonnés, murmura-t-il. Je n'ai pas envie de mourir.

— On reste juste une minute, répliqua Alouette.

Elle se mit à déambuler, les yeux levés vers le mur.

— J'ai trouvé quelque chose, l'interpella Milan.

Il désignait une sorte de bâtonnet métallique enfoncé dans l'argile qui couvrait le mur.

— Qu'est-ce que c'est ? demanda Sagel, toujours dans l'encadrement de la porte.

Milan arracha l'objet du mur et Alouette le rejoignit.

— On dirait du fer-rouge. C'est un métal rare. Il se diffuse dans la terre. Les sorcières s'en servent pour… certaines choses. Ça a empoisonné l'argile.

— Alors, c'est l'œuvre d'une sorcière, lança Sagel. C'est bien cette fille !

Alouette le fusilla du regard.

— Je ne veux pas faire condamner quelqu'un d'innocent, assura-t-il. Mais… les gars, je l'ai vraiment vue. Je ne mens pas. Je sais qu'on ne vient pas du même milieu, que je ne suis pas comme vous, que vous ne m'aimez pas trop mais…

— Arrête avec ça, s'exclama Milan, tu ne vas quand même pas pleurer !

Puis il passa son bras autour des épaules de Sagel. Alouette les fixait, la gorge comprimée par un poids invisible. Quelque chose clochait terriblement.

— Mais si Fauvette a utilisé le fer-rouge, pourquoi se serait-elle introduite dans la remise ? poursuivit Milan, l'air pensif. Elle n'avait aucune raison de faire ça.

— Je ne sais pas…, souffla Sagel.

Alouette se rapprocha à son tour.

— Moi, c'est autre chose qui me préoccupe. On était tous les trois dans le colombier. Si elle était entrée pour installer le poison ce jour-là, on l'aurait forcément vue.

Sagel se dégagea.

— Elle a pu revenir un autre jour ! Ces discussions ne servent à rien. On ferait mieux de regagner la place avant de se faire accuser tous les trois.

Il fit volte-face et faillit se heurter à maître Anhinga, qui venait de surgir dans l'encadrement de la porte. Sagel fit un bond en arrière.

— Vous n'avez rien à faire ici, tonna le maître. Sortez. Immédiatement.

Alouette, Milan et Sagel se précipitèrent à l'extérieur. Le soleil pointait au-dessus de la cime des arbres. Dessil accompagnait Anhinga. Il fixait Alouette, blême d'inquiétude.

— On a trouvé ce qui a contaminé la tour, expliqua-t-elle.

— Nous savons déjà ce qui a contaminé la tour, répondit Anhinga. Maître Choucas s'est réveillé cette nuit. Il a pu révéler tout ce qu'il savait : beaucoup de choses. Il voyait par beaucoup d'yeux. Il est mort peu après.

Il les regarda un par un, et Alouette croisa les bras sur sa poitrine, transpercée. Mais ce n'est pas sur elle que le maître s'arrêta.

— Sagel Sy, viens avec nous.

— J'ai rien fait, protesta automatiquement Sagel.

— Il y a deux jours, en fin d'après-midi, tu es allé demander la clef du colombier en prétendant avoir été puni.

— Non, répliqua Sagel. J'étais dans le champ. Avec tout le monde.

Dessil s'avança :

— Tarier affirme que tu avais quitté le champ une demi-heure plus tôt. Que tu as dit que tu n'étais pas venu ici pour servir d'esclave. Tu n'as reparu que plus tard dans la soirée.

Le silence qui suivit était d'autant plus glaçant qu'aucun froissement d'ailes ou chant d'oiseau ne pouvait plus le troubler.

— Ça ne…

— Ça suffit, l'interrompit Anhinga. Je ne suis pas ici pour débattre avec toi : désormais, c'est le Grand Oiseleur qui entendra tes explications, si tu en as.

Sa main s'abattit sur l'épaule de Sagel, qui protesta d'une voix faible :

— Non, pitié…

— N'implore pas la pitié des hommes, implore celle des Ysbrids. Ce sont eux qui te jugeront.

Il se tourna vers Milan et Alouette :

— Quant à vous deux, rejoignez les autres. Nous parlerons de votre intrusion ici plus tard.

Ils s'éloignèrent. Seul Dessil jeta un regard en arrière mais son visage était de marbre.

— Je le savais, finit par souffler Milan une fois qu'ils eurent disparu. Je l'ai su dès que je l'ai entendu inventer cette histoire de Fauvette dans la remise. Mais je ne voulais pas y croire.

— Moi non plus, dit Alouette en se rapprochant de lui.

Mais elle ne le toucha pas, parce qu'elle aussi le trahissait, chaque jour, depuis bien plus longtemps.

Chapitre 26

Le gong résonna, mettant fin à la leçon de Dessil.

— Avant de partir, dit-il, vous devez savoir que Sagel Sy a été jugé par les Ysbrids cette nuit.

Les cours étaient devenus plus rares depuis l'arrivée des gens de Mestkydd, parce que les maîtres avaient de nombreuses autres occupations. Mais les oiseliers et Dessil continuaient de réunir régulièrement les élèves dans l'arène adderyne pour leur apprendre ce qu'ils savaient, selon la tradition.

— Et il… Les Ysbrids lui ont crevé les yeux. Il a perdu la vue. Il va se rétablir auprès de maître Caladrius pendant les prochaines semaines.

Le brouhaha qui avait commencé à s'élever se mua en silence de mort. Petit à petit, les gradins se vidèrent.

— Albin, je peux te parler ? demanda Dessil alors qu'elle approchait de lui.

Elle se figea. Elle avait justement eu l'intention de lui parler.

Retrouvons-nous ensuite, avait-elle lancé lorsqu'elle l'avait croisé avec Jaelian. Il lui manquait et il fallait qu'il le sache. Mais l'attaque du colombier avait tout bouleversé. Elle n'arrivait pas à oublier l'interrogatoire, la manière dont il avait fui son regard. L'avait-il soupçonnée ? Allait-il encore protéger son secret ? L'incertitude devenait insupportable. Elle devait savoir s'il comptait toujours la retrouver *ensuite*, ou s'il avait changé d'avis. Et à quel point.

— Bien sûr.

Ils attendirent que tout le monde ait quitté l'arène pour s'asseoir sur les gradins.

— Tiens, dit Dessil. Ton uniforme.

Il lui tendit la veste, et elle la regarda, perplexe. Il lui semblait qu'une éternité s'était écoulée depuis que Fauvette la lui avait arrachée. Elle s'était habituée à ne plus sentir ce vêtement autour d'elle ces derniers jours.

— Tu l'as récupérée ?

— C'est Tarier. Je lui ai dit de se reposer, mais il continue de penser qu'il est responsable de ce qu'a fait Sagel. Alors, il est allé reprendre ton uniforme à cette fille, Fauvette.

— Je ne vois pas le rapport entre Sagel et mon uniforme.

— Moi non plus, honnêtement. Je pense que Tarier avait juste besoin de se sentir utile. De se raccrocher à quelque chose. Il va mal…

Alouette ne fit aucun geste pour se saisir du vêtement. Elle était triste pour Tarier, bien sûr, mais elle ne pensait pas que porter l'uniforme allait changer quoi que ce soit à son sentiment de culpabilité. Ni ramener les oiseaux morts, ni désintoxiquer le colombier.

— Mets-le, reprit Dessil. Bientôt, tu seras en deuxième année.

— Tu crois vraiment ? se força-t-elle à répondre.

— Oui, asséna-t-il. Ça va aller.

Elle connaissait ce ton péremptoire. *Est-ce qu'il croit vraiment que je le crois ?* se demanda-t-elle soudain. *Ou est-ce qu'il fait semblant, lui aussi ?*

— Comment ça, ça va aller ?

Avec ses cheveux trop longs, ses épaules étroites, sa taille fine, elle ressemblait bien trop à une femme. Son visage avait changé aussi. Son menton et ses pommettes étaient toujours pointus, mais ses mèches de cheveux en adoucissait les angles, et ses grands yeux aux paupières lourdes lui donnaient un air grave.

— Qu'est-ce qui te prend ? demanda-t-il d'une voix moins assurée.

— Dessil…

— Oui ?

Elle prit une profonde inspiration pour se donner du courage.

— Tu te rappelles quand tu as dit que tu avais besoin de moi ?

— Je me rappelle.

Bien trop.

Il avait été surpris par ses propres paroles, jaillies avant qu'il puisse les retenir. Et plus surpris encore par le regard qu'elle lui avait jeté juste après. Un regard clair et direct – follement sincère, profondément sérieux. Le même qu'à présent. Il détourna les yeux.

— Et tu te rappelles quand je t'ai dit que je t'ai vu pour la première fois à Kahn Avem, il y a quatre ans ?

— Oui…

— Eh bien, j'ai toujours voulu te revoir les années suivantes. Même si je croyais que c'était impossible. Quand je pensais à Avem Dis, je pensais à toi.

Il se passa la langue sur les lèvres, sans répondre. Elle enchaîna :

— Et je… Maintenant, je…

— Al, l'interrompit-il précipitamment. Mets cette veste.

Elle ouvrit de grands yeux, heurtée par son expression glaciale. Il s'écarta de quelques centimètres, et adoucit son ton :

— Excuse-moi. Je comprends. Je…

Tu dois y mettre un terme.

Pour éviter Alouette, il avait pris la parole dans l'arène, interprété sa prophétie, était allé interroger Petrel. Il avait espéré que ça deviendrait plus facile avec le temps. Mais c'était chaque jour plus dur. Surtout quand elle le regardait ainsi, avec une sincérité implacable – toutes ses émotions visibles dans le frémissement de ses lèvres, le rouge envahissant sa peau, la palpitation de ses veines. *Ne pleure pas, je t'en supplie.*

— Je ne veux pas te blesser, acheva-t-il dans un souffle.

— Ne le fais pas, alors, répliqua-t-elle d'une voix légèrement aiguë, le visage figé.

Elle se leva. Il lui tendait toujours la veste. Elle la fixa avec une expression de dégoût, et recula de plusieurs pas.

— Je dois y aller.

Elle attendit une seconde, dans l'espoir qu'il la retienne. Puis elle fit demi-tour et partit en courant.

Resté seul, Dessil serra la veste contre lui. Il avait fait ce qu'il fallait, mais le soulagement ne venait pas.

Alouette courait, le cœur au bord de l'explosion. Dessil l'avait appelée « Al ». Elle trouvait ça lâche, hypocrite, comme s'il avait parlé à Albin, qui n'existait pas, au lieu de s'adresser à elle. S'il avait dit « Alouette », elle n'aurait pas été aussi humiliée.

Elle désirait la solitude, mais tous les refuges qu'elle connaissait à Avem Dis, c'était Dessil qui les lui avait montrés. Elle se rendait soudain compte à quel point il était partout : au sommet des arbres, derrière les murs de pierre, au bord des rivières, sur les passerelles en ruine. C'était chez lui et chaque élément du paysage connaissait ses pas. Cette prise de conscience avait quelque chose d'effrayant : tout lui rappelait Dessil, par conséquent tout l'appelait « Al » et lui tendait une veste d'homme qu'elle n'avait plus envie de mettre. Elle avait l'impression qu'elle mourrait s'il la voyait de nouveau sous l'identité d'Albin.

Elle finit par ralentir, essoufflée. Ses pas l'avaient conduite dans le quartier des femmes. Elle ralentit en apercevant Jaelian au bout de la route. Il parlait avec un oiseleur. Il portait une dizaine de bracelets au poignet droit et aucun au gauche.

Ce n'est pas juste, pensa Alouette en le voyant. *Il fait tout ce qu'il veut. Il n'a pas besoin de faire d'effort.*

Vulnémar surgit du ciel, attiré par la violence de ses sentiments. Quelques cris de surprise accueillirent son apparition comme il décrivait des cercles au-dessus du camp. Alouette fit demi-tour et disparut dans la foule.

En passant près de la maison où elle savait que vivait Jaelian, elle fut saisie d'une pulsion. Une de ces pulsions qu'elle avait appris à refouler, surtout depuis son arrivée à la confrérie. Le genre de pulsion qui lui avait fait prendre possession de Vulnémar le jour de cette arrivée.

Elle entra.

La maison faisait partie de celles qui étaient utilisées par les maîtres d'Achyros et de Sechyros lors de leurs séjours à Avem Dis. Certaines dataient de l'époque adderyne, d'autres étaient plus récentes. Auparavant, elles étaient vides la majeure partie de l'année. À présent, elles étaient toutes occupées, chaque pièce accueillant parfois plusieurs familles, et des galaxies de tentes ou de constructions se formaient autour d'elles. Grâce à son mystérieux charisme, Jaelian s'était vu attribuer sa propre chambre. Alouette la trouva sans peine ; c'était la seule dont la porte était fermée. Pour autant, elle n'était pas verrouillée. Elle poussa le battant.

Comparée aux autres, la pièce paraissait vide. Elle était meublée d'une paillasse et d'un coffre, sur lesquels étaient étendus des costumes de théâtre. Alouette effleura un des tissus. De près, il était usé, élimé, mais la qualité semblait plutôt bonne. Sans scrupule, elle ouvrit le coffre. Il contenait quelques paquets soigneusement ficelés, un très beau miroir au manche en bois sculpté et une boîte en fer. Elle était remplie de maquillage. Alouette resta un instant fascinée, car elle ne saisissait pas l'usage de la plupart des couleurs extraordinaires qu'elle avait sous les yeux. Des bâtonnets chatoyants, des flacons de poudre ou de fluides, des pinceaux de tailles différentes…

Elle s'assit en tailleur, rabattit le couvercle du coffre, et posa la boîte par-dessus. Elle commença par se regarder attentivement dans le miroir. Les gravures qui l'ornaient semblaient se moquer d'elle, de son visage chiffonné, de son nez et de son menton pointus, de ses cheveux indisciplinés…

Fébrilement, elle dévissa un des pots contenant du rouge, en préleva un peu et l'appliqua sur ses lèvres, comme elle avait vu des femmes le faire, à Mestkydd et avant. Ensuite, elle se scruta d'un œil critique. Elle ouvrit un pot de blanc…

— Albin ?

Alouette sursauta si fort qu'elle lâcha le miroir. Jaelian se tenait sur le pas de la porte, le visage indéchiffrable. Après un instant de silence, il s'avança et se pencha pour ramasser le miroir. La glace, brisée nettement en trois, était comme barrée d'une fine croix noire. Jaelian émit un soupir triste :

— C'était celui de ma mère.

— Pardon, bredouilla Alouette, le cœur battant la chamade.

Elle essuya vaguement ses lèvres peinturlurées, mortifiée.

— Attends, dit Jaelian. Ne frotte pas.

Il approcha son doigt et enleva la couleur qui avait débordé de ses lèvres. Ensuite, presque mécaniquement, il prit le pot de blanc et en étala sur ses joues.

Alouette restait figée. Jaelian ne la regardait plus, il était concentré sur le maquillage. Il prit de nouveau le rouge, et en mit une pointe sur ses tempes. Ensuite, il fouilla dans sa boîte, prit un tube doré, et estompa le rouge en direction de ses paupières.

Comme c'était étrange. Elle ne savait pas si elle devait se dérober ou se laisser faire.

— D'où viennent toutes ces choses ?

— On me les a… données, répondit-il évasivement.

Elle recula brusquement son visage :

— Tu les as volées, c'est ça ? À qui ?

C'est un escroc, s'aperçut-elle avec une certaine déception. C'était la seule façon d'expliquer ce qui était en train de se passer – ce qui se passait depuis qu'ils s'étaient rencontrés dans cette rue, en pleine nuit.

— C'est toi qui étais en train de me voler, je te signale, rétorqua-t-il. Pourquoi es-tu là ?

C'est vrai. Je suis un escroc, moi aussi.

— J'avais…

À quoi bon mentir ? Il était bien trop tard pour s'enfuir par la fenêtre. Et Jaelian n'avait pas l'air aussi outré ou choqué qu'il aurait dû. Sa question ne contenait pas de reproche, seulement une curiosité réservée.

— … envie d'être quelqu'un d'autre.

— Je peux comprendre, acquiesça-t-il après quelques secondes.

Il se tourna de nouveau vers elle, un tube vert entre les mains :

— Ferme les yeux.

— Alors, reprit Alouette en obéissant, tu es maquilleur maintenant ?

— Non. Je ne l'ai pas fait depuis… depuis longtemps. C'était une sorte de jeu que j'avais avec quelqu'un.

— Un jeu ? répéta Alouette.

— On se déguisait. On se faisait passer pour ce qu'on n'était pas. C'était une façon de s'échapper de… la réalité, je suppose.

— Et ça fonctionne ?

— Non. Oui. Je ne sais pas.

Il recula, observa son œuvre :

— Tu serais jolie en femme.

Alouette ricana amèrement. Personne ne l'avait jamais qualifiée de jolie.

Jaelian lui tendit le miroir, puis entreprit de refermer ses fioles. Alouette fixa son visage, méconnaissable de l'autre côté du miroir brisé. Elle s'effleura la joue, fascinée. Puis la mélancolie l'envahit.

— Je ne peux pas sortir comme ça.

— Tu veux que je l'enlève ?

— Pas tout de suite.

Alouette se contemplait toujours. Elle se demanda si la réponse de Dessil aurait été différente, si elle avait ressemblé à ça, plus tôt, dans l'arène. S'il l'aurait tout de même appelé « Al ».

Elle se tourna vers Jaelian. Elle avait envie de tout lui avouer. Mais elle ne le fit pas. C'était comme s'il savait déjà, d'une certaine façon. Ou comme si ça n'avait pas de réelle importance.

— Je suis désolée d'être entrée chez toi, dit-elle à la place. D'avoir fouillé dans tes affaires. Et d'avoir cassé ton miroir.

Jaelian se tourna vers son coffre, les lèvres pincées, et en rabattit le couvercle. Puis il prit une profonde inspiration :

— Tu ne m'as jamais redemandé qui était l'homme qui me poursuivait, à Mestkydd. L'homme en noir, dans la ruelle.

Elle tiqua : tellement de choses s'étaient passées depuis ce moment. Mais cet inconnu dans la foule n'avait rien à voir avec les hommes qui l'avaient attaqué parce qu'il était achyrien. C'était un professionnel. Et il l'avait bel et bien pris pour cible.

— J'ai supposé que ça ne me regardait pas.

Jaelian ouvrit la bouche, la referma, fit quelques pas dans la pièce. Alouette le suivit des yeux. Elle ne l'avait jamais vu aussi agité.

— Jaelian… Qu'est-ce que tu faisais à Mestkydd ? Tu n'étais pas venu seulement pour Kahn Avem, n'est-ce pas ? lui demanda-t-elle.

Il s'immobilisa. Ses mains ratissaient ses boucles blondes. Le silence se prolongea, de plus en plus tendu.

— Je suis une femme, annonça-t-elle. Je m'appelle Alouette.

Jaelian cligna des paupières, l'air de revenir d'une profonde réflexion, et ouvrit de grands yeux.

— Oh.

Puis, d'un ton légèrement différent :

— Oh…

Il ne dit rien de plus. Il n'y avait rien d'autre à dire. Alouette se laissa tomber sur le coffre, soulagée.

— Tu connais mon secret, maintenant. Donc, tu peux me dire le tien.

Jaelian se tourna vers la porte, puis vers la fenêtre, et se plaça dos à celle-ci, l'air résolu.

— D'accord. Je te le dirai. Mais j'ai besoin que tu m'aides à faire quelque chose d'abord.

— Quoi donc ?

— J'ai un message à remettre à quelqu'un. Mais je ne sais pas comment accéder à cette personne. Je pense que, toi, tu peux.

— Qui est-ce ?

— Syllah Achyros.

Alouette fronça les sourcils. Ce nom lui évoquait une voix froide dans l'obscurité et le contact glissant de la pierre mouillée. Il évoquait aussi la guerre, les incompréhensibles négociations entre le Grand Oiseleur et les condoriaumes d'Achyros et de Sechyros. En bref, une menace obscure, embrouillée, subtile comme une toile d'araignée.

— Le prince d'Achyros ? C'est en rapport avec la guerre ? Est-ce que tu es en mission ?

— Non. Non, c'est… personnel.

Alouette attendit que Jaelian en dise plus. Cela n'arriva pas.

Sa méfiance se changea en crainte. Cet inconnu achyrien, si séduisant, surgi de nulle part, qui était-il en réalité ? Bien sûr tout le monde l'aimait – même Dessil, même elle – mais c'était un acteur, qui n'avait jamais montré son vrai visage.

Or, elle venait de lui révéler son secret. Comment pouvait-elle être aussi stupide ? Qu'est-ce qui l'empêchait de la dénoncer au Grand Oiseleur ?

— Je crois qu'il ne sort du palais que pour aller aux bains, à présent, articula-t-elle sans laisser paraître son trouble. Probablement tard le soir. Si on savait où il va exactement, tu pourrais le retrouver là-bas.

Il ne l'avait pas menacée, pas encore. Peut-être n'en avait-il pas l'intension. Peut-être était-il de bonne foi.

— Je vais enquêter pour toi, acheva-t-elle.

Et je découvrirai ce que tu caches, ajouta-t-elle mentalement.

— Merci, souffla-t-il. Je te promets que je t'expliquerai tout, Alouette.

La jeune femme inclina la tête. Elle avait toujours le miroir dans la main. Elle le lui tendit.

— Merci, répéta-t-il.

Il prit le manche du miroir, mais ne s'y regarda pas. Il le retourna, comme s'il craignait d'y découvrir quelque chose de nouveau.

Chapitre 27

Alouette scrutait le palais à travers les yeux de Lunette, guettant l'apparition de Syllah. Cela faisait trois nuits qu'elle passait à rôder ainsi autour des fenêtres, évitant soigneusement celles de Dessil. Elle ignorait dans quelle partie du palais logeait le prince. En fait, elle ne l'avait pas vu depuis si longtemps que ses traits étaient flous dans sa mémoire. C'était étrange, d'ailleurs : à son arrivée à Avem Dis, il était sa plus grande peur. À présent, la crainte d'être démasquée avait été reléguée au second plan. Ce n'était qu'une inquiétude parmi d'autres, innombrables.

Depuis l'empoisonnement du colombier, les nuits d'Avem Dis s'étaient remplies d'ombres. Le couvre-feu mis en place n'empêchait pas les oiseaux nocturnes anonymes de rôder en frôlant les toits, vigilants comme des espions. Et cela n'empêchait pas des silhouettes de se faufiler en bordure des zones habitées. Des visages fermés apparaissaient aux fenêtres et sur le pas des portes. L'air était rempli de menaces et de soupçons.

Elle faillit ne pas les voir sortir. Ils étaient passés par une porte dérobée, à moitié enfoncée sous le niveau du sol. Ils étaient deux. L'un était Syllah ; elle le reconnut à la couleur claire de ses cheveux. Quant à l'autre, il devait s'agir de maître Mandarin, l'administrateur des élèves. Ils s'engouffrèrent sur les sentiers de traverse. Elle les suivit, toujours sous l'apparence de Lunette.

Mandarin et Syllah serpentèrent un petit moment dans les bois, avant de déboucher non pas dans la vallée où se trouvaient les bains, mais sur un autre flanc de la montagne. Elle les vit pénétrer dans une ouverture sombre, qui devait sans doute rejoindre le lac souterrain. Il y avait donc d'autres entrées aux grottes qui s'étendaient sous Avem Dis.

Elle battit des ailes, hésitante. Les suivre était inutile : elle serait immédiatement repérée. Et puis, elle savait ce qu'elle désirait savoir. Elle s'apprêtait à décoller, lorsqu'elle distingua une silhouette noire, étonnamment silencieuse, qui s'arrêta à quelques dizaines de mètres de l'entrée de la grotte. Le visage de l'inconnu était dissimulé sous un capuchon. Il lui fit penser à l'assassin des ruelles de Mestkydd, celui qui poursuivait Jaelian. *Impossible*, pensa-t-elle. Au bout de plusieurs minutes, il fit demi-tour et disparut sous les arbres.

Elle savait désormais quand Syllah se rendait aux bains, et qui l'y accompagnait, mais pas où exactement. Le jour suivant, profitant d'une matinée libre, elle s'éclipsa pour effectuer elle-même le trajet. Lorsqu'elle passa l'entrée de la grotte et que l'obscurité et l'humidité se refermèrent sur elle, son cœur accéléra. Une peur sourde, réminiscence de sa dernière rencontre souterraine avec le prince, lui comprimait la poitrine.

Elle plaqua sa main à la paroi pour ne pas se perdre, et avança à petits pas dans le large boyau, tâchant de ne pas trébucher sur le sol irrégulier. De temps à autre, des tunnels s'ouvraient sous ses mains, exhalant des souffles chauds. Elle entendit un bruit d'eau au loin. Elle prit soudain conscience de l'immensité des galeries qui couraient sous Avem Dis. Un labyrinthe souterrain, d'immenses lacs d'eau chaude, des ruisseaux qui naissaient et mouraient sans jamais voir la lumière du jour formaient comme une cité obscure et secrète.

Le boyau se divisait en deux. De l'un des deux chemins émanait une lumière pâle. Elle l'emprunta. Quelques instants plus tard, elle débouchait au fond d'un gouffre ouvert sur le ciel. À travers des ponts de pierre naturels qui ressemblaient à une dentelle, elle distinguait le bleu du ciel et la lumière du jour. Elle sut instinctivement que c'était là que se baignait le prince héritier d'Achyros.

Sa mission était accomplie.

— Je sais où et quand il se rend aux bains.

Alouette et Jaelian s'étaient écartés d'un groupe de jeunes femmes avec lesquelles il était en train de jouer de la musique.

— Tu es incroyable, lui dit-il avec un sourire éclatant. Alors ?

— Dis-moi d'abord ce que tu lui veux. On avait un accord.

Le sourire de Jaelian ne s'effaça pas, mais son regard se durcit imperceptiblement.

— Et je tiendrai ma parole, mais ce n'est pas le lieu.

— On peut aller ailleurs.

— Je te dirai tout après l'avoir vu.

— Pourquoi ? Pourquoi ne pas me le dire maintenant ? Tu ne me fais pas confiance ?

Je t'ai sauvé la vie. Je t'ai même révélé mon secret.

— Ou bien, reprit-elle, tes intentions sont moins innocentes que ce que tu prétends ?

Elle le vit réfléchir derrière son masque impénétrable. *Allez, dis-le,* pensa-t-elle. *Menace-moi. Au moins je saurai ce que tu vaux.*

Jaelian baissa la voix :

— N'oublie pas que je connais ton secret.

Elle ne put s'empêcher de sourire. *Si prévisible.*

— D'accord, se moqua-t-elle. N'hésite pas à me le rappeler de temps en temps, au cas où ça me sortirait de la tête.

Elle le planta là. Ça lui était égal. Il n'avait aucun intérêt à la dénoncer, pas alors qu'elle possédait l'information qu'il désirait. Il avait besoin d'elle.

Malgré tout, les nuits suivantes, Alouette dormit mal. Et s'il la dénonçait vraiment ? S'il trouvait quelqu'un d'autre qui accepte d'espionner Syllah pour son compte ?

C'était à qui craquerait le premier.

Une semaine passa. Allongée dans son lit, les yeux grands ouverts, elle ne trouvait pas le sommeil. Selon ses observations, c'était la nuit où Syllah se rendait aux bains et cette pensée la tenait éveillée. Elle se rappela la silhouette en noir qui avait semblé le suivre. Qui était-ce ? Cette personne avait-elle un lien avec Jaelian ? Syllah était-il en danger ?

Soudain, elle se leva, enfila sa veste et ses sandales, et sortit du dortoir sur la pointe des pieds. Presque sans réfléchir – parce que cela l'avait tellement obsédée ces dernières semaines que c'était devenu une évidence – elle se dirigea vers l'entrée secrète de la grotte.

Le ciel était nuageux. Elle n'avait aucune idée de l'heure qu'il était. Syllah allait-il arriver, ou était-il déjà dans la caverne ? Que ferait-elle si elle le croisait ?

Elle progressait à tâtons dans l'obscurité moite, heureuse d'avoir fait des repérages. Le bruit de l'eau s'amplifiait au fur et à mesure qu'elle avançait, devenait torrentiel. Elle arriva à l'intersection : dans la nuit, les deux voies étaient obscures. Laquelle était la bonne ? Alors qu'elle hésitait, plaquée contre la paroi, il lui sembla entendre un bruit de pas précipités. Quelque chose de sombre passa près d'elle – un lourd tissu la frôla. Elle faillit crier.

Elle resta longtemps immobile, les mains crispées sur la pierre, à l'affût du moindre bruit. Seuls résonnaient le grondement de l'eau courante.

Tremblante, elle se remit à avancer. Le tunnel s'élargit brusquement. Son pied heurta quelque chose – quelque chose de mou. Elle entendit un souffle, une plainte presque imperceptible. Comme elle se baissait, un râle d'agonie lui glaça le sang. Quelque chose poissait sous ses doigts. Il y avait quelqu'un – un visage pâle et flou, un corps inerte étendu.

Soudain les nuages se déchirèrent, et la lueur sinistre des étoiles tomba sur le visage du blessé.

— Syllah !

Il était couvert de sang. Elle toucha son torse et sentit ses plaies. Il avait été poignardé, à plusieurs reprises. Sa tunique était trempée et déchirée. Fébrilement, Alouette ôta sa propre tunique pour le couvrir. Elle se pencha sur lui, comme si sa proximité pouvait le guérir. Son regard était voilé par la douleur, et rempli d'une terreur pure. Il avait les lèvres rouges de sang. Ses yeux pâles s'accrochèrent aux siens. Il mit plusieurs secondes à la reconnaître.

— Ah… toi…, croassa-t-il.

— Oui, bredouilla-t-elle. Je suis là. Ça va aller, Syllah. Je vais… je vais chercher de l'aide.

Où est passé maître Mandarin ?!

— Ah… ne… me laisse pas…

Il leva une main vers elle, dans un effort colossal.

— Ne bouge pas ! supplia-t-elle. De l'aide arrive. Ça va aller. Ça va aller.

Elle se concentra pour accéder à la Vue. Les lignes rares et anciennes luirent dans l'obscurité, s'élançant vers le ciel. Elle les suivit mentalement, jusqu'à atteindre les oiseaux de nuit qui planaient à quelque distance, et elle leur transmit son message de peur et de détresse.

— Veux pas… mourir, bredouilla-t-il.

Du sang coulait de sa bouche.

— Tu ne vas pas mourir, Syllah.

Ses yeux roulèrent dans leurs orbites.

— Ge… Geai, souffla-t-il.

— Ne parle pas.

Il eut une sorte de hoquet. Puis il se tut.

Alouette se redressa en titubant. Elle avait perdu le contact avec la Vue, et le noir était de nouveau total.

De l'aide.

Elle rebroussa chemin et traversa la grotte à tâtons. Lorsqu'elle en émergea, une bouffée de vent froid hérissa ses bras ; elle avait enlevé ses bandages pour dormir et rien ne couvrait sa poitrine à part l'eau et le sang. Des silhouettes sombres s'amassèrent autour d'elle. C'étaient des maîtres, alertés par l'agitation des oiseaux. Ils ralentirent en la voyant, réalisant graduellement qui elle était. *Ce* qu'elle était. Une femme.

— Syllah, bredouilla-t-elle. Quelqu'un l'a…

Quelques-uns la dépassèrent et s'engouffrèrent dans la grotte. Elle fit un pas pour les suivre, mais une main la saisit par le poignet et la tira en arrière. Des voix tourbillonnaient autour d'elle, de plus en plus fortes, auxquelles faisaient écho les cris lugubres de corbeaux.

— Sorcière ! gronda une voix à son oreille.

Elle se laissa entraîner.

Chapitre 28

Ils la conduisirent au palais du Grand Oiseleur, dans une petite pièce dotée d'une seule fenêtre, très haute. Un des murs était occupé par un immense tableau représentant un ciel apocalyptique, rempli d'oiseaux. On la fit asseoir sur une chaise, en face d'une table. Les oiseleurs tournaient autour d'elle, s'apostrophant, claquant la porte entre deux allées et venues. Puis le Grand Oiseleur entra. Il embrassa la scène d'un regard, et dit :

— Donnez-lui quelque chose pour se couvrir.

Il y eut du mouvement derrière elle. Une cape tomba sur ses épaules.

Le Grand Oiseleur s'assit de l'autre côté de la table. Son regard était terrible.

— Quel est ton nom ? demanda Cyrus.

Ça y est.

Elle était découverte. Elle allait subir le jugement des Ysbrids et être condamnée à mort.

Comment ai-je pu croire que ça finirait autrement ?

— Alouette, murmura-t-elle. Alouette Dessambre.

Elle se sentait bizarrement calme. Il n'y avait plus rien à faire. Ce serait très bientôt terminé.

— Qui t'a envoyée ?

— Personne.

Maître Anhinga intervint :

— Menteuse ! C'est une espionne de Cyel. L'automne dernier, il a envoyé ses hommes poignarder Altan au sein même de son palais. Il est logique qu'il ait envoyé quelqu'un ici pour se charger de son fils. Elle attendait son heure…

— Cyel oserait-il faire assassiner Syllah entre les murs d'Avem Dis ? répondit le vieux Visalgan. C'est un outrage à tous les…

— Où est Mandarin ? l'interrompit maître Bernache. Il était chargé d'accompagner le prince.

La voix de Cyrus claqua dans l'air :

— Silence !

Il se tourna de nouveau vers Alouette.

— Qui t'a envoyée ? répéta-t-il.

— Personne. Et je n'ai pas tué Syllah. Je l'ai seulement trouvé.

Elle répondait d'une voix plate, sans chercher à se défendre. *Réponds juste à ses questions. Les Ysbrids jugeront.*

— Que faisais-tu dans les grottes, à cette heure de la nuit ?

— Je ne sais pas. Je n'arrivais pas à dormir. J'avais un… un pressentiment.

Il la regarda, consterné. Au bout de quelques minutes de silence pesant, Visalgan émit un raclement de gorge.

— Sortez, ordonna Cyrus. Laissez-moi avec elle.

Les maîtres obéirent. Alouette et le Grand Oiseleur restèrent seuls – face à face.

— Tu ne réalises pas la situation dans laquelle tu te trouves, Alouette Dessambre.

— Si, bredouilla-t-elle. Vous me croyez coupable…

— Le jeune homme qui est mort cette nuit était tout ce qui nous protégeait encore de la colère d'Altan. Il était son descendant. Sa raison de se battre. Il était aussi un espoir de paix, peut-être. Et maintenant, son sang est sur tes mains.

— J'essayais de l'aider, souffla-t-elle. Je ne voulais pas qu'il meure. Il était…

Elle se tut. Elle se rappelait la voix de Syllah, doucereuse, menaçante, quand il l'avait appelée par son prénom, et la peur qui l'avait envahie quand elle s'était trouvée seule, nue, face à lui. Mais tout cela n'était rien, comparé à la terreur absolue dans ses yeux alors qu'il agonisait.

— C'est pour cela que tu es venue à Avem Dis ? Que tu es devenue l'amie de mon fils. Pour assassiner le prince d'Achyros ?

— Non, répondit Alouette à voix basse. J'ai le Don.

— Oui, c'est pour ça qu'ils t'ont choisie pour cette mission, rétorqua Cyrus. Écoute-moi, Alouette. Tu n'es qu'un pion, destiné à mourir en accomplissant ta tâche. Si tu n'avais pas manipulé et trahi mon fils au passage, je pourrais te plaindre. Mais tu as le Don, c'est vrai. Alors, au nom d'Avem Dis, si jamais tu possèdes une once de la foi que tu as feinte depuis près d'un an, dis-moi qui t'envoie. Si tu me donnes cette information, ton âme sera sauvée. Je t'épargnerai le jugement des Ysbrids, et je te pardonnerai, moi, le Grand Oiseleur.

Pour la première fois, elle leva les yeux sur lui. Elle n'avait rien à lui dire, réalisa-t-elle, rien à lui avouer. Puisque son Don ne suffisait pas à justifier sa présence, rien ne le pouvait. Elle était inexistante, un fantôme sans consistance, une femme aux mains tachées de sang. *Les Ysbrids jugeront.*

Cyrus soupira. Puis il plongea une main dans sa poche, en sortit une fiole, et la lui tendit.

— Bois ça.

Elle regarda le minuscule récipient. Elle se rendit compte qu'elle n'éprouvait pas de curiosité, ni de peur. Elle le déboucha et avala son contenu. Elle eut aussitôt une sensation de compression dans la poitrine, comme si son cœur rétrécissait. Cyrus se leva pour ouvrir la porte. Maître Anhinga et maître Bernache se tenaient de l'autre côté.

— Emmenez-la dans les tunnels.

Les deux hommes l'entraînèrent de nouveau à l'extérieur. L'itinéraire qu'ils empruntèrent était comme un rêve impossible à suivre, chaque tournant s'effaçant de sa mémoire dès qu'ils le dépassaient. Elle crut distinguer au-dessus d'elle l'imposante silhouette de l'arène, mais vue d'un angle qu'elle ne connaissait pas.

Bernache, qui marchait devant elle, ouvrit une grille qui barrait l'entrée d'un tunnel sombre, pendant qu'Anhinga allumait une torche. Ils entrèrent. Le boyau était trop étroit pour laisser passer deux personnes de front. Elle entendait les pas de l'homme devant elle et les pas de celui derrière elle, mélangés à une série d'échos si assourdissants qu'ils donnaient une idée de l'immensité du labyrinthe où ils se trouvaient. D'inexplicables lueurs reflétaient la faible lumière de la torche, provenant de tunnels secondaires qui s'ouvraient à droite et à gauche.

Ce n'est que ça, Avem Dis, pensa Alouette. *Que des tunnels dans le noir, et de temps en temps un bout de ciel – et nous croyons régner sur le monde parce que nous vivons à la surface…*

Sa pensée se désagrégea avant qu'elle en atteigne le bout. Ils descendirent une pente et arrivèrent dans une caverne légèrement plus vaste. Le sol était bordé de trous de tailles diverses, certains barrés par des grilles.

Maître Bernache s'arrêta et elle le percuta violemment. Anhinga lui tira le bras. Elle entendit un bruit métallique.

— Rentre là-dedans.

Il désignait un des trous. Elle regarda l'ouverture. Puis elle regarda Anhinga. Elle le connaissait peu, mais elle savait qu'il était un des maîtres favoris de Dessil.

— Vous allez m'enterrer vivante.

— Descends, répéta-t-il.

Quelque chose tout au fond d'elle-même, aussi vague que le souvenir d'un songe, voulut protester, se débattre, partir en courant – au risque de se perdre à jamais dans cet inextricable sous-sol.

Elle n'en fit rien. Elle se sentait si... fatiguée. *Qu'est-ce qu'il m'a fait boire ?* se demanda-t-elle pour la première fois.

Elle descendit dans le trou, glissa le long d'une paroi lisse, et se cogna contre de la pierre. L'espace était minuscule, à peine assez grand pour qu'elle puisse bouger. Elle entendit le bruit de la grille qu'on déplaçait, puis du cadenas qu'on fermait, puis des pas qui s'éloignaient.

La lumière de la torche s'estompa. Elle resta seule.

Elle se pelotonna contre la paroi et ferma les yeux pour oublier qu'il faisait noir. Mais rien n'empêchait les sons de lui parvenir : c'étaient des grondements sourds, des sifflements aigus, des ruissellements qui s'arrêtaient brusquement en gargouillis. Ils étaient multiples, indéfinissables, d'autant plus effrayants qu'ils ne correspondaient à rien d'imaginable. Elle se força à respirer. Les mots d'apaisement que lui avait enseignés son maître lui revinrent. Même dans les pires moments, elle avait toujours réussi à trouver la paix en elle-même, à appeler les oiseaux à l'aide.

Pas cette fois.

Le noir resta noir. C'était comme si le ciel s'était vidé. Comme s'il n'y avait plus du tout de ciel, seulement ce sous-sol labyrinthique. Son cœur accéléra. Elle se sentait aveuglée, pas seulement à cause de l'obscurité : son Don s'était tari. Le sixième sens par lequel elle avait toujours perçu le monde n'existait plus. *Qu'est-ce qu'il m'a fait boire ?*

Une peur panique s'empara d'elle. Elle poussa un hurlement. Son écho résonna à l'infini, de plus en plus lointain, et fut suivi d'un silence épais. Puis les bruits infernaux reprirent.

Alouette se mit à pleurer.

Chapitre 29

Depuis l'unique colombier restant, les lettres s'envolaient déjà, porteuses de la nouvelle qui signait la condamnation d'Avem Dis. Il était inutile d'essayer de cacher la mort de Syllah – pas avec tout Mestkydd entre ses murs, avec tous ces enfants au Don incontrôlable qui entendaient tout.

Plutôt que de s'asseoir sur le trône de pierre du temple sacré, Cyrus s'appuya contre l'un des arbres qui dominait la colline Ùr. Bientôt il lui faudrait consulter les auspices, s'adresser aux maîtres, prendre des décisions déchirantes.

Pour le moment, il avait besoin de silence.

Un froissement d'ailes le fit se retourner. L'aigle de Dessil atterrit élégamment sur la table de pierre, ses yeux d'or fixés sur lui. Un instant plus tard, le jeune homme lui-même surgissait d'entre les arbres, pâle comme la mort.

— Où est-elle ?

Cyrus se dirigea vers le siège.

— « Elle », répéta-t-il. Donc tu savais.

— Oui, je savais qu'elle était une femme. Depuis le début. Où est-elle ?

Cyrus caressa la pierre du trône du bout des doigts. Son regard suivit Vulnémar, qui s'était mis à tournoyer au-dessus d'eux en réaction aux sentiments de Dessil.

— Je t'avais mis en garde. Je t'avais prévenu qu'elle représentait un danger, même si j'ignorais à quel point. Je t'avais dit d'y mettre un terme.

— *Où est-elle ?*

— Enfermée.

Il se demanda si son fils connaissait l'existence des tunnels, cet entrelacs à demi hanté où s'étaient perdus des centaines d'oiseleurs au fil des années. Il ne lui en avait jamais parlé, mais ça ne signifiait rien. Dessil avait toujours eu un certain talent pour s'aventurer dans des endroits où il n'aurait pas dû aller. *Non,* décida Cyrus. *S'il s'était rendu dans les tunnels, il n'aurait jamais réussi à en sortir.*

— Alouette est innocente, père. Elle s'est seulement trouvée au mauvais endroit au mauvais moment. Elle se baigne la nuit pour ne pas être découverte.

Cyrus garda le silence. La voix de Dessil prit un accent suppliant :

— Dis-moi où elle est. Laisse-moi lui parler.

— Tu savais qu'elle était une usurpatrice. Cependant, tu l'as protégée. Pendant tout ce temps. Pourquoi ?

— Elle… elle a le Don.

J'ai le Don. C'était exactement ce qu'avait dit la fille pour justifier sa présence à Avem Dis. Comme si cela pouvait suffire. Dessil insista :

— Son Don est réel, père. Il est puissant… il est plus puissant que le mien. C'est elle qui m'a appris la possession. Pas Cochevis, ni maître Anhinga, ni même toi. C'est elle.

Cyrus serra la mâchoire.

— Vraiment ? Et tu crois augmenter mon respect pour elle en m'avouant cela ? Détrompe-toi, tu ne fais que diminuer l'estime que j'ai pour toi.

Ses mots auraient dû avoir un effet dévastateur sur Dessil, mais il ne cilla même pas. Il s'agenouilla devant son père.

— Elle est innocente. Je la connais, père. Ce n'est qu'une fille de Mestkydd, pas un assassin. Personne ne l'a envoyée.

Cyrus le considéra en silence. Ses supplications avaient quelque chose d'horrifiant.

— Je ne te reconnais pas, souffla-t-il.

— S'il te plaît. J'ai besoin d'elle.

— Eh bien, tu vas devoir apprendre à te passer d'elle.

Soudain Vulnémar descendit en piqué. Passant si prêt que Cyrus sentit le souffle de son aile sur son visage, il se posa sur le trône de pierre et riva ses yeux dorés sur le Grand Oiseleur.

— Et à contrôler tes émotions, poursuivit-il. Coupable ou innocente, je ne peux rien pour elle. Le prince d'Achyros est mort cette nuit. Il est mort à Avem Dis, au siège du Troisième Collège, sous la protection du Grand Oiseleur. Sous *ma* protection. Peu importe qui a planté la lame dans son corps, c'est comme si je l'avais tué moi-même. Dès demain, Altan sera à nos portes. Il réclamera le corps de son fils. Il réclamera vengeance. L'empoisonnement du colombier, la mort de Choucas, ce n'était rien par rapport à ce dont il est capable. À ce qui nous attend. Il exigera ma tête – et Avem Dis entière en guise d'intérêts. Tu comprends ? Syllah mort, je n'ai plus rien pour défendre le Troisième Collège, plus rien pour défendre les oiseleurs de la colère d'Altan. Rien à part la vie de cette fille… si Altan accepte de s'en contenter.

Dessil se releva.

— Non. Il suffit de trouver le vrai coupable ! C'est sûrement un assassin de Sechyros, qui…

— Comment ? Et combien de temps cela prendrait-il ? Sais-tu combien de gens vivent à Avem Dis en ce moment ? Combien de gens qui ont toutes les raisons de haïr Syllah ? Combien de gens capables de tuer de sang-froid ?

— Il faudrait…

— Demain, Altan sera à nos portes ! Peut-être même aujourd'hui. Regarde !

Il désigna le ciel, barré par les trajectoires des oiseaux messagers. L'espace d'une seconde, le firmament rougeoya, éclairé par le pouvoir du Grand Oiseleur, et dévoila le monde des Ysbrids où tout était déjà arrivé.

— C'est trop tard, Dessil. Le nom d'Alouette Dessambre est déjà sur toutes les lèvres. Elle est la meurtrière du prince d'Achyros. Rien ni personne ne peut la sauver.

— Je…

Dessil inspira, le regard papillonnant comme s'il cherchait quelque chose à quoi se raccrocher. Mais il n'y avait rien dans les yeux du Grand Oiseleur, à part une froide détermination. Cette fois, son père ne lui ferait pas de faveur. *C'est inutile.*

Dessil eut un bref hochement de tête et se détourna brusquement. Vulnémar s'engouffra dans son sillage, rasant le sol.

Le Grand Oiseleur resta seul.

Cyrus plongea ses mains dans la vasque, et observa l'eau couler le long de son avant-bras gauche, celui qui portait les cicatrices. Il leva sa main vers son visage. La lettre d'Altan reposait encore sur la table. Elle était d'une politesse glaçante. Il réclamait deux choses : le corps de son fils, Syllah, et la meurtrière. Vivante.

Cyrus n'avait pas besoin de la relire. Son hésitation avait duré plusieurs jours, mais peu importait à présent.

Il avait décidé de livrer la femme.

Il se dirigea vers la fenêtre. Depuis la tour du palais où il se tenait, il avait vue sur la faille qui séparait Avem Dis du reste du monde. De part et d'autre du gouffre, il ne restait de nouveau que les fragments du pont brisé. Au-delà, la plaine se remplissait d'une foule bien différente des pèlerins et des marchands qui la peuplaient d'habitude. Les pavillons et les tentes qui s'élevaient jour après jour parmi les ruines adderynes étaient ceux de l'armée d'Achyros.

Les soldats avaient commencé à affluer quelques heures à peine après la mort de Syllah. À présent, c'était un véritable camp militaire qui bordait la falaise.

La menace était claire. Trop claire pour que Cyrus l'ignore.

Ce n'est qu'une fille. Cette guerre a déjà fait bien d'autres victimes. Je peux encore éviter le pire.

Il sortit, rejoignant les maîtres Anhinga et Bernache qui l'attendaient de l'autre côté de la porte. Ils étaient épuisés, et terrifiés, mais en voyant leur Grand Oiseleur apparaître, leurs épaules se redressèrent : ils avaient toujours une confiance absolue en lui. En marchant à leurs côtés, Cyrus eut une pensée pour Mandarin, disparu en même temps que Syllah. Il savait que le jeune maître était mort, même si son corps n'avait pas encore été retrouvé. Lui aussi avait toujours eu une foi sans faille en lui. *Et il aurait été d'une grande aide à Dessil,* songea-t-il. *Il l'aimait sincèrement.*

Ils contournèrent le palais, dont l'immense silhouette dissimulait les étoiles, et atteignirent un creux au pied de la colline Trosddiad. C'était là que s'ouvrait l'entrée secrète des tunnels. Comme ils s'enfonçaient sous les arbres et descendaient la pente, Cyrus demanda :

— Vous saurez retrouver l'endroit où vous l'avez enfermée ?

— Oui, Votre Éminence. Elle n'est pas loin de l'entrée.

Le vent agita les feuilles au-dessus de leurs têtes. Cyrus ralentit le pas et leva les yeux vers le ciel zébré par les branches. *Un signe*, songea-t-il. *Un dernier signe. C'est tout ce qu'il me faudrait.* Mais il n'y avait aucun signe. La rencontre avec Altan aurait lieu dans une heure à peine, juste avant l'aube.

Tout à coup, les deux maîtres s'immobilisèrent. Cyrus fronça les sourcils : une personne se tenait adossée à côté de l'entrée du tunnel. Elle fit un pas en avant, et la lune éclaira son visage ovale et douloureusement familier.

— Dessil…

Comment a-t-il su ? Jusqu'à la dernière minute, Cyrus avait gardé secrète la rencontre avec Altan. Même maintenant, seuls Anhinga, Bernache et Visalgan étaient au courant de ses intentions.

— Que fais-tu là ?

— Ne le fais pas. Ne la livre pas.

— Retourne te coucher.

— Ça ne calmera pas Altan ! Il nous attaquera de toute façon. Ses officiers sont déjà en place. Cette rencontre, ce n'est qu'une formalité, une dernière humiliation avant le massacre. Ne la livre pas !

— L'avenir est écrit, intervint Anhinga d'un ton sévère. Les auspices ont parlé, et le Grand Oiseleur a décidé.

— La ferme ! aboya Dessil en pivotant vers lui.

Le maître émit un hoquet offusqué. Cyrus leva une main dans sa direction.

— Anhinga a raison. J'ai envisagé toutes les options possibles, et j'ai pris ma décision.

Si elle m'avait donné le moindre indice, il y aurait peut-être eu une chance de la sauver. Mais elle s'était retranchée dans le silence. Cyrus ne pouvait rien pour elle.

Il plongea son regard dans celui de son fils et vit qu'aucune explication ne pouvait l'atteindre. Son ton s'adoucit.

— Je suis désolé, fils.

Dessil recula d'un pas, les lèvres tordues en un étrange rictus.

— Je ne te pardonnerai jamais, asséna-t-il. Tu vas l'offrir à Altan même si tu sais que ça ne changera rien, parce que sa vie ne compte pas à tes yeux. Tu la lui donnes comme un jouet à démembrer, dans l'espoir de le distraire quelques jours. Et tu es le Grand Oiseleur ! Le grand interprète des Ysbrids ! L'incarnation du Troisième Collège ! C'est ça, le Troisième Collège ? Un Collège qui sacrifie ses novices pour quelques jours de répit ?

Il s'interrompit, chercha les autres des yeux. Puis son regard revint sur Cyrus, implacable :

— Si c'est le cas, reprit-il avec calme, alors il ne vaut pas mieux que le Collège renégat. Et moi, je comprends enfin la prophétie d'avant ma naissance, celle que tu m'as chargé de décrypter. Oui, je serai le fondateur du Quatrième Collège. Parce que, si tu tues Alouette, alors je ne veux pas faire partie de ton Collège. Je ne serai pas ton héritier.

Silence. Même les oiseaux nocturnes, même le vent s'étaient tus.

— Écarte-toi, ordonna Cyrus d'une voix sans âme.

Il jeta un coup d'œil à Bernache, qui se précipita pour ouvrir la grille. Dessil le regarda faire avec un sourire indescriptible, un sourire de stupéfaction et d'ironie désespérées. Cyrus avança vers l'ouverture et se tourna vers Anhinga, qui le suivait.

— Reste avec lui.

Le maître se rapprocha de Dessil, qui ne fit aucun geste quand Cyrus et Bernache s'engouffrèrent dans le tunnel. *C'est qu'il est sérieux*, pensa son père.

Ils firent le trajet en silence. Les mots de Dessil semblaient résonner autour d'eux, répétés à l'infini par l'écho de leurs pas, les bruits de l'eau, et les autres sons organiques et mystérieux qui vivaient dans l'obscurité.

— C'est là, annonça Bernache au bout d'un moment. Mais…

Il inclina la torche vers la grille. Elle était ouverte. Il jeta un regard paniqué au Grand Oiseleur. Cyrus lui prit la torche des mains et la dirigea dans le creux. La lumière du feu projetait des reflets sur la paroi lisse.

Le trou était vide. La femme avait disparu.

Il tourna sur lui-même, illuminant une minuscule partie de la caverne, conscient du labyrinthe infini qui s'étendait autour d'eux. Dans ces grottes, des squelettes qui n'avaient pas vu de lumière depuis des décennies continuaient de tomber en poussière. Des créatures qu'aucun humain n'avait jamais vues naissaient et mouraient dans une obscurité totale. Même en tant que Grand Oiseleur, Cyrus ne connaissait qu'une infime partie de ces sous-sols. Dans ce lieu où les oiseaux ne s'aventuraient pas, même sa Vue ne lui servait à rien. Et la jeune femme était privée de son Don. Elle était perdue pour toujours.

Sa seule chance – illusoire, fragile, absurde peut-être – d'empêcher qu'Achyros s'empare d'Avem Dis venait de s'évanouir.

Il ferma un instant les yeux.

En réalité, il était soulagé.

· III ·
ÉTÉ

Chapitre 30

Les élèves de Dessil commençaient à affluer dans l'arène.

— Tu es toujours sûr que c'est une bonne idée ? lui demanda Tarier, qui venait de surgir à côté de lui.

Cette fois, malgré l'heure matinale, ils étaient encore plus nombreux que la veille. Récemment, des garçons de Mestkydd avaient commencé à se mêler à eux. Dessil ne les avait jamais empêchés de venir, aussi les élèves s'en accommodaient-ils. Des appels retentissaient entre les gradins, et des enfants couraient en rond dans l'arène.

— Qu'est-ce que tu viens faire là ? rétorqua Dessil assez sèchement.

— J'ai entendu dire que tu enseignais la possession aux gens de Mestkydd, maintenant ? Les premières années ne te suffisaient pas ? Ce n'est pas une technique destinée aux profanes.

Dessil ouvrait la bouche pour répondre, quand des huées retentirent depuis l'autre côté de l'arène, lui épargnant cette peine. Il se dirigea vers la source des cris. Au centre d'un cercle d'élèves surexcités, deux adolescents étaient en train de s'écharper. Tarier s'élança pour les séparer.

— Hé ! cria-t-il. Ça suffit !

Dessil comprit la raison de l'affrontement à ce moment-là : l'un des deux combattants était Fauvette, la gamine qui avait volé l'uniforme d'Al. Elle serrait dans sa main une poignée de cheveux de son adversaire, un garçon de Mestkydd que Dessil ne connaissait pas.

— Je lui ai dit de partir, expliqua le garçon. Mais elle veut pas !

Tarier tenait la fille par le bras et commença à l'entraîner vers la sortie. Il reçut une pierre en plein front.

— Lâche-la ! cria une voix aiguë.

Dessil leva les yeux. Tout en haut des gradins, un petit groupe de filles entreprit de faire pleuvoir des cailloux sur les adolescents en contrebas. Ceux-ci se mirent à gravir les marches, comme une armée furieuse.

— Elles nous espionnent encore !

— Arrêtez ! hurla Dessil. Elles peuvent rester !

Les regards se tournèrent vers lui, sidérés. Pendant un instant, il crut qu'il allait lui-même se faire lapider. Une pierre retardataire le heurta à la tempe. Des insultes fusèrent – les élèves se remirent à monter vers les filles.

— Je suis sérieux, reprit Dessil d'une voix forte. Tout le monde se calme. Asseyez-vous.

Il essuya vaguement le sang qui coulait sur sa joue et appela Vulnémar. Le rapace avait toujours décuplé son autorité. Il se posa sur son épaule et toisa toutes les personnes qui se tenaient alentour, figées. Dessil attendit une minute avant de parler :

— Vous voulez apprendre la possession pour vous défendre contre Achyros, non ?

Un silence maussade et buté lui répondit. Puis une voix retentit, provocante.

— Je connais déjà la possession. Alouette Dessambre m'a appris.

C'était Fauvette. Sa lèvre était en train d'enfler, et elle avait une marque de griffure sur la joue. Tarier la tenait toujours par le bras.

Des chuchotements se propagèrent dans la petite assemblée à mesure que ceux qui avaient entendu répétaient ses paroles à ceux qui n'avaient pas entendu. Les voix enflèrent, l'air se chargea de nouveau de violence. La révélation de l'identité d'Alouette, le meurtre dont elle était accusée et les circonstances de sa disparition appartenaient déjà à la légende. On l'appelait la sorcière des premières années. Ceux qui l'avaient côtoyée de près étaient entourés d'un halo d'effroi : étaient-ils des complices ou des victimes ? La pensée qu'elle ait pu se dissimuler pendant aussi longtemps suscitait plus d'angoisse et de dégoût que l'assassinat lui-même.

— Vraiment ? Quand ça ? demanda Dessil.

— Après que j'ai volé son uniforme. Elle est venue plusieurs fois me voir.

Dessil se demanda si c'était vrai. Fauvette semblait du genre à mentir par pure provocation. Cependant… Il n'avait pas oublié la réaction d'Alouette quand il lui avait rapporté la veste.

Il refusait de penser à la suite : la pression de son regard trop franc, les mots qu'elle avait failli dire, et sa propre faiblesse.

Peut-être qu'elle était bel et bien devenue l'amie des gamines de Mestkydd. Après tout, n'en était-elle pas une elle-même ?

Quelqu'un cria :

— Alors tu es l'élève d'une sorcière ! Dégage, sorcière !

— Non, intervint Dessil. Fauvette, c'est parfait si tu maîtrises déjà la possession, et si d'autres filles la maîtrisent aussi. Vous pouvez l'apprendre aux autres.

— Qu'est-ce que tu racontes ?! s'exclama Tarier.

Des visages pâlirent autour de lui. Dessil sentit que leur confiance en lui était aussi fragile qu'un fil. Il devait avancer précautionneusement, ou il tomberait dans le vide, et alors, il serait totalement impuissant. Il releva le menton.

— Écoutez. Alouette est innocente, mais ce n'est pas l'important. L'important, c'est que nous devons nous entraider. Je ne vous obligerai pas à suivre mon enseignement si vous êtes en désaccord avec moi, mais je ne rejetterai personne qui désire défendre Avem Dis !

— Les filles ne peuvent pas devenir oiseleurs, dit Milan.

Son ton était légèrement interrogatif : Dessil trouva cela encourageant.

— Personne ne pourra devenir oiseleur si Avem Dis est détruite.

Depuis la restitution du corps de Syllah à Altan, les trébuchets et les tours de siège s'élevaient chaque jour encore plus haut autour d'Avem Dis. Même sans franchir la falaise, l'armée du condor d'Achyros pouvait attaquer d'un jour à l'autre. *Surtout s'il a des hommes à l'intérieur*, pensa Dessil.

— Mais ça ne va pas arriver, bredouilla Milan. C'est impossible.

— Tu crois ? riposta Dessil.

Il laissa sa question résonner quelques instants dans l'air avant de reprendre :

— Si vous préférez vous déchirer entre vous, faites-le. Mais pas ici. Ici, j'enseignerai ce que je sais à ceux qui veulent défendre Avem Dis. C'est mon seul et unique critère.

Quelque chose avait changé dans l'atmosphère, mais il n'arrivait pas à interpréter ce que c'était. Les avait-il convaincus ? Ou étaient-ils sur le point de le lyncher ? Le silence s'éternisa. Finalement, Tarier le rompit.

— Moi aussi. J'appliquerai ce seul critère. Nous ne pouvons pas nous permettre de nous entredéchirer, pas quand Altan d'Achyros est à nos portes.

Dessil lui jeta un regard reconnaissant. Puis il leva la tête vers le ciel.

— Bon. Pensez à ce que j'ai dit, prenez votre décision, et revenez demain. Ou pas. Dans tous les cas, cette discussion n'aura plus jamais lieu. À partir de maintenant, nous nous concentrerons sur la défense contre Achyros. Du moins, ceux et celles qui le veulent.

Il se dirigea vers la sortie de l'arène, suivi par Tarier. Dès qu'ils furent hors de vue, ce dernier le saisit par l'épaule.

— Dessil. Et si elles ne veulent pas défendre Avem Dis ? Si elles étaient ici pour la détruire, justement ?

— Achyros est à nos portes, tu viens de le dire, et c'est d'une bande d'orphelines dont tu as peur ?

— Je n'ai pas peur, répondit Tarier. C'est pour ça que j'ai dit que j'étais de ton côté. Mais nos ennemis sont partout. Ton Alouette est peut-être innocente, mais *quelqu'un* est coupable.

— Ce n'est pas *mon* Alouette.

Tarier leva les yeux au ciel, et Dessil éprouva une légère envie de le frapper.

— Tu n'es pas obligé de leur enseigner quoi que ce soit, reprit-il. Mais tu ne m'empêcheras pas de le faire.

— Je n'ai pas l'intention de t'en empêcher. Mais j'aimerais être sûr… que le Grand Oiseleur ne désapprouve pas.

Nous y voilà, pensa Dessil. *Tous ceux qui me suivent ne le font que parce qu'ils me pensent soutenu par mon père.*

— Je n'en ai aucune idée.

Tarier fronça les sourcils.

— Comment ça ?

— Je ne lui en ai pas parlé.

Tarier était consterné.

— Mais ne t'inquiète pas, reprit Dessil. Si jamais on t'accuse de quoi que ce soit, tu n'auras qu'à dire qu'il s'agit de mon initiative. Je prendrai mes responsabilités.

— C'est bon, déclara Tarier après un silence. Je pense que tu as raison. Je t'aiderai.

Dessil s'efforça de dissimuler sa suprise.

— Bien, fit-il. Merci.

Tarier acquiesça sèchement et s'en alla d'un pas vif. Dessil le suivit des yeux. Une partie de la pression qui avait pesé sur lui dans l'arène s'était évanouie : il n'était plus complètement seul.

Chapitre 31

À l'heure la plus fraîche de la nuit, deux ombres murmuraient au pied d'un mur à moitié effondré. Le premier homme avait entre vingt-cinq et trente ans et arrivait du quartier des femmes, l'autre était plus âgé et travaillait toute la journée sur un chantier dans l'ouest du domaine. Le jour, nul n'aurait pu soupçonner qu'ils se connaissaient.

Ils parlaient à voix basse, mais aucun des deux ne prenait la peine de dissimuler son accent achyrien.

— … peut encore être utile à l'avenir.

— J'en doute. Il a bien trop peur pour agir de nouveau. Il vaudrait mieux…

— Bonsoir, messieurs, les interrompit une voix tombée du ciel.

Des lames apparurent aussitôt entre les mains des deux espions. Assis au sommet du mur à quelques mètres d'eux, un jeune homme blond les observait avec décontraction.

— Pas d'inquiétude, leur dit-il. Je suis simplement venu vous dire de faire attention à vos lieux de rendez-vous. Depuis la mort du prince, les oiseleurs sont de plus en plus paranoïaques. Et pas seulement eux. Les gamines de Mestkydd ont juré de lapider tous les Achyriens sur qui elles mettraient la main.

Le plus jeune des deux hommes brandit son épée vers l'inconnu :

— Qui es-tu ?

L'autre se laissa glisser au bas du mur. À la lueur de la lune, ses cheveux paraissaient blancs. Sa bouche était une ligne dépourvue d'émotion ou d'humour.

— Je te connais, dit le plus âgé avec une intonation méprisante. Tu es cette espèce de comédien. Joelian, quelque chose comme ça.

— Mon nom n'a pas vraiment d'importance.

Flottement. L'intrus n'avait l'air ni dangereux ni offensif. Se pouvait-il qu'il soit lui aussi en mission ? Auraient-ils été mis au courant, si c'était le cas ?

Jaelian écarta les mains avec lenteur :

— Détendez-vous. Nous sommes dans le même camp, vous et moi. Nous rêvons de la même chose : faire payer les assassins de notre prince, Syllah Achyros.

Son regard se fit plus aiguisé, comme s'il guettait leur réaction. À cet instant, un sifflement fendit l'air, pour s'achever dans un râle d'agonie. Le plus jeune des deux espions ouvrit de grands yeux avant de s'effondrer, une flèche plantée dans la gorge. Depuis quelque part en haut du mur, un rire aigu et sauvage retentit.

Le second homme dégaina son épée et se jeta sur Jaelian :

— *Traître !*

Dans un seul mouvement, Jaelian dégaina et para. Son visage demeurait figé, mais ses yeux s'étaient allumés. Contrairement au premier espion, qui n'avait pas été un combattant, le second possédait une expérience de la guerre. Il ne pensait pas pouvoir perdre face à une créature aussi effeminée que Jaelian. Mais quand celui-ci le fit reculer d'un pas, il commença à se dire qu'il ne fallait pas le sous-estimer.

Le temps d'achever cette pensée, il avait une épée plantée dans le ventre.

Il sentit ses genoux se dérober sous lui, et les longs doigts fins du jeune homme se refermèrent sur son crâne pour l'empêcher de tomber, juste le temps de lui chuchoter quelque chose à l'oreille. Il ouvrit la bouche pour répondre, mais seul un flot de sang s'en échappa. Jaelian venait d'arracher sa lame de ses entrailles.

Le silence se déposa sur la scène, jusqu'à ce qu'une petite ombre saute du haut du mur pour rejoindre Jaelian :

— T'as vu comme j'ai bien visé, alors qu'il fait nuit ? Je progresse, non ?

C'était Fauvette, un arc à la main. Sans vergogne, elle s'accroupit près des deux corps et commença à les fouiller. Au bout d'un moment, voyant que Jaelian ne bougeait pas et ne disait rien, elle se redressa. Il avait lâché son arme et était immobile, le regard perdu dans le vide.

— Jae ? Ça va ?

Un violent frisson le parcourut :

— Ne m'appelle pas comme ça.

Il ramassa son épée et commença à s'éloigner. Fauvette le rattrapa.

— Hé. Tu vas faire quoi, maintenant ?

— Laisse-moi.

— Je continue d'enquêter sur les espions achyriens du camp ? Parce que…

— Fauvette… Laisse-moi. S'il te plaît.

La jeune fille avait pour unique principe de n'obéir à aucun ordre. Mais cette fois, quelque chose dans le ton de Jaelian – à moins que ce ne soit le sang sur ses mains et la mort dans ses yeux – la convainquit de ne pas insister.

Ils se séparèrent et il ne resta que les morts, dont le sang s'étalait en flaques noires à la lueur du croissant de lune. Depuis le sommet du mur, dissimulé dans l'ombre des arbres, un aigle immobile les fixait de ses prunelles dorées. Au bout d'un moment, il déploya ses ailes et s'envola, parfaitement silencieux.

Assis sur le sol de sa chambre, Dessil ouvrit les yeux.

Lorsque, à l'aube, Cyrus fut informé de la mort de deux hommes, Dessil était en route pour l'arène. Il n'avait pas adressé la parole à son père depuis qu'il avait juré de ne pas lui succéder s'il arrivait quelque chose à Alouette.

Et il était bien arrivé quelque chose à Alouette.

— *Elle s'est enfuie*, avait déclaré son père avec une infinie lassitude.

— *Où ? Où ça ?*

— *Nulle part. Il n'y a nulle part où aller là-dessous.*

Dessil s'était engouffré dans l'ouverture. Cyrus l'avait rattrapé par le bras.

— *Tu ne la retrouveras pas. Crois-moi.*

Dessil s'était dégagé brusquement. Le Grand Oiseleur avait poussé un soupir et lui avait tendu la torche.

— *Va la chercher, si tu veux. Mais si la lumière s'éteint, tu ne sortiras jamais de ces tunnels. Sois prudent.*

Dessil n'avait rien répondu. Il s'était enfoncé dans le noir. Mais il ne l'avait pas trouvée. Et quand la lumière avait faibli, il était finalement ressorti, en pensant qu'il reviendrait chaque jour jusqu'à ce qu'il la trouve.

Mais il ne l'avait pas fait. Quelque chose de malsain rôdait dans les méandres de ce souterrain, quelque chose qui avait le goût du désespoir et de la mort.

Il avait eu peur.

Mais il n'avait pas renoncé pour autant. Même la peur était moins insupportable que l'inaction. S'il ne pouvait pas la retrouver, il pouvait au moins démasquer le vrai coupable.

Quelqu'un savait forcément quelque chose.

Il devait parler à Jaelian.

Chapitre 32

Le noir était absolu. Il était l'air qu'elle respirait. Il se collait à son corps. Il la remplissait. Plus les minutes passaient, plus elle avait l'impression de s'y dissoudre. Rien d'autre n'existait. Elle ne savait plus si elle était vivante ou morte. Une telle obscurité ne pouvait pas appartenir au monde des vivants.

Alouette était restée longtemps dans le trou, collée contre un mur qui avait fini par prendre la température exacte de son corps. Elle ne savait plus dire quand le Grand Oiseleur était venu, et quand il était reparti, emportant la lumière. Quelque chose de chaud s'était mis à goutter sur elle. En se déplaçant, elle avait heurté un objet froid comme le métal. Le cadenas. Il était solidement verrouillé. Elle s'en était écartée comme d'un animal menaçant, autant que possible. Puis elle s'était enroulée sur elle-même, et elle avait fermé les yeux.

Un bruit l'avait réveillée. Ce n'était pas tout à fait un bruit de pas, plutôt un glissement ou un raclement. Peu après, elle avait entendu un souffle. En tout cas, cela s'approchait.

Elle avait serré les paupières, les mains plaquées contre ses oreilles. Le bruit clair de quelque chose heurtant la grille en métal l'avait fait sursauter. *C'est un cauchemar*, avait-elle tenté de se convaincre. *Juste un cauchemar*. Mais même si c'en était un, rien ne pouvait l'en sortir. Elle avait entendu une sorte de rire, ou de grondement, juste devant elle, et une haleine chaude avait caressé son visage.

Elle avait hurlé et ouvert les yeux. Le noir était exactement le même que sous ses paupières. Mais la chose était partie. Les seuls bruits qu'elle entendait étaient lointains et diffus.

Juste un cauchemar.

Un long moment s'était écoulé avant qu'elle réalise que le cadenas était ouvert.

Au début, elle n'avait pas bougé. Elle était restée pelotonnée au fond de son trou, comme un animal terrorisé. *Il y a quelque chose dans ces tunnels*. Mais son instinct de survie avait fini par prendre le dessus sur sa peur. Elle s'était extirpée du trou et avait commencé à marcher.

La sortie ne peut pas être loin. Lorsqu'ils l'avaient conduite ici, les maîtres avaient eu l'air de marcher tout droit. Mais elle ne faisait que s'enfoncer plus profondément dans le noir. De temps en temps, le sol se dérobait, et elle chutait un mètre plus bas, dans un fracas d'échos et de craquements sinistres.

Elle ne savait plus depuis combien de temps elle marchait : plusieurs heures ou plusieurs jours ? Dans cet endroit, le temps n'existait pas. Elle n'éprouvait pas de faim ni de soif, à peine sentait-elle de temps en temps que ses pieds étaient douloureux. Le noir atténuait les sensations comme les pensées. Même les bruits, parce qu'elle ne pouvait les rattacher à rien, semblaient des échos d'un autre monde. Ils étaient si bizarres, si radicalement étrangers, qu'au début son cerveau ne les percevait même pas. Mais à mesure qu'elle continuait d'avancer, elle s'y habituait, et ils lui devinrent perceptibles.

Des choses craquaient sous ses pieds dans une série de bruits secs et feutrés ; ses pas soulevaient un concert de répercussions qui résonnaient dans toutes les directions, comme si elle était au centre d'un immense réseau arachnéen. Des sifflements semblables à des ricanements flottaient au-dessus d'elle. Des gargouillis semblaient ramper à l'infini le long des parois du labyrinthe.

Alouette sentait une présence, une vie enfouie et malveillante. Quelque chose rôdait dans l'invisible.

Pourtant, elle n'avait plus peur – pas plus que dans un rêve ou dans la mort. La terreur qui l'avait submergée au début avait été aspirée par l'obscurité tout autour d'elle.

Peut-être que je vais simplement disparaître. Avalée par le noir.

Cela avait déjà commencé.

Le pire, c'était d'être amputée de son Don. Toute sa vie, elle avait eu accès à la Vue, là où les cris et les chants des oiseaux sonnaient avec la clarté de l'évidence. Et à présent, il n'y avait plus rien. Comme si le ciel avait cessé d'exister. Peut-être était-ce le cas ? Le monde tel qu'elle le connaissait avait été anéanti – Avem Dis, Mestkydd, Dessil –, il n'en subsistait que des échos de plus en plus distants, des images déformées et cauchemardesques.

Il y eut un froissement au-dessus d'elle, un contact froid sur sa joue. Un liquide chaud coula dans son cou. Ensuite, la douleur fusa. Elle cria, porta la main à son visage et la sentit se poisser de sang. Son cœur se mit à retentir entre ses tempes, en rythme avec l'étrange gloussement qui résonnait dans le labyrinthe. On aurait dit une pierre en train de rouler sur le sol. Le son escaladait les murs jusqu'à des hauteurs insoupçonnées. Alouette avait l'impression qu'un espace insondable s'ouvrait au-dessus de sa tête, alors même que les parois semblaient se resserrer autour d'elle. Dans ce vide noir et suspendu, quelque chose battait.

À mi-voix, Alouette fredonna les paroles d'une vieille chanson populaire. La vieille Mésange la chantait aux enfants pour les mettre en garde contre toutes sortes de dangers : la forêt, les bêtes sauvages, l'immoralité, le non-respect des rites de Sanavem. Elle parlait des Innommables, les esprits malfaisants qui régnaient dans les lieux où aucun oiseau ne chante.

Elles volent la nuit elles volent la vie
Là où les étoiles s'enfuient
Pleure, pleure, mais ne cours pas
Elles ne viennent pas pour toi

Sa voix hésitante remplit le gouffre, pétrifiant l'obscurité frémissante. Le couplet s'acheva dans un silence morbide – attentif.

Puis une chose griffue agrippa ses cheveux, raclant la peau de son front et de ses tempes. Alouette hurla et se mit à courir.

Tout à coup le sol inégal se déroba sous ses pieds. Elle tomba dans le vide et atterrit sur les genoux, sur un tas de branches longues à la texture lisse et poussiéreuse. Son cri résonna encore longtemps, indiquant qu'elle était dans une caverne immense. Des *ch ch ch ch ch ch* emplissaient l'espace – on aurait dit des bruits d'ailes.

C'est alors qu'elle entendit les voix.

Chevi. Sssrrevor. Chevvi. Srrevorrr.

Murmurant autour d'elle, provenant de partout à la fois. Comme si le noir lui-même chuchotait.

Soudain, des mains glacées se plaquèrent sur son visage. Des longs doigts durs comme des os et noueux comme des branches mortes. Des griffes s'enfoncèrent dans ses tempes et sous sa mâchoire et tirèrent comme pour la décapiter. Un souffle brûlant, écœurant, remplit ses narines et sa bouche.

Srrevorr !

Et alors, elle les vit. Deux yeux pâles, d'un jaune malsain et malveillant, face à elle.

Elle hurla et se débattit, heurta un mur, roula au sol, son corps écrasant les branches fossilisées. D'autres yeux semblables s'ouvrirent dans le noir au-dessus d'elle.

Des centaines, des milliers d'yeux.

Plongé dans le noir depuis si longtemps, le cerveau d'Alouette peinait à appréhender ce qu'elle distinguait. *Des monstres.* Son imagination complétait leur apparence en fonction de leurs mouvements saccadés et reptiliens. Leur gueule immense leur prenait toute leur tête, emplie de dents démesurées et suintantes. Des ailes et des queues hérissées de griffes acérées découpaient leurs silhouettes difformes sur le fond obscur.

Elle hurla encore et courut, ralentie par des obstacles à l'infini : des parois qui se dressaient devant elle, le sol qui se soulevait en degrés abrupts ou s'affaissait subitement, les amas pâles et crissants qui dérapaient sous ses pieds… La lumière augmentait progressivement, rougeâtre. Une chaleur étouffante régnait. À quelques pas devant elle, le sol disparaissait dans un gouffre. Elle s'arrêta net.

Éblouie, Alouette plissa les yeux pour déceler, en contrebas, un lac de lave bouillonnant. Sa surface craquelée exhalait des sifflements torturés. Il était si vaste qu'elle ne pouvait en distinguer le bout, qui se perdait là où le regard devenait flou. Des stalagmites et des stalactites monumentales barraient le magma, comme des colonnades noires. Et, au centre de cet infernal infini, se trouvait une île de roche noire semblable à un pilier supplicié.

Une bête immense occupait l'îlot. Les créatures voletaient autour de son corps colossal, tels des insectes autour de la tête d'un cheval.

Malgré la distance qui la séparait de la lave, la chaleur intense brûlait le visage d'Alouette. Autour d'elle, les créatures continuaient de ricaner et d'agiter leurs ombres grotesques. Pourtant, elle était incapable de détourner les yeux.

Le monstre faisait la taille du palais du Grand Oiseleur. Ses plumes luisaient comme du métal chauffé à blanc. Son bec semblable à une lance interminable était bordé de dents couleur diamant, telle une dentelle fatale. La bête n'avait pas d'ailes, mais deux excroissances semblables à des troncs d'arbre carbonisés jaillissaient de son dos. Ses yeux étaient deux rubis d'un rouge plus vif que la lave elle-même.

Si son Don n'avait pas été anéanti, Alouette aurait été tuée par la pression de ce regard – un regard qui avait bien plus de mille ans, un regard plus vieux que tout ce qui respirait à la surface de la terre. Dans ces yeux de pierre, elle lisait la haine, une haine plus profonde et plus brûlante que la mer de lave. Elle lisait aussi la patience, inhumaine, fatale.

Chevi. Srrevorr.

Faim. Vengeance.

Des serres se refermèrent sur ses bras. Alouette se débattit, en vain. Ses pieds décollèrent du sol. Les rires résonnaient tout autour d'elle, dépourvus d'âme.

Elles volent la nuit elles volent la vie
Là où les étoiles s'enfuient
Pleure, pleure, mais ne cours pas
Elles ne viennent pas pour toi

Dans un cri, Alouette sombra vers la lave – vers la gueule noire et grande ouverte du monstre.

Chapitre 33

Le temps de la moisson approchait et le blé ondulait dans la lumière crépusculaire. Les élèves, les oiseliers, les maîtres et les gens de Mestkydd avaient travaillé dur pour assurer des réserves de nourriture suffisantes, au cas où le siège se prolongerait durant l'hiver, mais d'ici quelques mois, quand le froid s'abattrait, il n'y aurait plus rien à faire. À part attendre, et prier Gwanwyn.

Dessil suivit la grande route qui menait aux nouvelles habitations. Plus il s'éloignait des quartiers réservés aux oiseleurs, plus il sentait de regards s'attarder sur son passage.

Je ne pensais pas revivre ça.

Il se remémorait ses propres années dans la confrérie, les remarques ambiguës oscillant sans cesse entre déférence et moquerie, les mises à l'épreuve cachées dans chaque regard. L'impression d'être traversé par des faisceaux de regards qui le transformaient à leur guise.

Puis, il avait rencontré Alouette. Son regard à elle était différent des autres : défiant et confiant, franc. Elle avait rendu l'incertitude impossible.

Mais elle n'était plus là.

Il avait beau faire tout ce qu'il pouvait pour se tenir occupé et aider les gens qui résidaient à Avem Dis, il était de plus en plus clair que seule une aide extérieure pouvait les sauver. Or, la communication avec les autres confréries était devenue très difficile depuis l'empoisonnement du colombier. Dans tout le continent, les oiseleurs étaient en fuite. Et leur seul refuge, Avem Dis, était pris d'assaut.

Restait Sechyros.

La concentration de forces d'Achyros autour d'Avem Dis avait offert plusieurs ouvertures à l'armée ennemie, et l'avancée de Cyel en territoire achyrien paraissait inexorable. Mais la stratégie de celui qui avait déclenché la guerre demeurait nébuleuse… tout comme ses intentions envers les oiseleurs.

Décidément, ce n'était pas la guerre ni la peur permanente qui étaient insupportables, c'était l'attente.

Un groupe de gens s'étaient réunis sur une petite place. Dessil n'eut aucun mal à repérer Jaelian. Il était comme d'habitude au centre des regards, occupé à chanter au son du luth d'un grand-père. *Il est doué pour tout*, pensa Dessil malgré lui. Le jeune homme mit plusieurs minutes à remarquer sa présence, et quand il le fit, il sourit et vint à sa rencontre.

— Quel honneur de te voir nous rejoindre, dit-il en s'inclinant.

— J'aimerais te parler, rétorqua Dessil. Si c'est possible.

Le sourire de Jaelian vacilla, à peine.

— Bien sûr. Allons chez moi.

Il fit volte-face et Dessil le suivit jusqu'à sa porte, puis dans la pièce nue, meublée seulement d'une paillasse et d'un coffre. Jaelian s'assit sur sa paillasse et attendit, un léger sourire flottant toujours sur ses lèvres.

— C'est au sujet d'Alouette, déclara Dessil.

— Oui ?

Dessil s'assit à son tour, sur le coffre, avant de poursuivre :

— Je me demandais simplement pourquoi tu lui avais demandé d'entrer en contact avec Syllah Achyros.

Les yeux de Jaelian s'agrandirent sous le choc.

— Je… Comment ?

Puis il se mit à réfléchir et son expression se durçit :

— Elle te l'a dit ?

— Non, répondit Dessil. C'est quelqu'un d'autre qui me l'a dit. Quelqu'un qui l'accompagnait toujours dans les tunnels. Une chouette.

Cela n'avait pas été facile de trouver Lunette, encore moins de gagner sa confiance, et il avait mis longtemps avant d'identifier Jaelian dans les impressions confuses qu'elle avait finalement daigné lui transmettre. En fait, jusqu'à présent, il n'avait pas été parfaitement sûr qu'il s'agisse de lui.

— Je n'ai pas ordonné à Alouette de tuer Syllah, si c'est ce que tu insinues, dit Jaelian.

— Je sais. Elle n'a tué personne… Contrairement à toi.

— Ah bon ?

Jaelian avait repris contenance, mais son regard s'était glacé. Dessil se demanda vaguement où était son épée.

— Deux Achyriens, la nuit dernière, précisa-t-il. Avec l'aide de Fauvette. Je t'ai vu.

À cet instant, Vulnémar se posa sur le rebord de la fenêtre. Jaelian tourna la tête vers lui, sans manifester de surprise. Il semblait pensif.

— Je vois. Tu me surveilles ?

Cette fois, Dessil ne répondit pas. Il n'était pas ici pour se faire interroger. Il se contenta de fixer Jaelian tandis que celui-ci réfléchissait, les yeux dans le vague.

— D'accord, soupira-t-il finalement. J'ai demandé à Alouette de trouver un moyen de contacter Syllah. J'avais besoin de lui parler… Je voulais le prévenir qu'il était en danger. Alouette venait de me révéler qui elle était, je lui faisais confiance. Mais j'ignorais ce qui allait se passer…

Dessil s'efforça de trier la multitude des questions que soulevait cette déclaration.

— Tu connaissais Syllah ? Tu savais qu'on allait l'assassiner ?

— Oui. Il était menacé depuis le début de la guerre. Le Grand Oiseleur a eu raison de l'isoler pour le protéger. Mais ça n'a pas suffi.

Comment peux-tu savoir cela ?

— Tu sais qui l'a tué ?

Jaelian prit une profonde inspiration, et plongea son regard dans le sien.

— Personne.

— Pardon ?

— Personne n'a tué Syllah Achyros, répéta Jaelian. Il est toujours vivant.

Dessil s'efforça de conserver un ton calme. *Je n'ai pas de temps à perdre à jouer aux énigmes.*

— J'ai vu son corps. Il est bel et bien mort, je t'assure.

— Ce n'était pas le vrai Syllah.

— Si. Je le connaissais depuis des années. C'était bien lui. Et lorsque nous avons remis sa dépouille à Altan…

— Écoute-moi, Dessil. Syllah Achyros n'a jamais mis les pieds à Avem Dis. Celui qui est mort était un leurre, chargé de jouer le rôle du prince depuis son entrée ici.

Dessil ferma les paupières, une fraction de seconde.

— C'est… absurde.

— Réfléchis, asséna Jaelian. Altan voue une haine féroce aux oiseleurs. Non seulement il les hait, mais il les craint. Il rêve de débarrasser son condoriaume de leur influence. Tu crois vraiment qu'il aurait confié son fils unique, son seul héritier, à ses pires ennemis ? Qu'il aurait accepté de le leur laisser pendant trois années entières, au risque qu'ils fassent de lui l'un des leurs, au risque qu'ils le retiennent en otage ? Non. Altan n'a jamais eu l'intention de se plier aux accords de la dernière guerre qui veulent que les fils de nobles deviennent oiseliers à Avem Dis. Il a tout planifié pour s'assurer que son héritier demeure en sécurité auprès de lui, mais sans éveiller les soupçons des oiseleurs.

Dessil resta muet. Il y avait une logique dans ces paroles. Une logique froide, implacable, désespérante, qui ouvrait la voie à des conséquences que nul ne pouvait prévoir. Qui éclairait d'un jour nouveau les auspices relevés depuis des années au sujet de Syllah, l'empereur qui réunifiera le continent.

Si c'est vrai, alors nous n'avons jamais eu de levier dans cette guerre. Nous avons été manipulés depuis le début.

— Alors, bredouilla-t-il, Altan a seulement fait semblant de pleurer son fils. Et sa prétendue vengeance… n'est qu'un prétexte pour nous attaquer. C'est lui…

Jaelian garda le silence, attendant que Dessil achève sa réflexion :

— C'est lui qui a organisé l'assassinat.

— Oui. C'était le prétexte qui lui manquait pour déclarer ouvertement la guerre aux oiseleurs.

Dessil se pencha en avant, fébrile.

— Comment sais-tu tout ça ?

Jaelian tourna la tête vers la fenêtre, en partie masquée par la silhouette de Vulnémar.

— Parce que, déclara-t-il calmement, je suis Syllah Achyros.

Chapitre 34

— Je me suis enfui au moment de l'attentat de Sechyros contre mon père, expliqua Jaelian – ou plutôt Syllah. J'ai pris l'identité de Jaelian et j'ai profité de la confusion qui régnait dans la ville pour me rendre à Mestkydd. Je ne savais pas si mon père allait survivre ou pas, mais je savais que, quoi qu'il arrive, Geai serait en danger, et je voulais le mettre en garde.

Dessil se leva. Son regard s'était assombri.

— Geai ?

— Celui qui se faisait passer pour moi. Mais je n'ai pas eu le temps de l'atteindre. Et maintenant, il est mort. Tu sais, il m'était… précieux.

— Je suis désolé, dit Dessil.

Avec un frisson, il repensa à sa dernière entrevue avec celui qu'il croyait être Syllah. Sa tentative d'incriminer Alouette n'était qu'une tentative désespérée pour s'en sortir. Il savait qu'il n'était qu'un pion, beaucoup moins précieux que ce que tout le monde croyait.

Sauf aux yeux du vrai Syllah.

Ce dernier se leva à son tour.

— Je ne peux pas pardonner à mon père de l'avoir fait tuer. J'étais déterminé à ne pas prendre part à sa guerre, à fuir. Maintenant, je ne veux plus être lâche. Je veux affronter Altan. Venger Geai. Et pour ça, j'ai besoin de ton aide.

— Mon aide ?

— Toi et moi, nous pouvons mettre fin à la guerre.

— Je ne vois pas comment.

— Je te l'ai dit, je veux affronter mon père. Sans lui, le conflit s'arrête.

— Je n'ai pas le pouvoir de faire assassiner Altan. Et la dernière fois que quelqu'un a essayé, la guerre a éclaté.

— Il ne s'agit pas de l'assassiner. C'est sa légitimité que nous devons attaquer. Il a assiégé Avem Dis pour venger ma mort, alors qu'il sait que je suis vivant. Si cela se savait, la confiance de ses seigneurs de guerre serait ébranlée.

Il marqua une pause. Dessil l'écoutait en s'efforçant de conserver un visage impassible.

— Mais je ne peux pas dévoiler mon identité, ce serait beaucoup trop dangereux. J'ai besoin d'alliés puissants, pour être pris au sérieux par les seigneurs de guerre et les pousser à me rejoindre. Avec le soutien officiel du Grand Oiseleur, je serais en position de négocier.

— Tu veux prendre la place de ton père.

— Je n'ai pas vraiment le choix. Après tout, je suis son seul héritier.

Visage figé, bras croisés, Dessil attendit une suite qui ne vint pas.

— Je ne pense pas que le Grand Oiseleur te soutiendra.

Syllah émit un soupir frustré.

— Je sais. Ton père a trop peur de rompre avec les traditions. Il ne me fera jamais confiance. Au mieux, il m'utilisera comme otage. Au pire, il me tuera. Mais tu n'es pas comme lui. J'ai entendu ton discours dans l'arène. Tu as dit que tu enseignerais la possession à tous les jeunes, même à ceux qui n'étaient pas dans la confrérie, même aux filles. Que tu aiderais ceux et celles qui veulent défendre Avem Dis, peu importe qui.

— Peut-être, mais…

— Tu ne te rends pas compte, Dessil, que des gens sont prêts à te suivre. Tout le monde sait que c'est toi qui as plaidé pour ouvrir Avem Dis après l'attaque de Mestkydd. Même des maîtres te soutiennent. Leur confiance dans le Grand Oiseleur est loin d'être aussi absolue qu'avant.

— Comment peux-tu savoir tout ça ?

— Fauvette est une bonne espionne.

Dessil détourna la tête pour dissimuler son expression. *Est-ce vrai ?* Il n'avait jamais eu l'intention de saper l'influence de son père. *Ou bien si ?*

Je ne veux pas faire partie de ton Collège, avait-il déclaré devant l'entrée de la grotte. *Je ne serai pas ton héritier.*

Il avait éprouvé de la haine envers Cyrus à ce moment-là, une haine choquante, écœurante. Mais c'était tout de même le Grand Oiseleur. C'était tout de même son père. *Je ne peux pas décider en fonction de mes émotions.*

— En somme, résuma-t-il pour se donner le temps de réfléchir, tu veux non seulement renverser ton père, mais aussi que je renverse le mien ?

Je ne peux pas faire ça.

— Dessil, il a condamné Alouette…

— Non, tais-toi !

Syllah fit un pas en arrière.

— Je vais… J'ai besoin de réfléchir, compléta Dessil.

Dans l'encadrement de la fenêtre, Vulnémar s'envola brusquement. La pièce s'emplit de clair de lune.

— D'accord, dit Syllah.

Dessil était déjà parti. Il était seul.

Chapitre 35

Alouette ouvrit les yeux.

Le ciel était rempli d'une multitude d'étoiles scintillantes. Elle ne les reconnaissait pas. Elles étaient trop brillantes, trop nombreuses. De grandes ombres qui n'étaient pas des nuages les masquaient de temps à autre. Au bout d'un moment, elle retrouva finalement les constellations habituelles, mais perdues parmi des millions de nouvelles étoiles qu'elle n'avait jamais discernées auparavant.

Alors elle se redressa.

Elle se trouvait dans un bosquet. À quelques pas, des arbres d'une espèce inconnue dressaient vers le ciel leurs branches aux formes torturées, dont les feuilles argentées reflétaient la lueur des astres. Du sommet de chaque arbre émanait une lumière rouge : niché entre les branches tordues comme dans une cage naturelle, dormait un oiseau de feu. Leur corps en forme d'ovale enflait au rythme de leur respiration calme, qui envoyait des vagues rougeoyantes le long de leurs plumes incandescentes. Chaque oiseau diffusait ainsi un halo de lumière et de chaleur.

— Eun Latha, dit une voix derrière elle.

C'était une femme. Alouette crut d'abord qu'elle portait une longue cape. En fait, elle n'avait pas de bras, mais de vastes ailes blanches drapées autour de son corps, qui sortaient de sa colonne vertébrale. Ses jambes étaient de longs tarses terminés par des serres mortelles. Elle était plus grande que tous les hommes qu'Alouette ait jamais rencontrés, et son visage était humain, pâle, avec une bouche large aux lèvres fines et un nez aplati. Son crâne était couvert de plumes. Ses yeux étaient ceux d'une chouette, entièrement noirs.

Je dois être morte, pensa Alouette.

Soudain, la femme-chouette écarta ses ailes et projeta en même temps ses membres postérieurs sur Alouette, la saisit et la souleva dans les airs. Alouette poussa un hurlement. Les articulations des jambes de la femme lui permettaient de la tenir fermement contre elle, Alouette sentait le contact de son ventre couvert d'écailles chaudes contre sa joue. Elles franchirent la montagne et, tout à coup, le jour se leva, dardant ses rayons orange entre les sommets effilés, éclairant une vallée profonde. Un arbre immense l'occupait seul, comme s'il avait aspiré toute autre vie alentour. Il était plus grand qu'une ville et dépassait en hauteur les sommets les plus proches. Des oiseaux qui n'étaient pas seulement des oiseaux tournoyaient autour.

La femme-chouette plongea entre les branches et frôla un oiseau de feu, qui en s'éveillant poussa une exclamation courroucée, perdit toutes ses couleurs et prit l'apparence d'un squelette carbonisé aux grands yeux furibonds. Elle déposa Alouette sur une branche suffisamment large pour qu'elle y marche sans crainte. Puis elle s'envola.

— Attends ! l'appela Alouette. Je fais quoi maintenant ?

Non loin d'elle, des oiseaux aux couleurs pastel, aux pattes immenses, s'abreuvaient à un petit étang au creux des branches. Ils s'égaillèrent, alarmés par son cri. Alouette s'approcha de l'eau De l'autre côté de la plate-forme, elle distingua une silhouette humaine : ni bec, ni ailes, ni tarses ne la déformaient. C'était un homme.

— Alouette ?

Il était grand, la peau de son front tannée par le soleil, et ses yeux entourés de rides étaient d'un bleu pâle et perçant. Le cœur d'Alouette fit une embardée.

— Maître Corneille, souffla-t-elle.

Ils avaient progressé sous une arche de branches jusqu'à un intérieur aménagé en chambre, dépourvu de porte. C'était là que Corneille vivait. Elle était à présent assise sur une chaise grossièrement sculptée, en face d'une table taillée dans un seul bloc de bois. Une couche de feuilles sèches couvrait le sol. Un oiseau de feu occupait un coin de la pièce, diffusant chaleur et lumière. Elle le désigna :

— Pourquoi il ne met pas le feu à tout l'arbre ?

Corneille tourna ses paumes vers le ciel dans un geste d'ignorance.

— Sais pas. Grâce à la magie, sans doute.

Alouette resta interloquée une seconde, puis elle se mit à rire. Elle était si heureuse de voir un visage ami qu'elle aurait pu fondre en larmes.

— Je vous ai cherché à Mestkydd, lors de Kahn Avem, confessa-t-elle.

Cela semblait faire des siècles. Son cœur se serra à la pensée que la ville était maintenant aux mains d'Altan d'Achyros. *Ou ce qu'il en reste.*

Corneille sourit :

— J'ai dû quitter Mestkydd. Pas longtemps après ton entrée dans la confrérie, on m'a fait comprendre qu'il fallait que je déguerpisse… Je suis parti dans les montagnes. Je me disais que je pourrais devenir un ermite. Je descendais dans les villages pour me nourrir. Les gens se fichaient bien que j'aie été exclu de l'Ordre. Tant qu'ils ont quelqu'un sous la main pour leur prédire les évènements de l'année et enseigner quelques rudiments de la Vue et de la Voix à leurs gosses… Mais un jour, je ne sais pas comment, je me suis perdu. J'avais beau suivre le soleil, les étoiles, tous mes repères semblaient faux. J'ai erré pendant des jours et des jours. J'ai fini par me dire : Et voilà, c'est comme ça que ça se termine. Comme une de ces vieilles histoires d'oiseleurs partis dans la montagne à la recherche d'on ne sait quoi et jamais revenus.

Il marqua une pause, savourant son effet.

— Et ?

— Je me suis trouvé un coin confortable et j'ai attendu de mourir. Quand j'ai ouvert les yeux, j'étais ici.

— Je comprends pas, dit Alouette. On est morts ?

Corneille parut réfléchir.

— La mort, c'est un concept relatif.

Alouette leva les yeux au ciel devant cette réponse vague et frustrante, typique de Corneille.

— Vous pouvez préciser ? demanda-t-elle avec une pointe de sarcasme qu'elle n'aurait jamais laissé filtrer devant les maîtres d'Avem Dis.

Il ne s'en formalisa pas. Il faisait exprès de distiller ses réponses. Il aimait quand son enseignement tournait à la joute verbale.

— Eh bien, apparemment, pour atteindre cet endroit, il est nécessaire de quitter la vie, d'une manière ou d'une autre.

La gorge d'Alouette se serra d'un coup. *Je ne veux pas être morte.*

— D'un autre côté, ces arbres, ces oiseaux et les Adderyns sont manifestement vivants. Ils respirent, mangent, boivent. Meurent. Et nous aussi.

— Les Adderyns ?

— C'est évident, non ? Je pensais que tu avais des yeux.

— Mais les Adderyns n'existent plus. Ils ont été exterminés il y a mille cinq cents ans par les Dascaliens. Lors de la prise d'Avem Dis.

Enfant, elle avait entendu des centaines d'histoires dans lesquelles les Adderyns étaient des monstres hybrides, avides de vengeance, hantant les chemins déserts. Autrefois, les Adderyns occupaient le continent Gwlad Adar. Après plusieurs siècles de guerre, ils avaient finalement été vaincus par Dascal, le fondateur de l'Empire dascalien. La prise d'Avem Dis, en l'an zéro, avait mis un point final à l'histoire des Adderyns et à leur civilisation.

— C'est vrai, dit Corneille. Mais peut-être que certains d'entre eux ont trouvé un passage. Comment es-tu arrivée ici ? demanda-t-il soudain.

Elle lui avait seulement dit qu'elle avait été découverte et avait dû quitter Avem Dis. Le reste était trop horrible, ou trop bizarre, elle n'avait pas trouvé les mots. Elle ouvrit la bouche pour répondre, la referma le temps de rassembler ses idées.

— J'étais dans les tunnels sous Avem Dis. Le Grand Oiseleur m'a fait enfermer, parce qu'il pensait que j'avais tué le prince d'Achyros.

Pour une fois, Corneille resta muet.

— Il faisait noir. J'étais privée de mon Don. Le Grand Oiseleur… il m'a fait boire quelque chose, et maintenant… c'est comme si le ciel était vide. J'ai perdu mon Don, maître.

Le visage de Corneille se durcit, mais il ne dit rien. Alors elle reprit :

— Il y avait des choses qui couraient autour de moi, elles me voulaient du mal. Je suis arrivée dans une caverne immense. Remplie de lave. Et là, il y avait…

Elle se tut longuement, cherchant les mots les plus appropriés pour décrire l'indescriptible.

— Elle était gigantesque. Ses plumes ressemblaient à des os ou à du métal. Son bec était comme une énorme épée dentelée. Et ses ailes… Ses ailes étaient arrachées. Brûlées.

— Brenin Yr Adar, souffla Corneille.

Alouette fixa le vide, perdue dans son souvenir. Brenin Yr Adar était la première divinité des oiseleurs, la Reine des Ysbrids, et la protectrice d'Avem Dis.

— Non, ce n'était pas la Déesse. Cette créature… Elle était pleine de haine.

Corneille ne répondit pas. Elle insista.

— Brenin Yr Adar est la Reine du ciel. Elle a quitté le monde des hommes pour celui des Ysbrids il y a des siècles. Pourquoi serait-elle dans une caverne sous Avem Dis ?

— Parce que les premiers oiseleurs l'y ont enfermée. Parce qu'ils l'ont capturée, mutilée, et exilée.

— Ce n'est pas ça, balbutia Alouette. Ce n'est pas la véritable histoire…

— Tu l'as vue toi-même, Alouette. Tu as senti sa haine et sa soif de vengeance. Elle n'est pas la déesse des oiseleurs, mais celle des Adderyns.

Il marqua une pause avant d'asséner :

— Et c'est elle qui mettra fin au Troisième Collège.

Chapitre 36

Syllah détestait la méditation. Depuis la mort de Geai, dès qu'il fermait les yeux, la culpabilité s'abattait sur lui en même temps que l'obscurité. Lourde, poisseuse, étouffante. Alors il les gardait ouverts. Tout le temps. Ces interminables journées sans sommeil, à tourner en rond et à se griffer les poignets, ressemblaient paradoxalement à un long cauchemar.

Cela ne l'empêchait pas d'assister au cours de Dessil, histoire de lui rappeler son existence. De lui rappeler qu'il avait une décision à prendre. *Dénonce-moi ou aide-moi, mais fais quelque chose*, pensait Syllah.

En contrebas des gradins où il était assis, les élèves de Dessil et Dessil lui-même étaient installés en cercle. Tous fermaient les yeux, sauf lui.

C'est pour cela qu'il le vit.

Un homme qui s'éclipsait par le haut des gradins. Son cœur accéléra brusquement. Il se leva d'un bond, fébrile. Il savait qui était la personne qui venait de se glisser là : l'assassin en noir, celui qui était à sa poursuite depuis le jour où il s'était échappé de sa prison, celui qu'il avait fui à Mestkydd, avec l'aide d'Alouette.

Il ne fuirait pas cette fois.

Il suivit l'homme à travers le bois, jusqu'à la rivière. Celui-ci se retourna, d'abord surpris, puis se détendit en reconnaissant Syllah.

— Votre Altesse, dit-il en s'inclinant profondément.

— Calay, dit Syllah.

Plus de deux ans auparavant, ce même homme se tenait entre lui et son père. « Si vous perdez le prince de vue ne serait-ce qu'une minute, avait dit le condor d'Achyros, s'il parvient à s'échapper, je vous ferai arracher les yeux. » Syllah avait éprouvé de la pitié pour le mercenaire, à l'époque. Mais Calay avait toujours ses yeux, finalement. Altan n'avait pas tenu parole.

Comme d'habitude.

Syllah porta la main à son épée. Elle ne le quittait plus.

— Est-ce le condor qui vous envoie ?

— Oui. Sa Majesté m'a demandé de vous retrouver après les évènements dans la capitale. Il m'a ordonné de vous protéger à tout prix, mais sans me dévoiler. C'est ce que j'ai fait jusqu'à Mestkydd. Bien que vous ne m'ayez pas facilité la tâche.

Il fit un pas de côté, et Syllah en fit un également, dans l'autre sens.

— À présent, reprit Calay, j'ai reçu de nouveaux ordres. Je dois vous demander de suivre mes instructions.

Le moment de rejoindre Sa Majesté approche. D'ici là, nos hommes vous protégeront.

— Vos hommes… Combien sont-ils ?

— Suffisamment.

Pourquoi ergotait-il ainsi ? Il n'y avait qu'une seule question qui comptait.

— Qui a tué Geai ?

Il avait enquêté pendant des jours à ce sujet. Il avait identifié un grand nombre d'espions achyriens, dont les deux responsables de l'empoisonnement du colombier, mais aucun n'était celui qu'il cherchait. Celui à qui son père faisait suffisamment confiance pour lui révéler le secret de l'identité de Geai.

Le coin de la bouche de Calay se releva imperceptiblement. Ses yeux étaient posés sur la main de Syllah, elle-même serrée autour de la poignée de son épée.

— Moi.

Soudain l'acier fendit l'air. Calay pivota pour esquiver et mit un pied dans la rivière. L'eau l'éclaboussa.

Les deux combattants se figèrent, les yeux dans les yeux. Syllah ouvrit la bouche pour dire quelque chose, et Calay profita de son hésitation pour attaquer de nouveau. Le jeune homme recula, mais trop tard. Le sang gicla, la douleur explosa dans son flanc une seconde après.

Au moment où Calay levait le bras pour frapper de nouveau, un aigle surgi de nulle part saisit sa tête entre ses serres. Calay recula, déséquilibré, et taillada l'air de sa lame. Il parvint à toucher le rapace, mais d'autres oiseaux s'amassèrent au-dessus de sa tête.

Il recula encore, rabattit sa capuche sur son visage en sang et partit en courant.

Dessil atteignit en courant le bord de la rivière. Lui aussi avait manqué de concentration pendant la méditation : il avait perçu le départ de Syllah et l'avait suivi, précédé par Vulnémar. Il se dirigea d'abord vers l'aigle, dont la douleur se répercutait dans son esprit comme une voix envahissante. Il s'accroupit pour l'ausculter. Lorsqu'il fut rassuré sur le sort de l'oiseau, la blessure étant superficielle, il se tourna vers Syllah. Le sang rougissait sa tunique et ruisselait le long de sa jambe gauche.

— Tu es blessé…

Dessil se dirigea vers lui et le prit par le bras pour l'aider à s'asseoir. Puis il s'accroupit et souleva l'étoffe.

— Il te faut un bandage, articula-t-il. Allons au palais.

— Non. Pas le palais…

Syllah coula à Dessil un regard vif et sombre. *Je n'ai pas confiance en toi.*

— Il faut au moins un cataplasme, argumenta Dessil, les dents serrées.

— Il faut surtout arrêter le saignement. Je me soignerai plus tard.

Dessil jeta un coup d'œil aux alentours, comme si une solution adéquate pouvait apparaître par miracle. Puis il soupira et s'écarta légèrement.

— Bon.

Il ouvrit sa propre veste et l'ôta avec des gestes brusques. En dessous, il portait une tunique. Il l'enleva également, avant de défaire le bandeau qui dissimulait sa poitrine. Il s'en servit pour bander la blessure de Syllah, en utilisant la tunique déchirée pour le maintenir. Ensuite, il lui passa sa propre tunique. Syllah l'enfila, détournant les yeux pendant que Dessil remettait sa veste directement sur sa peau nue.

Dessil prit Syllah par le bras pour l'aider à se relever.

— Tu peux marcher ?

— Oui.

Ils remontèrent la pente. Au lieu de revenir vers le domaine, ils suivirent la route entre les arbres, jusqu'à une maison. Syllah ralentit le pas.

— Attends…

Une grande silhouette se dressa devant eux. C'était maître Petrel. Dessil et Syllah s'immobilisèrent.

— Maître, le salua Dessil.

Celui-ci inclina la tête. Contrairement aux autres maîtres, il ne lui manifestait jamais de déférence.

— Qu'est-il arrivé ? demanda-t-il.

— Cet homme est blessé. Peux-tu t'occuper de lui pendant que je vais chercher de quoi le soigner ?

— Bien sûr, il peut rester ici.

Petrel fit entrer Syllah et l'allongea sur son propre lit. Puis il rejoignit Dessil sur le pas de la porte.

— Ne t'inquiète pas. Je ne te demanderai rien.

Dessil fut soulagé. Il découvrait dans les yeux du maître une confiance qu'il n'avait jamais remarquée.

— Je reviens tout de suite.

Dessil entra dans la grande salle qui avait été récemment convertie en hôpital. Maître Caladrius, le guérisseur, était absent et seulement quelques personnes s'y trouvaient en convalescence. Au fond de la pièce, derrière un paravent, il y avait les réserves de médicaments. Dessil ouvrit la caisse, prit des bandages stériles, puis il chercha de quoi confectionner un cataplasme. Une fois satisfait, il retraversa la salle, sortit, et tomba nez à nez avec son père.

Il sursauta si violemment qu'il se heurta au chambranle de la porte.

— Père ! Je… Tu m'as fait peur.

Cyrus fronça les sourcils.

— Es-tu blessé ?

Dessil passa sa langue sur ses lèvres soudain bizarrement desséchées. Cela faisait si longtemps qu'il ne s'était pas trouvé face à son père qu'il ne savait plus comment s'adresser à lui.

Le regard de Cyrus se fit plus pénétrant.

— Dessil. Si tu es blessé, je veux le savoir.

— Je vais bien. Ce n'est pas pour moi.

Cyrus le fixa encore un instant, essayant de détecter le mensonge, puis soupira.

— Bon. Pour qui alors ? Y a-t-il eu une attaque ?

Dis-le-lui. C'est le moment ou jamais.

— Non, balbutia-t-il. Non, seulement un accident. Rien de très grave.

Il se mordit la langue. Ce n'était pas la première fois qu'il mentait à son père, mais c'était la première fois qu'il avait l'impression de le trahir. Cyrus ne fit aucune remarque. Il avait d'autres préoccupations.

Dessil savait lesquelles : lassé d'être dans l'ignorance, il était allé chercher les informations directement à leur source, au colombier du Grand Oiseleur. L'armée de Sechyros s'était enfin décidée à bouger. Elle avait repris une partie des grandes villes occupées par Achyros, et se dirigeait maintenant vers Avem Dis. En parallèle, certaines confréries d'Achyros avaient finalement pris les armes, sous le commandement de maître Faviel. Il semblait que celui-ci n'ait pas tenu compte de la désapprobation du Grand Oiseleur lors du Concile, et entraîné ses élèves au combat. Ils menaient leur propre guerre, et ils avaient le soutien des populations, y compris dans les zones occupées.

Sur le plan général, la situation semblait tourner en la défaveur d'Achyros. Cependant, Avem Dis était toujours assiégée. Les oiseleurs n'espéraient pas de libération prochaine et remplissaient les granges de réserves de nourriture afin de survivre à l'hiver.

— Je devrais y aller…

— Comment se passent tes leçons ?

Ils avaient parlé exactement en même temps. Dessil eut un ricanement gêné.

— Bien. Elles se passent bien.

Un nouveau silence embarrassant s'installa. Cyrus scrutait le ciel par la fenêtre. Même lui n'était pas capable de dire lesquels, parmi les oiseaux qui planaient au-dessus du domaine, étaient ceux d'Achyros et lesquels étaient ceux des oiseleurs. Le silence s'éternisa, jusqu'à devenir presque paralysant.

— Je vais y aller, répéta Dessil.

— Bien.

Aucun des deux ne bougea. Dessil hésita à ajouter quelque chose, mais quoi ?

Il y avait une distance entre eux, creusée par des jours et des jours de silence. Il ne savait pas comment la combler. Il ignorait s'il le pouvait, et même s'il le voulait.

Il sortit.

Deux jours plus tard, lorsque Dessil quitta l'arène après son cours, il eut la surprise de trouver Syllah, plongé dans une intense discussion avec Fauvette. Quel point commun ces deux-là pouvaient avoir pour s'entendre aussi bien ? En voyant Dessil, le corps de Fauvette se raidit et elle lui jeta un regard sournois. Si elle suivait ses cours, elle restait méfiante envers les oiseleurs et persistait à tourmenter les élèves. Elle lui adressa un salut vague avant de s'éloigner. Dessil s'approcha de Syllah.

— Je ne m'attendais pas à te voir. Comment va ta blessure ?

— Bien. Ce n'est pas grand-chose, répondit-il avec nonchalance.

Dessil leva les yeux au ciel, et glissa un regard vers la petite silhouette de Fauvette au sommet de l'arène.

— Tu es extraordinairement détendu pour un prince en fuite et en territoire ennemi.

— Je ne suis pas en territoire ennemi, répliqua Syllah.

— Je peux encore décider de te dénoncer.

— Et moi, je pourrais te tuer.

Dessil le dévisagea, interloqué.

— Tu vois ? reprit Syllah avec un sourire. Nous avons tout intérêt à être amis.

— Je ne suis toujours pas sûr de pouvoir te faire confiance.

Et encore moins d'être prêt à trahir mon père pour toi.

— Tu n'es pas obligé de me faire confiance. J'ai décidé de dire qui je suis au Grand Oiseleur. L'attaque de Calay prouve que mon père est sur le point d'agir. Je serai plus utile à découvert, en dénonçant officiellement ses actions.

— Mais tu deviendras une cible.

— Peu importe. Je ne peux pas me cacher éternellement. Il faut que j'agisse, avec ou sans ton aide. Pour Geai.

Dessil hésita.

— Qui était-il ? demanda-t-il doucement.

Syllah commença par secouer la tête, comme pour refuser de répondre. Puis il bredouilla, en avalant une partie des mots comme s'il risquait de les oublier avant de les prononcer :

— On s'est rencontrés il y a des années à Kahn Avem quand nous étions enfants. Il faisait partie d'une troupe de théâtre et il ignorait qui j'étais. Il l'a su plus tard, quand cette troupe a été engagée pour jouer devant la cour… On ne faisait rien de mal, vraiment.

Il ralentit le rythme, comme s'il se rendait compte au fur et à mesure qu'il n'avait, en fait, rien oublié.

— Quelques années plus tard, le condor nous a dévoilé son plan : le faire passer pour moi. Je ne me rendais pas vraiment compte de ce que ça impliquait. J'ai mis longtemps à comprendre…

Il s'interrompit. Ses yeux se posèrent sur Dessil comme s'il venait de se rappeler sa présence.

— Un jour, tout a changé. Nous ne pouvions plus suivre le plan d'Altan. Nous avons décidé de nous enfuir, ensemble. Sauf que… le condor a tout découvert, et il a parlé à Geai. Il lui a dit : « Si tu parviens à survivre pendant ces trois années à Avem Dis, je ne te punirai pas pour ce que tu as fait de mon héritier. Peut-être te laisserai-je même l'approcher encore. »

Il secoua la tête, baissant la voix.

— Il avait déjà prévu de le faire tuer. Je m'en rends compte maintenant.

Dessil revit soudain le Syllah qu'il avait cru connaître, sa façon de serrer la mâchoire en permanence, ses attitudes bizarrement affectées, son regard hautain rempli d'une haine qui n'était que de la terreur, ses menaces qui n'étaient que des boucliers de vent. *J'aurais dû m'en rendre compte*, se dit Dessil. *Si je n'avais pas été aussi obnubilé par mes propres problèmes, j'aurais pu l'aider.*

— Je suis désolé, souffla-t-il.

Syllah se reprenait peu à peu.

— C'est pour ça que je dois affronter mon père. Si ses seigneurs de guerre apprennent qu'il les a manipulés, il y a un espoir pour que certains d'entre eux se retournent contre lui. Peut-être pourrons-nous en profiter pour proposer des négociations.

— Encore faut-il que…

Que tu ne te fasses pas assassiner avant.

— … que l'on te croit.

— Toi, tu m'as bien cru.

— Je n'ai jamais été très doué pour ce genre de décision, confessa Dessil après un silence.

Syllah sourit faiblement.

— Mais tu l'as fait pour Alouette, n'est-ce pas ? Tu étais au courant de ce qu'elle était, et tu as choisi de ne rien dire.

— Ça n'avait aucun rapport.

J'avais besoin d'elle.

Il avait cru qu'en ignorant ses sentiments pendant assez longtemps ils finiraient par disparaître, comme une blessure cicatrisée, mais la plaie n'avait fait que s'agrandir. Et maintenant qu'Alouette n'était plus là, il vivrait toute sa vie au bord de ce gouffre – de ce trou noir qui l'avait engloutie.

Tu dois y mettre un terme.

C'était devenu impossible.

Quelques élèves traînaient à présent autour de l'arène, leur regards s'attardant avec insistance sur Syllah et Dessil. Ils s'éloignèrent et se mirent à marcher en direction de la falaise. Au bout d'un moment, Dessil soupira.

— Quand veux-tu parler au Grand Oiseleur ? demanda-t-il.

Il y eut un sifflement assourdissant, en provenance du ciel, suivi d'un fracas monumental. Le sol vibra violemment, soulevant un énorme nuage de poussière.

Déséquilibré, Dessil tomba à genoux. Un projectile avait heurté la plus haute tour du palais du Grand Oiseleur. Elle s'effondra comme au ralenti, effritant le bâtiment comme s'il était fait de sable et non de pierres millénaires. Les débris se mirent à pleuvoir sur le domaine, crevant les toits alentour.

Alors le chaos se déchaîna.

Chapitre 37

— Pourquoi m'avez-vous envoyée à Avem Dis ? demanda Alouette.

Ce jour-là, Corneille avait décidé de lui montrer le sommet de l'arbre. Cela faisait plusieurs heures déjà qu'ils cheminaient le long des branches larges comme des routes condoriales.

Depuis leurs retrouvailles, elle s'était mise à le suivre partout. En l'absence de son Don, elle avait désespérément besoin d'un guide. Elle se sentait en exil, et l'amertume grandissait dans son cœur.

— Tu étais douée. Et je te l'ai déjà dit : la règle selon laquelle les femmes ne devraient pas employer le Don a été forgée de toutes pièces. En réalité, il n'y aurait aucune différence entre une femme oiseleur et un homme oiseleur.

Son ton professoral agaça Alouette, qui répliqua aussi sec :

— Si c'est le cas, pourquoi il n'existe pas d'oiseleuse ? Quelle est l'origine de cette distinction ? Les Adderyns ne la font pas, pas vrai ?

— Peut-être, répondit Corneille sans s'offusquer, mais ce serait une erreur de les comparer à nous. En fait, je pense que, lorsque les Dascaliens ont rencontré les Adderyns, ils ne les ont pas perçus comme des hommes et des femmes, mais comme une autre espèce. Ainsi, il y avait les hommes, les femmes, et les Adderyns. Chaque catégorie avait un rôle défini. Les hommes et les femmes avaient des rôles terrestres et les Adderyns avaient un rôle céleste. Lorsque les Adderyns ont disparu, les hommes oiseleurs ont endossé le rôle céleste et les femmes sont devenues les gardiennes du rôle terrestre. Cette idée s'est perpétuée en renforçant la différence entre les hommes et les femmes. C'est ma théorie.

Ils marchèrent en silence pendant quelques minutes.

— Alors, dans le passé où les Adderyns et les humains coexistaient, il y avait peut-être quelques oiseleuses ?

— Peut-être. Et encore aujourd'hui. En réalité, il y a toujours eu des femmes qui utilisent le Don. Même si elles sont méprisées pour ça.

Alouette leva les yeux vers la canopée. Combien de temps allaient-ils encore escalader ? Jusqu'où s'élevait cet arbre monstrueux, et que dissimulait son sommet ? Ils étaient partis à l'aube, et maintenant le soleil déclinait. Les branches s'amincissaient. Ils croisaient de moins en moins d'Adderyns à pied ; seuls ceux qui avaient des ailes résidaient dans ces hauteurs.

Le sol était indiscernable en contrebas. Si elle sautait, elle était certaine de ne jamais l'atteindre. Ils finirent par arriver à une sorte de belvédère, qui offrait une vue plongeante sur la vallée. Il était impossible d'aller plus haut. Le vent soufflait si fort qu'Alouette se mit à quatre pattes pour se tenir au sol. Au-dessus d'elle, l'arbre continuait de développer ses branches, enroulées sur elles-mêmes comme des ornements précieux couverts de feuilles rouge et or, mais celles-ci n'appartenaient ni aux hommes ni aux Adderyns, seulement aux oiseaux. Et pas n'importe quels oiseaux. Ces oiseaux gigantesques se rassemblaient au-dessus de la canopée, sous la lune, plongeant l'arbre dans leurs ombres vastes. Ils étaient blancs comme la neige, leur bec doré, leur envergure assez vaste pour abriter un village entier.

— Des pélargones, souffla Alouette quand elle eut retrouvé sa voix.

Ils étaient deux à quatre fois plus grands que ceux qu'elle avait vus à Avem Dis. Des reflets colorés couraient le long de leurs ailes immaculées.

— Je t'ai dit que seuls certains oiseaux savaient ce qui s'était passé il y a plus de mille cinq cents ans. Ceux-là en font partie.

Elle ne répondit pas.

Elle avait oublié la fatigue et la douleur dans ses pieds et ses jambes. Ce qu'elle voyait l'absorbait entièrement. Elle se mit à longer le tronc, désireuse de se rapprocher des oiseaux, irrésistiblement attirée malgré le danger. Le vent était si fort que chaque geste manquait de la précipiter au sol.

L'un des pélargones l'avait entendue. Deux yeux verts cernés de noir se posèrent sur elle, mais elle était incapable d'y lire quoi que ce soit. Elle s'immobilisa. Son cœur battait à toute vitesse.

Sa fascination se mua en effroi. Elle n'avait jamais pensé que les oiseaux pouvaient être si étranges, si incompréhensibles. Que voyait-il en elle ? Rien, peut-être.

Tout à coup, la créature fusa vers elle. Elle sentit un bec tranchant frôler sa joue, tandis qu'un œil immense fonçait sur son visage comme pour l'avaler. Au même moment, Corneille la saisit par le bras et la tira en arrière.

— Attention !

Il l'entraîna à l'écart, en sécurité, loin des créatures.

— Ça va ? demanda-t-il.

Elle secoua la tête en tremblant, le corps parcouru par des vagues de terreur. L'oiseau avait tenté de la tuer. Elle éclata en sanglots. Son Don avait disparu et sa voix ne rencontrait aucun écho. Malgré ce ciel immense et ces oiseaux millénaires, c'était comme si elle n'avait jamais quitté l'obscurité des tunnels.

Elle passa les jours suivants à méditer, guidée par maître Corneille. En vain. Elle restait dans le noir.

— Retrouver le Don peut prendre des années, ne cessait-il de lui répéter.

Elle avait le sentiment qu'il disait « des années » pour ne pas dire « des décennies ». Sauf qu'elle n'avait pas des décennies devant elle.

— Tu devrais remonter voir les pélargones. Leur proximité t'aidera. Ce sont des passeurs, capables d'exister aussi bien dans le monde des Ysbrids que dans le nôtre.

— Oui, répondit Alouette, assise sur le sol de la chambre.

Mais elle n'y allait jamais. Elle avait trop peur des oiseaux. De leurs yeux autrefois familiers où elle ne distinguait plus qu'une étrangeté radicale et incompréhensible.

Elle se concentrait sur son objectif. Elle appliquait tous les conseils de Corneille, observait les Adderyns et s'efforçait de communiquer avec eux. Mais ça ne suffisait pas. Le travail et la détermination ne servaient à rien. Elle était désespérée.

Voilà qu'elle échouait même à méditer. Il y avait une heure qu'elle avait ouvert les yeux et laissait vagabonder ses pensées.

Tout ce qui avait guidé sa vie jusqu'à présent avait disparu. Sans son Don, le monde devenait silencieux, hostile. Avem Dis était plus inaccessible que jamais. Et Dessil…

À quoi bon ? Je n'étais pas à ma place. J'aurais toujours été une intruse. Ross avait raison.

Elle ne savait même plus pourquoi elle avait tant voulu entrer à Avem Dis. Elle avait cru y découvrir un trésor, une vérité magnifique – le sens de sa vie. Mais il n'y avait rien que la peur abjecte d'être découverte, des ricanements dans la nuit, et un hiver interminable.

Et puis ses doigts autour des siens. Sa voix. Sa façon un peu trop péremptoire, un peu exaspérante, d'expliquer ce dont il n'était pas si sûr. Ses sourires si furtifs qu'elle avait l'impression de les lui voler.

Retrouvons-nous ensuite.

Finalement, Dessil n'avait pas honoré cette promesse. Elle ne saurait jamais ce qu'il avait eu l'intention de dire, de faire, lors de ce rendez-vous qui n'avait pas eu lieu.

C'était la fin de l'après-midi. Elle se leva avec l'intention de rejoindre la demeure de Corneille, mais finalement ses pas la menèrent vers les hauteurs. Vers les pélargones.

Elle grimpa pendant longtemps, concentrée sur les efforts physiques qu'elle déployait. Si elle repensait aux pélargones, à la manière dont l'un d'eux l'avait attaquée, elle ferait demi-tour immédiatement.

Lorsqu'elle atteignit le belvédère, la nuit était tombée.

Cette fois, elle ne s'approcha pas du bord. Elle s'assit à l'écart, avec l'envie de s'enfuir. Mais elle ne bougea pas. Au bout d'un moment, un des oiseaux s'approcha d'elle et elle retint son souffle. Elle n'en était pas sûre, mais c'était peut-être celui qui l'avait attaquée. *Je n'arrive même pas à le reconnaître.* Peut-être voulait-il qu'elle parte. Peut-être l'avertissait-il de ne pas s'approcher davantage. *Est-ce qu'il me hait ?* Un instant plus tard, il se désintéressa totalement d'elle.

Elle se sentait trop épuisée pour essayer de méditer ou pour entreprendre le trajet retour. Elle ferma les yeux et fit un rêve dans lequel elle devait marcher sur un fil secoué par le vent. Lorsqu'elle en sortit, les étoiles descendaient vers l'horizon.

— Tu vas sauter ?

— Hein ?

Elle scruta les branches au-dessus d'elle, et vit briller deux yeux jaunes plongés dans la pénombre.

— Ça fait une éternité que tu es là. Tu comptes sauter ou pas ?

La voix, râpeuse, un peu chuintante, lui rappelait quelque chose. Elle n'arrivait pas à mettre le doigt dessus.

— On se connaît ?

— Oui et non.

Soudain, elle eut un doute. *Je suis peut-être encore en train de rêver.*

— Est-ce que tu es dans ma tête ?

Seul un bruissement lui répondit. Probablement le vent. Elle frissonna. Il était temps qu'elle descende. Alors qu'elle se levait pour partir, l'étrange voix se fit entendre de nouveau :

— Dommage. Tu aurais dû sauter.

— Je n'ai pas envie de mourir. J'ai envie de rentrer chez moi.

— C'est impossible. On ne peut pas revenir en arrière. Tu vas mourir ici de toute façon.

Cette voix. Ce rire. Il lui rappelait un lointain cauchemar. Elle scruta le coin d'où provenait la voix, la forme sombre des ailes repliées. *Ce n'est qu'une chauve-souris.*

— Qui es-tu ? demanda-t-elle.

— C'est moi qui t'ai libérée de ta cage.

Le cœur d'Alouette se mit à accélérer follement. Les yeux qui brillaient n'étaient pas ceux d'une chauve-souris. Elle savait où elle les avait vus : dans les tunnels sous Avem Dis, par milliers.

— Je t'ai sauvée une fois, susurra la voix.

Alouette voulut partir en courant, mais la peur la pétrifiait. Il lui sembla distinguer les ailes noires, les dents étincelantes, les griffes qui avaient déjà transpercé sa peau. Puis les mots de la créature lui parvinrent, envoûtants :

— Je peux encore t'aider… Je peux t'aider à rentrer chez toi…

— Comment ? articula-t-elle.

La créature l'observait, immobile comme un prédateur qui se prépare à bondir.

— Je peux t'offrir mon Don en remplacement du tien.

— Hein ?

— Si tu me laisses te posséder comme tu possèdes les oiseaux, tu recevras une partie de mon Don. Tu verras alors plus loin que tu n'as jamais vu. Plus loin qu'aucun humain n'a jamais vu. Tu apprendras des choses qu'il vaut peut-être mieux que ton espèce ne sache pas. Ça ne sera pas très agréable. Mais tu pourras rentrer dans ta chère Avem Dis. Je serai avec toi, voyant par tes yeux.

C'était un pacte affreux, que seule une personne parfaitement désespérée pouvait accepter.

— Tu n'auras qu'une chose à faire en échange, une toute petite chose de rien du tout, continua la créature. Libérer Brenin Yr Adar.

Non. Je retrouverai mon Don et je regagnerai Avem Dis par mes propres moyens.

Elle aurait aimé y croire assez pour prononcer ces mots à voix haute.

— Je ne veux pas de toi dans ma tête, déclara-t-elle à la place.

Elle se tourna vers le gouffre et la valse blanche des pélargones qui s'étaient éveillés. Le ciel était toujours là, rempli de merveilles inimaginables. Un rire éclata au-dessus d'elle, froid et cruel.

— Alors, tu ferais mieux de te jeter tout de suite dans le vide.

Soudain la créature lui sauta à la gorge. Alouette voulut reculer, mais les griffes se refermèrent sur elle et l'attirèrent vers le rebord. Son pied rencontra le vide et son corps bascula en arrière. La créature arborait un sourire rouge hideux en la lâchant.

Cette fois, maître Corneille n'était pas là pour la rattraper.

Elle tomba.

Elle tombait et chaque parcelle de son corps lui hurlait qu'elle allait très bientôt se fracasser au sol et mourir. C'était une sensation atrocement familière, le genre de sensation qu'on ne peut éprouver qu'une seule fois à moins de sombrer dans la folie, or elle l'avait déjà ressentie.

Pendant l'instant que dura sa chute, elle hurla et chercha à se rattraper à quelque chose mais il n'y avait rien pour donner un sens à ses gestes désordonnés. Elle vit le ciel s'étendre au-dessous d'elle comme un océan, et les oiseaux qui continuaient leurs danses sans s'occuper de son existence sur le point de s'achever.

Soudain l'un d'eux se rapprocha d'elle à une vitesse surnaturelle et elle crut le sentir tout à coup contre elle. Comme il se dérobait déjà, elle se cramponna désespérément à ses plumes et lutta pour ne pas glisser de nouveau dans le vide.

C'était un pélargone. Il était encore plus terrifiant de près. Ses plumes étaient blanches comme l'os et dures comme le cristal, son bec hérissé de dents lui faisait comme un sourire sarcastique, et son œil étrange était tourné vers elle, impénétrable. Il ne semblait pas décidé à se poser et s'élevait à présent de plus en plus haut.

Une nouvelle sorte de terreur glaçait maintenant le sang d'Alouette dont tout le corps s'était crispé sur le pélargone. La volonté de cet être était tout ce qui la séparait de la chute libre. Il pouvait la tuer d'un instant à l'autre, sans qu'elle comprenne jamais pourquoi il l'avait sauvée en premier lieu. Mais les secondes passaient et elle était toujours en vie. Alors, peu à peu, elle se détendit. Sous sa peau éraflée par les plumes du pélargone, son sang battait plus fort que le vent glacé, presque solide, qui l'enserrait. L'oiseau volait vers l'aube, suivant sa propre volonté inaccessible. Alouette n'avait aucun moyen de lui imposer la sienne, de lui dire où elle voulait aller. Au bout d'un moment, elle sentit quelque chose dans sa tête, comme une pensée qui n'était pas à elle. C'était plus une impression que des mots, mais c'était impérieux.

Elle restait incapable d'entrer en contact avec cet oiseau, mais lui le pouvait.

Chapitre 38

Les projectiles pleuvaient sur Avem Dis en même temps que les oiseaux dressés par les Achyriens. Des colonnes de fumée ou de poussière s'élevaient vers le ciel.

En voyant s'effondrer la tour dans laquelle il avait dormi presque toutes les nuits de sa vie, Dessil se mit à courir. Syllah le saisit par le bras.

— Attends ! C'est trop dangereux !

— Ça m'est égal ! hurla Dessil en se dégageant. Mon père est dans le palais !

Au moment où Syllah allait le suivre, il sentit une présence derrière lui. Il se retourna et dégaina en même temps son épée. L'homme derrière lui para aisément.

— Vous avez raison, Votre Altesse, susurra Calay. C'est trop dangereux.

Syllah serra les dents. Dessil était déjà hors de vue.

— Vous… vous nous espionniez ?

— Je ne fais que mon travail, Votre Altesse.

Syllah se dégagea. Il mourait d'envie de se jeter dans le combat, mais quelque chose le retenait. Il avait besoin d'information. Il avait peur. Il fit un pas de côté, que Calay imita en miroir. Des hurlements retentissaient en provenance du domaine. Un autre sifflement pareil à celui qui avait précédé la destruction du palais traversa le ciel. Syllah devait lutter pour ne pas détourner les yeux de son adversaire.

— Les trébuchets vont continuer à détruire la ville, expliqua Calay paisiblement, tandis que nos agents mettront le feu aux champs et aux réserves de nourriture. Pendant ce temps, vous allez gagner le camp achyrien, où vous serez en sécurité. Ensuite… Avem Dis tombera.

— Comment comptez-vous me faire gagner le camp ? Avem Dis est inaccessible. Cela prendrait des mois pour contourner les montagnes et la falaise… Et je n'ai pas très envie de faire cette randonnée avec vous, Calay.

— Ne vous inquiétez pas. Le voyage ne durera que quelques minutes. Vous devez seulement me suivre.

Syllah remonta légèrement la pointe de son épée.

— Et si je refuse ?

Une étincelle enthousiaste passa dans les yeux de Calay.

— J'emploierai la force. Ce serait regrettable. J'ai ordre de vous ramener sain et sauf.

— Sain et sauf ? La dernière fois, vous avez pourtant essayé de me tuer !

— Pas de vous tuer, Votre Altesse. Mes ordres étaient seulement de vous… blesser. Altan a dit de vous couper deux doigts. Il a précisé la main gauche.

L'estomac de Syllah se retourna à ces mots.

— Vraiment ? articula-t-il entre ses dents serrées.

— Pour être tout à fait franc, Votre Altesse, il a dit que, si vous vous montriez réticent, je pouvais couper au niveau du coude.

Syllah en avait assez entendu. Il attaqua.

Dessil courait.

Un incendie s'était déclenché sur la colline agricole, transformant en cendres leurs maigres réserves. Cette vue lui serra le cœur. Tout était planifié. *D'une manière ou d'une autre, Altan communique ses ordres à des agents qui sont ici.*

Il arriva devant le palais. L'immense porte se dressait toujours, absurde et béante. Quelques augures en sortaient, en se soutenant mutuellement. Les murs vibraient encore. Le moindre effleurement menaçait de déchaîner l'apocalypse – une seconde fois.

La lumière du jour pénétrait à peine l'épaisse poussière soulevée par l'effondrement de la tour. Les décombres obstruaient les couloirs. Dessil s'y engouffra tout de même. Son pied glissa sur une surface humide. Sous les gravats qui avaient remplacé les couloirs et les escaliers, des membres ensanglantés dépassaient comme dans un cauchemar.

Cyrus surgit de la pénombre, tenant son bras avec une expression douloureuse. Son visage était moitié blanc comme la craie, moitié rouge de sang.

— Père !

Dessil sentit des larmes lui monter aux yeux. Son soulagement était physiquement douloureux.

— Tu vas bien ? haleta Cyrus en lui pressant l'épaule.

— Oui… sortons d'ici.

— Pas tout de suite. Je dois d'abord récupérer la *selvia.*

— La *selvia* ? Tu veux invoquer Dionàch ?

Cyrus acquiesça. Devant les yeux écarquillés de Dessil, son ton se raffermit :

— Il sèmera le chaos dans le camp d'Achyros. Cela suffira peut-être à stopper l'attaque.

— Mais elle est dans le meuble de ton bureau, à l'étage…

Cyrus lui jeta un regard perçant.

— Tu n'es pas censé savoir cela. Un jour, il faudra qu'on ait une sérieuse discussion sur ta propension à fouiller dans ce qui ne te regarde pas.

Dessil ne put s'empêcher de sourire.

— J'espère qu'on en aura l'occasion.

Cyrus sourit à son tour. En dépit de la destruction qui les entourait, Dessil sentit un poids s'envoler de ses épaules.

Ils se mirent à avancer avec prudence. Les couloirs familiers s'étaient changés en ruines labyrinthiques. On aurait dit que le palais s'était effondré des siècles auparavant. Ils parvinrent à l'étage en escaladant un mur abattu. De temps en temps, les parois tremblaient, en écho à quelque pierre en train de se détacher quelque part.

Le pire, c'était l'impuissance. Dessil avait envie de ramener les pierres contre lui, de les retenir, mais elles s'émiettaient irrémédiablement sous ses doigts. À son côté, la respiration de son père était sifflante.

— Tu es blessé ? demanda-t-il.

— Ne t'inquiète pas, répliqua Cyrus.

Ce n'était pas une réponse, mais Dessil avait trop peur pour insister. Il n'arrivait pas à évaluer la gravité des blessures de son père. Son bras était probablement cassé, mais à part ça ? Il ne semblait pas saigner, à part à l'arcade, ce qui n'était pas forcément un bon signe. Les blessures les plus graves étaient souvent internes.

Enfin, ils atteignirent ce qui avait été le bureau. Les meubles étaient renversés sur le sol, et tout était recouvert d'une fine couche de poussière. Cyrus s'agenouilla devant le meuble et entreprit de fouiller les tiroirs. Pendant ce temps, Dessil se dirigea vers la fenêtre. Une vue apocalyptique s'offrit à lui. Les oiseaux sombraient du ciel comme des flèches. D'autres bâtiments avaient été visés par les trébuchets d'Achyros. Un nouvel incendie s'était déclaré dans l'est du domaine et menaçait les habitations.

Dessil ferma les yeux. Quand il les rouvrit, il se trouvait dans le corps de Vulnémar, planant au-dessus du chaos. Il se dirigea vers la confrérie.

Derrière lui, Cyrus fouillait fébrilement parmi ses réserves. Il y avait quelque chose d'étrange. La *selvia* était introuvable. L'attaque ne justifiait pas cette disparition : tout le reste était encore là. Il se tourna vers Dessil.

— Que vois-tu ?

Dessil cligna des yeux, peinant à se détacher de la conscience de Vulnémar, et fit son rapport d'une voix légèrement rauque :

— Il y a le feu sur la colline Biadh, mais les gens de Mestkydd sont en train de l'éteindre. Fauvette a conduit la plupart des femmes et des enfants dans les grottes des bains. Des personnes ont attaqué les dortoirs, mais ils ont rencontré plus de résistance que prévu : ils sont encerclés par les oiseaux des élèves et des enfants de Mestkydd.

— Heureusement, ils sont entraînés à la possession.

Dessil lui jeta un regard surpris. Cyrus eut un bref sourire.

— Rejoins-les. Tu es leur maître.

Dessil hésita. À cette distance, il ne cessait de perdre le contact avec Vulnémar. Il était terrifié à l'idée que l'aigle soit touché. Il devait à tout prix aller sur place. Mais comment pouvait-il laisser son père ?

Cyrus lui mit une main sur l'épaule.

— Vas-y.

— Tu es sûr ? Tu…

— Je n'ai pas besoin de toi pour invoquer Dionàch. Et il est imprudent de rester dans le palais de toute façon.

Dessil hocha la tête. Ils descendirent ce qui restait de l'escalier branlant, traversèrent le hall rempli de poussière et franchirent les portes monumentales devenues inutiles. Une fois dehors, Cyrus se tourna vers son fils :

— Dessil… sois prudent.

— Toi aussi.

Cyrus le prit par les épaules puis l'étreignit. Les mains de Dessil se crispèrent autour du dos de son père, en même temps que son cœur se contractait dans sa poitrine.

Ils se séparèrent sans rien ajouter.

Cyrus partit à grands pas vers la falaise et le pont invisible. Il devait marcher plusieurs dizaines de minutes et traverser l'ensemble du domaine. Arriverait-il à temps ?

La disparition de la *selvia* ne pouvait signifier qu'une seule chose.

Il y a un traître parmi les augures. Et ce traître est en train d'invoquer Dionàch pour Altan d'Achyros.

Chapitre 39

Syllah para un coup dont la violence envoya une décharge de douleur dans son épaule, fit un nouveau pas en arrière, tenta une feinte, échoua. Une ligne de feu courut sur son bras.

Le prince héritier prenait conscience de son manque d'entraînement de ces derniers mois. Sa blessure au flanc commençait à l'élancer. Il ne cessait de reculer pour gagner du temps, cherchant désespérément une faille dans la garde impeccable de son adversaire.

Il s'efforça de réfléchir. Il avait un avantage : Calay devait à tout prix éviter de le tuer. Lui n'avait pas cette contrainte.

— Si je meurs, tu meurs, Calay. Mon père ne te pardonnera pas une seconde fois. Pas si tu tues son seul héritier.

— Si j'avais voulu vous tuer, *Votre Altesse*, vous seriez déjà mort.

Il mettait un peu plus d'ironie à chaque *Votre Altesse*.

— C'est moi qui vais te tuer, rétorqua Syllah entre deux passes. Aujourd'hui ou dans dix ans, je te tuerai, je le jure.

Pour la première fois, Calay sourit.

— Je suis prêt à prendre le risque.

Il attaqua. Syllah esquiva et fit un pas en avant. Sa lame s'enfonça sous l'aisselle de Calay. Il vit la surprise dans les yeux de celui-ci. Il se dégagea et enchaîna directement, tournant autour de lui, à une vitesse frénétique. Sa lame s'enfonça de nouveau dans la chair. Calay recula en catastrophe, ouvrant une brèche dans laquelle Syllah s'engouffra sans hésiter.

Ils s'étaient déplacés de plusieurs mètres, et Calay n'était pas assez stupide pour ne pas s'apercevoir qu'ils dansaient maintenant au bord du vide. Dans un effort pour s'écarter du bord de la falaise, il ne put éviter la lame de Syllah qu'en mettant un genou à terre. Le jeune homme le poussa du pied, pressant la pointe de son épée contre sa gorge.

— J'ai des questions, déclara-t-il froidement.

Agenouillé, Calay arborait une expression perplexe. Il conserva une immobilité de statue, attendant la suite.

— Comment comptiez-vous m'exfiltrer ?

— Vous êtes un enfant.

— Répondez à ma question.

Calay ricana.

— Un enfant immature et capricieux. Et impulsif. Vous n'avez aucun plan. Vous aviez un jouet, et vous l'avez cassé. Maintenant vous blâmez Sa Majesté, plutôt que de prendre vos responsabilités. Vous ne connaissez rien, vous ne comprenez rien. Vous ne savez même pas pourquoi vous me haïssez.

— Je te hais parce que tu as tué Geai, articula Syllah d'une voix sourde.

— Je l'ai tué parce qu'on me l'a ordonné, mais ça aurait aussi bien pu être le travail d'un autre. Quelle différence ? Il n'aurait jamais survécu à la guerre, votre giton. Il n'aurait jamais survécu à *vous*.

Cet homme, cet inconnu qui avait presque toujours fait partie de son champ de vision sans jamais entrer dans sa vie, cet homme qui n'était qu'une ombre parmi d'autres, comment pouvait-il connaître les mots exacts pour lui faire mal ?

— Ce n'est pas vrai, murmura Syllah.

— Un jour, Syllah Achyros, vous allez monter sur le trône. Et peu après, vous commettrez les mêmes exactions que votre père. Vous êtes de la même trempe. Vous désirez Avem Dis et la puissance tout autant qu'Altan : regardez-vous. Regardez ce que vous êtes prêt à faire pour atteindre cet endroit. Avec quelle facilité vous avez manipulé ceux qui vous faisaient confiance. Ça vous excite, le pouvoir, non ?

Syllah se vit enfoncer sa lame dans la gorge de Calay. Son regard se perdit dans le vide – une fraction de seconde. Ce fut suffisant. Calay se releva d'un bond, attrapa son poignet et le tordit vicieusement. L'épée tomba au sol, tout au bord du gouffre. Le mercenaire la ramassa et en plaqua la lame contre la gorge de Syllah, en lui tenant toujours le bras dans le dos.

— Maintenant, il est temps de rejoindre votre père. C'est par là.

À une centaine de mètres, un promontoire jaillissait au-dessus du gouffre, au sommet duquel Syllah discerna une silhouette courbée.

— Qui est-ce ? articula Syllah.

— Notre allié, rétorqua Calay en le poussant en avant.

Le pélargone surgit du gouffre.

Cyrus atteignit le pont invisible une seconde avant l'apparition de Dionàch. Depuis cette partie de la falaise, il pouvait voir le camp d'Achyros s'étendre de l'autre côté, encadré par les immenses trébuchets qui projetaient leurs ombres jusqu'au fond du gouffre.

Le Grand Oiseleur reconnut immédiatement la personne qui se tenait debout sur l'avancée brisée du pont. La personne qui venait d'invoquer le pélargone à sa place. Le traître.

— Visalgan ! appela-t-il.

Le vieillard se tourna vers lui. Ses pupilles étaient agrandies par la *selvia*.

— Qu'es-tu en train de faire ?

Visalgan le regarda avec froideur.

— Je remets l'histoire sur ses rails.

— Pourquoi ? Qu'est-ce qu'Altan t'a offert ? C'est toi qui m'as tout appris. Tu es mon maître !

— C'est vrai, je suis ton maître. Mais tu es devenu mon seigneur, et tu as trahi mon enseignement. Regarde, Cyrus… c'est ton œuvre.

Il désigna les colonnes de fumée noire qui couronnaient Avem Dis.

— C'est toi qui as déclenché tout ça, en amenant cette fille ici. J'ai eu la confirmation de toutes mes craintes lorsque tu as ouvert nos portes aux hérétiques de Mestkydd. Mais tout peut encore revenir à la normale. Avem Dis sera purgée des parasites. Le ciel redeviendra pur et lisible.

Cette fille ? Cyrus mit une seconde à comprendre qu'il parlait de Dessil et non d'Alouette, bien que ça n'ait pas plus de sens. Mais ce n'était pas le moment de décortiquer les motivations de Visalgan. Il s'en occuperait plus tard, quand tout serait fini.

— Qu'est-ce que tu comptes faire ?

— Je vais ramener le prince Syllah à Altan. Ensuite, il nous libérera des hérétiques qui sont ton héritage.

— Le prince est mort, Visalgan !

— Erreur, déclara une voix calme derrière lui.

C'était Calay, menaçant toujours Syllah de son épée.

— Que…

Mais il n'eut pas le temps de formuler sa question. Visalgan, dont la Voix puissante était encore renforcée par la *selvia*, venait d'ordonner au pélargone de le tuer. L'oiseau immense s'éleva de quelques mètres avant de fuser vers lui.

— Non !

En catastrophe, Cyrus mobilisa son propre Don pour arrêter le mouvement du pélargone. Il se jeta dans la Vue et invoqua les souvenirs qu'ils avaient ensemble – la manière dont ils s'étaient mutuellement élus, vingt ans plus tôt, quand il était devenu Grand Oiseleur. En face, Visalgan luttait de toutes ses forces pour imposer sa volonté au Gardien.

D'un coup, le ciel s'assombrit. Une ombre immense couvrit la lumière du soleil. Celle d'un oiseau gigantesque, quatre fois plus grand que Dionàch lui-même.

Sous le choc, Visalgan et Cyrus relâchèrent tous deux leur concentration. Même Calay abaissa son épée.

La mythique créature survola Avem Dis, le souffle de son passage avivant les incendies presque éteints, et fondit sur le camp achyrien. Son aile frôla les trébuchets, les précipitant au fond du gouffre. Le vent charria les hurlements des soldats chargés de les actionner. Une volée de flèches fusa vers le monstre. Il franchit de nouveau la faille, sans même s'en apercevoir.

Lorsqu'il s'inclina, Cyrus vit qu'une personne se tenait sur son vaste dos.

L'ombre d'ailes immenses plana sur Avem Dis, interrompant les affrontements. Dessil crut d'abord qu'il s'agissait de son père, mais aucun des pélargones d'Avem Dis n'atteignait cette taille ni cette puissance. Et la silhouette qui le chevauchait n'était pas celle d'un homme.

La puissance du pélargone géant était telle que tous les oiseaux se défaisaient de leurs liens de possession pour le suivre. Le ciel se remplit de leurs nuées bigarrées. Dessil sentit Vulnémar le déserter et laisser une place vide et immense dans son cœur et son esprit.

L'oiseau se dirigeait vers la colline Ùr. Saisi par une certitude absolue, Dessil se mit à courir dans cette direction.

Le pélargone se percha au sommet de la colline, écrasant au passage des arbres plus antiques que le palais lui-même. Une silhouette minuscule glissa du corps géant, faisant une chute de plusieurs mètres.

— Alouette !

Elle roula au sol et heurta la table de pierre. Celle-ci produisit un son étrange, aigu et cristallin. Une vive lumière jaillit de la pierre incrustée en son centre. Dessil n'y prêta aucune attention, penché sur Alouette. Elle était différente de l'image qui l'avait obsédé depuis sa disparition. Ses cheveux avaient poussé et ondulaient sur ses épaules. Il se retint de toucher sa joue, de peur qu'elle disparaisse de nouveau.

— Alouette…

Elle cligna des yeux, égarée, et tendit la main vers lui, tout en se hissant péniblement sur un coude. Alors il passa un bras autour de son dos pour la soutenir.

Elle était vivante et plus rien d'autre n'avait d'importance.

Le souffle de l'aile monumentale jeta Visalgan et Cyrus au sol. Visalgan roula sur lui-même et glissa irrésistiblement dans le vide. Cyrus le rattrapa de justesse.

— Maître !

Cyrus se cramponnait à la main du vieil homme, mais son bras avait été touché dans l'éboulement, et la douleur que lui causait le simple fait de serrer le poing devenait insoutenable. Il se sentait au bord de l'évanouissement. La pierre lisse ne lui offrait aucune prise. Visalgan remuait ses jambes maigres dans le vide.

— Cyrus ! supplia-t-il.

— Maître, je...

Le sang coulait de son épaule là où le pélargone l'avait effleuré. Il ruissela le long de son bras, puis dans sa paume, la rendant glissante. Le vide l'attirait.

Il sentit la prise de Visalgan se dérober. Ses yeux étaient si écarquillés que le noir de ses pupilles était cerné de blanc, l'iris invisible.

En désespoir de cause, Cyrus appela Dionàch à l'aide, et éprouva un choc. Celui-ci avait disparu de son esprit. Alors Cyrus leva les yeux vers le ciel, ses ongles enfoncés dans l'avant-bras de son vieux maître – et il vit son oiseau dans le sillage de l'immense créature.

— Non...

Syllah et Calay avaient aussi été jetés au sol par le souffle de l'oiseau géant. Calay fut le premier à se redresser, et il se dirigea vers Cyrus, toujours en train de glisser vers le gouffre, emporté par le poids de son maître. Le Grand Oiseleur le regarda approcher, impuissant.

— À l'aide…

Mais il n'y avait pas d'aide. La puissance de l'oiseau inconnu semblait avoir arraché son Don. Toute la puissance qui avait été la sienne, toute l'histoire millénaire dont il était l'héritier, tout cela était en train de glisser dans le gouffre.

Calay ramassa son épée, et en balaya les jambes de Cyrus d'un geste vif. Cyrus entendit le hurlement grêle de Visalgan avant de réaliser qu'il était lui-même en train de tomber. Le ciel s'ouvrit sous son corps, de manière inexplicable.

La sensation de chute libre n'était rien par rapport au vide en lui.

Chapitre 40

Syllah se redressa, trop tard, et pointa son épée sur Calay.

— Qu'avez-vous fait ?

Il n'avait pas été élevé dans le culte des oiseleurs, au contraire, et pourtant même lui avait conscience que le meurtre d'un Grand Oiseleur était impardonnable.

Quelques secondes s'écoulèrent, pendant lesquelles aucun des deux ne bougea. Calay jeta un coup d'œil au gouffre, envisageant peut-être le suicide. Sans l'aide de Visalgan, chargé de convoquer le pélargone, il n'avait aucun moyen de fuir Avem Dis. Affronter Syllah ne servait plus à rien.

Le vent tomba brusquement. Un nuage noir se forma au-dessus de leurs têtes, une colonne de vautours incarnant les Ysbrids de la nuit et de la mort, accusant le meurtrier. Syllah poussa un cri de terreur. Calay brandit son épée pour se protéger, mais les oiseaux l'entourèrent comme pour le dépecer, sans craindre sa lame qui les découpait. Ils venaient de plus en plus nombreux, si bien que l'homme finit par renoncer à se défendre. Il s'éloigna du bord en courant, trébucha, se traîna au sol. En levant les yeux, il vit qu'un groupe d'oiseleurs se tenaient devant lui. C'étaient Bernache, Petrel, Ibis et Anhinga, les hauts maîtres les plus proches de Cyrus.

Sous leurs regards de pierre, la nuée entraîna Syllah et Calay vers le sommet de la colline Ghaoil, la colline du Jugement. Les oiseleurs les attachèrent à une pierre dressée. D'ici, Syllah voyait Avem Dis, en partie détruite, les flammes reparties de plus belle, l'immense pélargone surplombant la colline Ùr.

— Qui êtes-vous ? demanda Anhinga. Qu'avez-vous fait ?

Sa voix était si rauque que Syllah la distingua à peine des cris des vautours. Il prit une profonde inspiration.

— Le Grand Oiseleur est tombé. Calay l'a poussé… Je n'ai rien pu faire.

Anhinga se tourna vers Calay et déclara sur un ton factuel, comme une chose évidente mais qui devait être énoncée :

— S'il dit vrai, sois maudit.

Calay restait muet. Il avait blêmi depuis l'apparition des oiseaux. Il ne conservait rien de sa morgue. Anhinga se tourna de nouveau vers Syllah :

— Qui es-tu ?

Les vautours remplissaient le ciel d'Avem Dis. Ils annonçaient la mort du Grand Oiseleur. À présent, tous ceux qui possédaient le Don connaissaient la nouvelle. Dans le temple, Dessil s'était levé. Il avait laissé Alouette aux soins de Caladrius et d'une femme de Mestkydd nommée Hulotte, et il traversait le domaine à pas rapides, le regard fixe.

— Qui es-tu ? répéta Anhinga.

D'un coup, tous les oiseaux présents sur la colline s'envolèrent. Les vautours qui remplissaient l'horizon prirent de l'altitude, révélant la silhouette d'une montagne jusqu'alors invisible. C'était la montagne sacrée des Ysbrids, celle qui n'apparaissait en dehors de la Vue que lorsque Avem Dis était privée de Grand Oiseleur.

Dessil arriva sur la colline. Les maîtres s'écartèrent pour le laisser approcher des prisonniers. Les vautours planaient au-dessus d'eux comme une menace. Pendant plusieurs minutes, il y eut le silence. Puis Anhinga résuma, du même ton de récitation que précédemment :

— Ces deux espions achyriens ont tenté de s'échapper. Ils sont responsables de la mort du Grand Oiseleur Cyrus Delphe.

Dessil le dévisagea, impassible, puis il se tourna vers Syllah :

— Que s'est-il passé ?

Son ton était calme. Il ne réalisait pas encore que son père était mort.

— J'ai essayé de l'en empêcher, bredouilla Syllah. L'autre oiseleur, Visalgan, je crois, avait glissé, et le Grand Oiseleur essayait de le retenir. Calay l'a poussé. Je suis désolé, Dessil.

Dessil resta muet. Cette fois, c'est Bernache qui prit la parole.

— Tu étais avec eux lorsque cela s'est produit. Qui es-tu, toi-même, sinon un espion d'Achyros ?

— Je sais qui il est, intervint Dessil. Détachez-le.

Les maîtres hésitèrent. Dessil n'était pour l'instant qu'un très jeune augure, sans l'autorité nécessaire pour les commander. Pourtant, les vautours s'étaient élevés à son approche. Et sa voix était ferme.

La prophétie avait parlé bien avant sa naissance.

Ibis fut le premier à décider d'obéir. Syllah fut détaché. Il se redressa lentement, l'air un peu perdu et inquiet.

— Il s'agit de Syllah Achyros, déclara Dessil.

Il ajouta, un peu à retardement, comme s'il venait de se souvenir que c'était sa prérogative :

— Et il est sous ma protection.

Il cligna des yeux, comme surpris par ses propres mots, et regarda les maîtres comme s'il ne les avait jamais vus auparavant.

— Petrel, apporte ton aide aux blessés. Il faut les évacuer au plus vite des zones dangereuses. Conduis-les au bâtiment de la confrérie. Anhinga et Bernache, assurez-vous que l'incendie est sous contrôle. Ibis, rassemble tout le monde dans l'arène.

Les maîtres obtempérèrent. Ils ne dirent pas un mot, et ils n'eurent aucun geste envers lui.

Dessil eut envie de courir après eux comme lorsqu'il était enfant. Mais c'était devenu impossible.

Chapitre 41

Alouette volait. Le soleil brûlant lui desséchait la peau. Le paysage qui s'étendait en dessous d'elle niait l'existence de tous les condoriaumes et de toutes les villes. Il était vallonné, tapissé de forêts épaisses, fendues par des gouffres et des cratères insondables. Depuis les profondeurs de ce territoire sauvage, la haine de Brenin Yr Adar imprégnait toute la terre.

Son Don était revenu au contact du pélargone, au moment où elle avait compris qu'elle ne le comprendrait jamais. Elle savait seulement qu'il suivait son propre chemin, beaucoup plus long qu'elle pouvait l'imaginer.

Longtemps après, elle survola Avem Dis : majestueuse, élançant ses tours de facture impériale au-dessus des ruines mystérieuses dont elle était issue, déroulant ses ruelles pavées de magie antique. Soudain, tous les oiseaux d'Avem Dis s'envolèrent à la fois, fusant vers le ciel à une vitesse telle qu'il semblait que le domaine venait d'exploser. La nuée noire remplit le firmament, remplaça le jour par la nuit, et le monde disparut pendant plusieurs instants.

Quand les oiseaux se dispersèrent et que le silence revint, Avem Dis s'était évanouie. Il ne restait qu'une sorte de spirale de fumée dessinant des formes végétales, flottant au-dessus du paysage d'autrefois.

Alouette ouvrit les yeux. Son regard rencontra un plafond d'une affligeante banalité. Elle se redressa, éveillant une douleur sourde dans tous les muscles de son corps, et elle vit qu'elle était dans un lit, dans une chambre qu'elle connaissait déjà, celle de Jaelian. Celui-ci était là justement, assis près de la fenêtre, occupé à coudre. En entendant Alouette se redresser, il leva la tête et sourit.

— Bonjour.

Il portait des vêtements sobres, son épée bien en vue. Alouette fronça les sourcils.

— Tu es différent.

Syllah eut un petit rire triste.

— C'est toi qui dis ça ?

Alouette se frotta les yeux et fit basculer ses jambes hors du lit. Elle portait toujours son vêtement adderyn. Lorsque ses pieds touchèrent le sol, elle prit véritablement conscience qu'elle était rentrée à Avem Dis. Elle ne se rappelait tout ce qui lui était arrivé que comme un long rêve. Comme si les Adderyns appartenaient vraiment à un autre monde.

Qu'est-ce que j'ai fait ?

— Comment tu te sens ? demanda Syllah.

Elle réfléchit sérieusement à la question. Ses membres étaient douloureux et courbaturés, mais rien qui soit alarmant.

— J'ai... soif.

Syllah se leva. Alouette entendit le bruit de l'eau qu'on transvase, puis le jeune homme revint vers elle et lui tendit un récipient. Alouette but sans le quitter des yeux. Puis elle demanda :

— Que fais-tu là ?

Syllah hésita.

— Je te dois une explication.

— C'est un peu tard pour ça. Mais je t'écoute.

Il prit une inspiration.

— Je suis Syllah Achyros.

Alouette ouvrit la bouche, étonnée, mais Syllah enchaîna sans lui laisser le temps de réagir :

— Celui qui est mort dans les tunnels se faisait passer pour moi depuis des années. Il s'appelait Geai. Je voulais seulement le protéger.

Alouette le dévisagea en silence.

— Tu aurais dû me le dire, souffla-t-elle.

— Je ne pouvais pas prendre ce risque. Tu en aurais parlé à Dessil, au Grand Oiseleur, à je ne sais qui, rétorqua Syllah avant de baisser la voix. Tu ne te rends pas compte... J'étais si près de le voir une dernière fois... Si seulement tu m'avais dit le lieu, si c'était moi qui y étais allé cette nuit-là, j'aurais pu le sauver.

— Je suis désolée, murmura Alouette.

Syllah se leva brusquement.

— Je ne te blâme pas, dit-il. Tu as sans doute raison, j'aurais dû te faire confiance. Je vais te laisser t'habiller.

— Il me l'a dit, lança Alouette tandis qu'il traversait la pièce. Son nom. Juste avant de… juste avant de mourir. Mais je n'avais pas compris.

Syllah s'immobilisa un instant devant la porte, mais ne se retourna pas.

Quand il fut sorti, elle se lava rapidement et prit la robe qu'il finissait de coudre à son réveil. Elle n'en avait jamais porté, ou alors elle ne s'en souvenait pas. Elle se demanda ce qu'était devenue la veste d'uniforme que Dessil avait tenté de lui rendre, une éternité auparavant. Tout à coup, elle lui paraissait rassurante.

Mais il était trop tard pour la regretter. Elle enfila la robe. Une fois habillée, elle jeta un coup d'œil par la fenêtre, et eut un choc en découvrant la silhouette mutilée du palais du Grand Oiseleur.

Elle ouvrit la porte à la volée. Syllah sursauta vivement.

— Qu'est-ce qui s'est passé ? cria-t-elle. Pourquoi tout est détruit ?

— Tu ne te rappelles pas ?

Elle secoua la tête. Lorsqu'elle avait chevauché le pélargone, elle était plongée dans une profonde transe, et maintenant ses rêves se mélangeaient à ses souvenirs.

— Nous venons d'essuyer une attaque d'Achyros. Ton arrivée inopinée l'a stoppée, mais il y a beaucoup de dégâts. Et le… le Grand Oiseleur est mort.

Alouette écarquilla les yeux sous le choc.

— Non…

— Je l'ai vu tomber de la falaise. Il a été poussé par un assassin d'Altan nommé Calay.

— Alors, Dessil…

— Son intronisation a débuté hier soir.

Elle le contempla avec des yeux tout à fait ronds. Il expliqua :

— La montagne sacrée des Ysbrids est apparue et les maîtres l'y ont accompagné. Il n'est pas encore revenu. Je ne sais pas vraiment ce qui est censé se passer maintenant.

Alouette baissa la tête. Sa gorge était serrée.

— Sortons, articula-t-elle.

Avem Dis grouillait d'activité. Les oiseleurs et les gens de Mestkydd démantelaient les décombres à la recherche d'éléments utilisables pour la reconstruction. Syllah raconta l'attaque. Il décrivit ce qui s'était passé près du pont invisible, le surgissement du pélargone géant, la destruction du camp d'Achyros. Il résuma les trente-six heures suivantes : les ordres distribués par Dessil, l'extinction des incendies qui avait pris presque cinq heures, la conversion du quartier des femmes en second hôpital de fortune, la capture des traîtres achyriens et les débordements qui avaient suivi.

Alouette trouvait bizarre de marcher à Avem Dis dans une tenue féminine. Elle avait l'impression d'être nue. Les regards s'attardaient sur elle avec insistance. Syllah se pencha vers son oreille.

— Lorsque tu as été accusée de m'avoir tué, et que tout le monde a su que tu étais une femme, les gens t'ont traitée de sorcière. Mais maintenant qu'ils savent que je suis bien vivant, et que tu es revenue mettre fin à l'attaque sur un oiseau géant, je crois qu'ils ne savent plus quoi penser de toi.

Elle pinça les lèvres, dubitative.

— Alors… tout le monde sait que tu es Syllah Achyros ?

Il acquiesça.

— Dessil a déclaré officiellement que j'étais sous sa protection. La nouvelle est probablement déjà parvenue aux oreilles d'Altan et de Cyel.

Alouette s'immobilisa. Elle venait de voir ses anciens camarades, Milan et Ortolan, occupés à transporter du bois. Milan avait un bras en écharpe. Ils lui rendirent son regard sans rien dire. Elle sentit le rouge lui monter aux joues.

— Dépêchez-vous, leur jeta Tarier en surgissant derrière eux.

Sa voix était si exaspérée qu'Alouette faillit accélérer elle-même. Tarier la vit et resta un instant interdit. Puis il s'inclina :

— Ma dame.

Alouette sentit son cœur accélérer comme devant une chose contre nature. Elle demeura figée, parfaitement stupéfaite. Tarier se redressa et adressa un hochement de tête à Syllah, sans le regarder.

C'est alors qu'une ombre survola le domaine. Un frisson d'effroi parcourut tous les corps, immédiatement suivi par un soupir de soulagement général. C'était Dionàch, le Gardien d'Avem Dis.

— Le Grand Oiseleur rentre, murmura Tarier.

Chapitre 42

Il n'y avait pas eu de débat concernant l'intronisation de Dessil. Cyrus avait prédit qui serait son successeur avant même sa naissance, et aucun augure ne s'était jamais opposé à son interprétation des signes. Personne ne doutait de Dessil. À part lui-même.

Avec la disparition de son père, la réalité avait perdu de sa tangibilité. Dessil parlait, marchait, prenait des décisions, selon la même logique abstraite, extérieure à lui-même, que dans les rêves. Il attendait le réveil. Et le retour de Cyrus.

Maître Ibis s'occupa d'attacher sa cape de plumes et son égide. Il le fit en silence. Ensuite, il scruta un instant le visage de Dessil. Celui-ci soutint son regard, froidement, jusqu'à ce que le maître détourne les yeux.

Dessil eut une pensée pour Alouette. Il ne l'avait pas revue depuis l'attaque, depuis qu'elle était tombée du haut de l'oiseau géant sur la colline Ùr.

— Est-ce qu'elle s'est réveillée ?

— Non, toujours pas, répondit Ibis en devinant de qui il parlait. Syllah Achyros est à son chevet.

— Ah, bien.

L'étincelle d'intérêt que la pensée d'Alouette lui avait un instant procuré s'éteignit.

— Êtes-vous prêt ?

Non.

— Oui.

— Alors, en route.

Dessil sortit. Tous les oiseleurs d'Avem Dis l'attendaient et formaient une haie d'honneur. Ils avaient tracé la route qu'il devait suivre pour devenir officiellement le Grand Oiseleur. En levant la tête, il vit la forme immense, blanche sur le fond bleu sombre du crépuscule, du pélargone géant qu'Alouette avait ramené d'il ne savait où. Lui aussi lui indiquait le chemin.

La montagne sacrée découpait sa silhouette caractéristique sur le ciel crépusculaire. Dessil ne l'avait jamais vue jusqu'alors, mais elle était bien là. Il était impossible de savoir à l'avance combien de temps il lui faudrait pour l'atteindre. Certains Grands Oiseleurs avaient mis plusieurs jours, d'autres seulement quelques minutes. Certains n'y étaient jamais parvenus. Il fallait alors désigner un autre Grand Oiseleur.

Ils marchèrent. Les augures suivaient Dessil, et les gens de Mestkydd suivaient les augures. À mesure que la nuit s'approfondissait, les pèlerins faisaient demi-tour. Dessil savait qu'il finirait le chemin seul.

À la fin, il ne resta qu'Ibis à ses côtés. Le maître lui effleura le bras. Ensuite, il rebroussa chemin.

Dessil se retrouva seul devant la paroi de pierre. Le ciel était noir, sans étoiles.

Il commença l'ascension. Tandis que l'effort mobilisait ses membres et réveillait les terminaisons nerveuses de ses paumes, les sens lui revenaient comme s'il se réveillait.

La peine revenait aussi.

Il atteignit le sommet. C'était une longue corniche, aussi étroite que le haut d'un mur. En contrebas, les arbres amassés ressemblaient à un océan de noirceur. Dessil regarda autour de lui. *Je n'ai pas encore atteint le sommet.* Un pilier acéré se dressait à quelques pas de lui, décoré de pinacles qui permettaient de l'escalader.

Il y monta, mais les pinacles s'interrompaient bientôt et la pointe étroite et lisse ne lui offrait plus aucune prise. Il glissa et se sentit sur le point de tomber.

Alors qu'il allait sombrer dans le vide, quelque chose le rattrapa par le poignet, ouvrant sa peau et sa chair sur toute la longueur de son avant-bras. Il fut hissé au sommet du pilier, juste assez large pour s'y tenir debout. L'oiseau qui l'avait rattrapé dans ses serres, un albatros, s'envola pour se poser sur un pilier identique, qui surgissait de la brume nocturne. Dessil l'observa. Et soudain, ce n'était plus un albatros, mais un jeune homme brun, à la peau mate, aux yeux bleus, qui le regardait avec une expression de surprise et d'effroi.

— Père !

C'était Cyrus, et ce n'était pas Cyrus. C'était le Cyrus qui avait escaladé cette montagne, à l'âge de vingt-cinq ans, cinq années avant que Dessil naisse.

Et Dessil vit qu'il ressentait exactement la même chose que lui, qu'il était tout aussi perdu et effrayé que lui. En s'entendant appeler père, Cyrus se tourna vers une autre silhouette derrière lui, également perché au sommet d'un pilier. Dessil devina que c'était Vandesmont, le Grand Oiseleur à qui Cyrus avait succédé. Et lui aussi venait seulement d'escalader cette montagne qui n'existait qu'en dehors du temps, dans le monde des Ysbrids. Et derrière lui se dressaient d'autres hommes tout aussi isolés, les Grands Oiseleurs qui avaient régné sur Avem Dis depuis mille ans.

Alors Dessil pivota sur lui-même et il découvrit la personne qui lui succéderait. Une personne qu'il n'avait jamais vue, mais qui lui était familière comme s'il l'avait toujours connue. Et il sut qu'il allait la rencontrer, un jour, et qu'il la reconnaîtrait, et qu'il la guiderait.

Le vent agitait ses cheveux et menaçait de le précipiter en bas, mais il n'avait plus peur. Le noir s'ouvrit sous ses pieds, et il vit Avem Dis, telle qu'elle était avant l'attaque, telle qu'elle avait toujours été. Il vit le sol se soulever soudain, renversant les bâtiments et déracinant les arbres. Il vit les murs noircir et se recroqueviller comme du papier dans un brasier.

Tous les Grands Oiseleurs voyaient ce qu'il voyait. Pour certains, c'était le passé, pour d'autres, c'était le futur. Dessil comprit tout à coup les choses que son père ne lui avait pas dites, la vraie peur qui sous-tendait celle de la guerre.

La fin d'Avem Dis.

La vision s'évanouit, transpercée par l'arrivée de Dionàch, le Gardien. Dessil s'agrippa à son cou et se hissa entre ses ailes pour regagner Avem Dis. Ils atterrirent sur la colline Ùr, la même que celle qui avait accueilli Alouette trois jours plus tôt. Tous les maîtres l'attendaient en contrebas, mais il ne se dépêcha pas.

Il se dirigea vers la table de pierre. Le joyau incrusté n'avait pas cessé de briller depuis qu'Alouette avait posé le pied sur le domaine. Il projetait un rayon rouge qui se perdait dans le ciel, comme un pilier, et faisait luire les mots gravés tout autour.

Quand la dernière lumière s'éteint je m'allume
J'annonce la fin après la fin.

Chapitre 43

Alouette s'était vu attribuer une chambre non loin de chez Syllah, dans le quartier réservé aux maîtres. Elle n'en était pas sortie, craignant les regards et les silences qui l'escortaient dès qu'elle mettait un pied dehors. Elle attendait.

Deux jours après l'intronisation de Dessil, Tarier vint la chercher.

— Le Grand Oiseleur veut vous voir.

Elle se leva, le cœur battant.

— Qu'est-ce qu'il me veut ?

— Je pense qu'il veut t'interroger sur l'oiseau géant.

Il avait oublié de la vouvoyer : cela la rassura légèrement. Il toussota en s'en apercevant.

— Lui et les augures sont dans le réfectoire d'hiver. Suivez-moi.

Il l'accompagna jusqu'à la porte, et frappa. Maître Anhinga ouvrit.

— Elle est ici, maître, dit Tarier.

— Qu'elle entre, dit Anhinga.

Alouette jeta un regard inquiet à Tarier, qui avait reculé d'un pas, et prit une profonde inspiration pour se donner du courage.

Une grande table occupait un tiers de la largeur de la pièce. Sept maîtres haruspices y étaient assis. Quelques augures parmi les hauts maîtres se tenaient debout derrière eux.

Dessil se trouvait assis au milieu. Il était pâle, avec des cernes sous les yeux. Son bras gauche était entouré de bandages ; c'était la marque des Grands Oiseleurs. Il la regarda entrer sans manifester la moindre émotion, sans un signe de reconnaissance. Elle se mit face à eux comme pour un procès.

— Comment t'es-tu échappée des tunnels ? demanda Dessil une fois qu'elle fut devant ce peloton.

Sa voix n'avait aucune intonation. Elle aurait pu émaner des murs.

Alouette était tellement concentrée sur lui, sur ses lèvres un peu sèches, l'immobilité étrange de ses mains, qu'elle mit quelques secondes à entendre sa question. Elle devait répondre. Il était le Grand Oiseleur.

— Il y avait…

Elle s'interrompit et s'efforça de calmer les battements de son cœur qui semblaient percer dans sa voix.

— Il faisait noir.

Une noirceur indicible. Qui avait un poids physique.

— Je sentais une présence. Malveillante. Tout autour de moi. Qui grouillait.

Dessil fixait un point derrière elle, le visage figé.

— Je marchais. Je pouvais seulement avancer dans le noir. Je les sentais de plus en plus. Ils étaient dans mes cheveux. Ils me frôlaient. Je les heurtais.

Les phrases étaient trop courtes pour décrire l'éternité de noirceur. Elle accéléra, désireuse de finir son récit au plus vite.

— Ensuite, il y a eu de la lumière. Il faisait chaud. Je suis arrivée devant… une mer de feu.

Derrière Dessil, les maîtres échangeaient des regards sombres, inquiets ou perplexes.

— Et il y avait… Il y avait… C'était Brenin Yr Adar. Prisonnière. Elle souffrait. Et je… je ne me souviens pas de ce qui s'est passé ensuite. Je me suis réveillée dans la montagne, très loin d'ici. Parmi les… les Adderyns.

Un lourd silence suivit sa déclaration. Comme elle n'ajoutait rien et que Dessil ne réagissait pas, maître Bernache prit la parole :

— Les Adderyns n'existent plus.

Elle le regarda avec une fermeté nouvelle.

— Ils existent encore. Là-bas, dans la montagne, il y a des Adderyns, les descendants des vrais maîtres d'Avem Dis. Il y a aussi les pélargones originels. Ce sont eux qui m'ont rendu mon Don. Que *vous* m'avez pris.

Comment exactement, elle ne s'en souvenait plus.

— C'est une histoire ridicule, poursuivit Anhinga.

— Pourtant, la table s'est allumée, lui répondit Ibis. Nous savons ce que ça signifie.

— Ce n'est qu'une vieille légende…

Alouette ne les écoutait plus : elle fixait Dessil. Il ne lui rendait pas son regard. Il semblait perdu dans ses pensées. *Cyrus n'aurait jamais permis que les maîtres prennent le contrôle de l'entretien de cette façon. Il les aurait fait taire. Ce n'est pas le moment de débattre, pas alors que je suis encore dans la pièce.*

Mais Cyrus était mort. Elle réalisa que Dessil n'avait peut-être même pas entendu ce qu'elle avait dit.

Un silence. Anhinga venait visiblement de lui poser une question, et ils attendaient sa réponse. Elle fit un pas en avant, cherchant à capter le regard de Dessil.

— Est-ce qu'on peut se parler ? jeta-t-elle d'une voix forte.

Les maîtres la fixèrent avec stupéfaction. Certains semblaient outrés, d'autres gênés. Dessil cligna des yeux et la regarda. *Enfin.*

— Seule à seul ? insista-t-elle.

Il ouvrit la bouche :

— D'accord.

Des maîtres qui semblaient sur le point de protester s'interrompirent en voyant le regard des autres. Un moment de flottement s'ensuivit, Dessil ne faisant pas mine de se lever. Finalement, les augures réalisèrent que c'était à eux de sortir. Ils mirent de longues secondes à le faire, pendant lesquelles les battements de cœur d'Alouette couvraient le bruit de leurs pas. La porte se ferma.

Les épaules de Dessil se relâchèrent imperceptiblement. Après une hésitation, Alouette passa de l'autre côté de la table et s'assit à côté de lui. Elle lui sourit timidement.

— Salut.

— Salut, répondit-il.

Il jeta un coup d'œil à la porte, puis baissa de nouveau la tête.

— Je suis désolé, déclara-t-il soudain. Je t'ai laissée… je les ai laissé t'enfermer. Je savais que tu n'avais rien fait.

Elle ne répondit rien. De près, elle vit que ses lèvres étaient gercées et sa peau pâle piquée de rouge.

— Si on sortait d'ici ? proposa-t-elle en désignant la fenêtre. Les maîtres ne s'en apercevront pas tout de suite. Il n'y a qu'un étage.

— C'est impossible, répondit-il d'un ton plus assuré. J'ai énormément de choses à discuter avec le conseil. Je n'ai accepté de te parler seul à seule que parce que je devais te demander pardon.

— Tu aurais pu commencer par là, dans ce cas, laissa-t-elle échapper.

Elle se mordit la langue. Il venait de perdre son père, ce n'était pas le moment de lui faire des reproches. Sans compter qu'il était le Grand Oiseleur.

Il lui jeta un regard agacé, mais une ombre de sourire flottait sur ses lèvres.

— Bien, dit-elle en se levant. En tout cas, si tu le permets, moi, j'y vais.

Elle se dirigea à pas rapides vers la fenêtre et l'ouvrit. À cette hauteur, elle aurait pu sauter, mais un rebord de fenêtre offrait une prise facile. Elle entreprit de retrousser sa jupe pour enjamber le rebord.

— Tu vas abîmer ta robe, mumura Dessil à son oreille.

Elle tressaillit, ne l'ayant pas entendu la rejoindre. Il franchit aisément la fenêtre et sauta au sol. Elle le rejoignit avec un peu plus de prudence. La robe était effectivement moins pratique que l'uniforme pour ce genre d'exercice.

Une minute plus tard, ils s'engouffraient sur un chemin à moitié dissimulé et gagnaient la forêt de Trosddiad.

Sans se concerter, ils atteignirent leur tout premier refuge : l'étroite corniche qui surplombait la gorge de l'autre côté de Trosddiad, celle qui donnait sur le ravin au fond duquel nageaient les oies. C'était là que Dessil avait amené Alouette, près d'un an auparavant, après son initiation. Ils descendirent la paroi en silence et se réceptionnèrent sur le rebord étroit, sans dire un mot. Alouette avisa la silhouette imposante du colombier au loin, avec un peu d'étonnement. Vu d'ici, rien ne semblait avoir changé.

Ils s'assirent contre la pierre, épaule contre épaule. Leurs souffles ralentirent et s'accordèrent. Au bout d'un moment, Dessil ferma les yeux.

Alouette se passa la langue sur les lèvres. Elle pensa aux choses qu'elle avait à lui raconter, à celles qu'elle devait lui avouer, aux questions qu'elle voulait lui poser. Elle ne dit rien.

Il n'y avait pas besoin de parler, tant qu'il respirait près d'elle, tant que son cœur battait près d'elle, tant qu'il fermait les yeux près d'elle. Tant qu'elle pouvait le regarder autant qu'elle voulait, et voir le pli entre ses sourcils s'atténuer un peu, et sa bouche s'entrouvrir légèrement, et savoir que c'était parce qu'il était près d'elle, parce qu'elle était cette présence pour lui. Elle lui prit la main et sentit sa peine et son angoisse refluer lorsqu'il la serra en retour, au bout d'un instant.

Bientôt, il leur faudrait remonter à la surface. Ce serait de nouveau le temps des mots, des explications, des discours.

Mais pas tout de suite.

Chapitre 44

Calay était presque méconnaissable. Dessil distingua le blanc d'un œil arraché, le trou noir au milieu de la peau tuméfiée, les viscères répandus. Une de ses jambes avait été dévorée. L'odeur, c'était le pire. Il avait éprouvé un éclair de satisfaction – l'espace d'un instant seulement, avant que le dégoût et la lassitude absorbent tout. Autour de lui, les maîtres l'observaient avec des visages fermés : Calay aurait été plus utile vivant que mort. Mais personne ne le lui avait dit au moment opportun et il n'avait pas eu la possibilité de réfléchir à ce qu'il faisait en ordonnant la mort d'un homme, et maintenant il était trop tard. Les Ysbrids avaient jugé.

Il avait envie de dire : *Allez-vous-en, laissez-moi.* Ou bien : *Mon père, qu'aurait-il fait à ma place ? Dites-le-moi, vous le connaissiez, vous l'aimiez, non ? Parlez-moi de lui, dites-moi comment il était, dites-moi que je lui ressemble et que tout ira bien.*

— Telle est la volonté des Ysbrids, déclara-t-il à la place.

Lorsqu'il regagna ses quartiers, la lettre reposait sur son bureau.

Signée Cyel de Sechyros, elle exprimait, en termes polis et couverts, le désir de Sa Majesté de rencontrer officiellement le Grand Oiseleur afin de lui présenter ses hommages et de renouveler sa fidélité au Troisième Collège.

Surtout, elle proposait une rencontre avec Altan.

Elle priait le Grand Oiseleur de sortir d'Avem Dis, assurant que Cyel et Altan feraient de même en quittant la protection de leurs camps respectifs pour parler en toute liberté des « moyens de sauvegarder le continent et sa culture ». La lettre conviait Syllah Achyros – sous-entendant que c'était pour vérifier qu'il était bel et bien du côté d'Avem Dis de son plein gré – et Alouette Dessambre, « celle par qui le cours du conflit s'est inversé ».

Dessil lut la lettre, la fit lire à ses haruspices, décida de ses conditions, et rédigea sa réponse.

Le nouveau Grand Oiseleur ne pouvait pas dormir.

Il fixait un plafond qui n'était pas celui de sa chambre, désormais réduite à l'état de décombres. Les conversations avec les haruspices au sujet des pourparlers s'étaient prolongées jusque tard, et leurs voix résonnaient encore entre ses oreilles comme un bourdonnement inepte et obsédant. Les journées seraient toutes ainsi désormais, pareilles à de longs frissons d'agonie, interrompus par quelques brèves heures de sommeil.

Non. Il restait Alouette.

Son image lui vint en même temps que le désir irrépressible de la voir. Il se redressa dans son lit et se tourna vers Vulnémar perché sur le rebord de la fenêtre.

Où est-elle ?

Il devina la réponse avant de l'apprendre : elle était sur la corniche au-dessus de la rivière.

Je ne dois pas y aller, pensa-t-il en se levant et en s'habillant. *De toute façon, elle sera sûrement partie avant que j'arrive.*

Mais il sortit tout de même, parce qu'il avait envie de la voir et parce qu'elle l'attendait. Et il s'émerveilla d'être encore capable d'éprouver un sentiment si habituel, si doux, dans ce monde dévasté.

Il entendit sa voix avant de la voir ; elle chantait. Il se demanda ce qui lui prenait jusqu'à ce qu'il voie Selise : c'était pour elle qu'elle chantait. À cause du vent, il ne parvint pas à identifier la mélodie, et elle se tut à son approche. L'oie s'envola pour redescendre vers la rivière.

Il sauta sur la corniche et s'assit à côté d'elle. Le rebord était trop étroit pour que leurs corps ne se touchent pas. Pendant un moment, aucun ne parla.

— Est-ce que…

— Je voulais te…

Ils se turent en même temps. Elle rit doucement, avant de reprendre :

— Alors, qu'est-ce qui se passe ?

Dessil ferma les yeux et soupira. Il savait qu'il n'aurait pas dû répondre – que le temps où il lui répétait tout ce qu'il apprenait était censé être révolu – mais il en avait désespérément besoin.

— Si la guerre se poursuit, nous ne résisterons pas à l'hiver. Et les auspices sont néfastes.

Et incompréhensibles, ajouta-t-il en pensée.

— Mais tu as dit qu'ils étaient néfastes à Achyros.

— C'est ce que je dois dire pour ne pas démoraliser les oiseleurs. Et c'est également vrai. En fait, c'est comme s'il y avait quelque chose qui m'échappait. Une chose que j'aurais oublié de prendre en compte. Mais je ne sais pas ce que c'est.

— Brenin Yr Adar, murmura Alouette.

Il la regarda avec étonnement. Elle expliqua :

— J'ai senti sa haine, Dessil. Elle m'a marquée. C'était comme si elle m'attendait. J'ai cru qu'elle voulait me tuer, mais ce n'est pas moi qu'elle visait. C'est Avem Dis. Je crois que… que c'est pour ça que j'ai survécu. Pour l'annoncer.

— Mais je ne comprends pas… pourquoi maintenant ? Est-ce que c'est à cause de moi ? Est-ce que c'est parce que je suis…

Il n'acheva pas. Il repensa aux piliers, dans l'Ysbrid, au sommet desquels se tenaient tous les Grands Oiseleurs nouvellement intronisés. Un lieu au-dessus du monde, où toutes les générations convergeaient en un unique instant, celui de la destruction.

Pourtant, il avait vu son successeur.

— Je ne sais pas quoi faire, avoua-t-il.

— Pour l'instant, il faut mettre fin au siège. C'est ça, la priorité.

Le regard d'Alouette suivit la rivière. Loin en contrebas, les oies dormaient, leur tête enfouie sous une aile, et se laissaient glisser à la surface de l'eau. Ils se firent face, assis au bord du ravin, l'épaule contre la pierre.

— Je suis heureux que tu sois là, déclara Dessil.

J'ai besoin de toi, lui avait-il déclaré dans une autre vie. Jamais cela n'avait été aussi vrai ; trop vrai désormais pour qu'il le répète.

— Je suis heureux que tu n'aies plus à te cacher, ajouta-t-il. Que tout le monde sache qui tu es. Tu as trouvé ta place, ici.

Elle eut un sourire vacillant.

— Je ferai ce qu'il faut pour que tu puisses continuer de vivre à Avem Dis, insista-t-il. Je suis le Grand Oiseleur.

Elle attendit un peu avant de répondre, comme à regret, d'une voix douce.

— Non, Dessil. Tu sais… Je ne pense pas que je resterai à Avem Dis après la guerre.

— Mais où iras-tu ?

Elle haussa les épaules. *N'importe où.* Ça ne lui avait jamais fait peur. Dessil avait la gorge atrocement serrée.

Ce qu'il distinguait entre les mots d'Alouette, c'était un gouffre qui s'ouvrait sous ses pieds.

— Mais Avem Dis était ton rêve.

— Et je l'ai réalisé.

— Vraiment ? Entièrement ?

Elle hésita. Il avait encore baissé la voix et une autre question semblait y vibrer, à laquelle faisait écho la ferveur dans ses yeux. Avec un vertige qui n'avait plus rien à voir avec le vide qui s'ouvrait près d'eux, elle se demanda à quel point il savait ce qu'il faisait lorsqu'il la fixait ainsi, de ce regard d'aurore et d'orage.

Non, pas entièrement.

Leurs visages étaient trop proches pour qu'elle voie sa bouche à présent, si proches que les mots étaient devenus complètement dérisoires, si proches que ses lèvres étaient déjà contre les siennes. Elles avaient le goût brûlant et enivrant du ravissement. S'il reculait, il risquait de tomber, alors elle pressa sa main sur sa nuque, entre son col et la racine de ses cheveux. Elle y sentit son cœur battre violemment dans sa paume. Les bras de Dessil se refermèrent tout à coup sur sa taille, ses deux mains plaquées sur son dos.

Alors, elle sut qu'ils ne tomberaient pas.

Lorsque leurs lèvres se séparèrent, Dessil posa son front contre le sien.

— Reste, souffla-t-il avant que le mot redevienne un baiser.

— Tes arguments sont convaincants, sourit-elle.

— Je suis sérieux.

Il s'écarta un peu, sans la lâcher. Quelques graviers roulèrent dans le précipice.

— On va tomber dans le vide ! s'écria-t-elle d'une voix aiguë.

— Tant pis ! Écoute-moi, Alouette, je suis sérieux.

— Je t'écoute, Dessil.

Il prit une profonde inspiration.

— Un jour, mon père m'a demandé ce que je ferais si je devais choisir entre toi et le reste du monde. Je n'ai pas su quoi répondre. Tu me connais. Je suis terrifié à l'idée de prendre des décisions, contrairement à toi.

Il s'interrompit le temps d'embrasser sa pommette.

— Je croyais faire le bon choix en m'éloignant de toi, mais c'était faux. Parce que j'avais *déjà* pris ma décision, depuis longtemps. J'avais besoin de toi… j'ai toujours eu besoin de toi. Je ne peux rien faire pour le reste du monde si tu n'es pas là.

Il parut lutter contre lui-même avant d'ajouter :

— Si tu veux partir, tu partiras. Je n'essaierai pas de t'en empêcher… Mais si tu restes, Alouette…

Soudain les mots lui manquèrent. Il n'avait pas de fin à cette phrase. Il ne pouvait lui faire aucune promesse, il n'avait rien à lui offrir, à part lui-même, ses failles et son propre destin écrasant.

Elle ne souriait plus, mais ses yeux brillaient comme des diamants. Elle les ferma pour l'embrasser, encore et encore.

Au bout d'un moment, elle dit d'une voix légèrement enrouée :

— Et si on remontait ?

Il acquiesça.

Enfin, ils s'éloignèrent du vide.

Dessil fut réveillé par le contact léger des doigts d'Alouette sur son bras. Il ouvrit les yeux et la regarda. Il faisait encore nuit, et la lune illuminait sa peau.

— Bonjour.

Elle sourit tranquillement.

— Debout, dit-elle. C'est le matin.

— Tu mens, répliqua-t-il en refermant les yeux.

Cela la fit rire. Il voulait que ce rire dure toujours. Que cette nuit dure toujours. Mais comme l'aube finirait de toute façon par venir, il rouvrit les yeux pour contempler Alouette une dernière fois.

Elle se redressa en position assise et se frotta les yeux. Il pouvait voir l'os de sa hanche et le début de ses côtes à travers sa peau moins pâle que la sienne. Il était bizarrement fasciné par ses bras minces et ses épaules anguleuses, si longtemps cachés par son uniforme, et par la longueur de ses jambes. Il effleura sa cuisse pour la faire tressaillir. Écartant ses cheveux de son visage, elle baissa les yeux sur lui et s'inclina pour l'embrasser. Leurs torses se pressèrent, peau contre peau, et il pensa que ça ne lui arriverait plus jamais. Pas de cette façon. Il ne laisserait personne d'autre le toucher comme elle le faisait. Il referma les yeux et sentit qu'elle s'écartait. L'air qui remplit l'espace entre leurs corps lui parut glacial, désagréable.

Depuis neuf jours, ils se voyaient presque toutes les nuits. C'était un secret qui ne pesait rien, une parenthèse dans le crépuscule et l'aube. Ils n'avaient pas reparlé du futur ni de la guerre. Les évènements et les décisions qui rythmaient leurs journées ne comptaient plus quand ils étaient ensemble. Ils parlaient de choses dont ils n'avaient jamais parlé auparavant : d'eux-mêmes et de leurs enfances.

— Tu sais que je ne viens pas de Mestkydd à l'origine ? avait demandé Alouette la veille, sur la falaise.

— Ah non ?

— Non, je suis née à Achrome. C'est une sorcière qui m'a élevée. Les gens faisaient appel à elle parce que la confrérie d'oiseleurs la plus proche était loin du village. Elle récupérait les orphelins dont personne ne voulait. On était toujours cinq ou six. On venait de différents endroits, ses oiseaux nous guidaient jusqu'à elle. Les villageois l'appelaient la voleuse d'enfants, mais ce n'était pas vrai. On n'avait juste nulle part où aller. Elle nous nourrissait, elle nous hébergeait, et elle nous enseignait la Vue et la Voix. De temps en temps, l'oiseleur du village venait, et les garçons partaient avec lui. Les filles aussi s'en allaient, au bout d'un moment. Aucun de nous ne voulait finir comme elle. Moi non plus, je ne voulais pas lui ressembler. Je voulais suivre l'enseignement des vrais oiseleurs. C'est pour ça que je suis partie pour Mestkydd. Je me demande ce qu'elle est devenue.

— Je croyais que c'était Corneille qui t'avait tout enseigné.

— Je ne pouvais pas admettre que je devais tout à une sorcière. J'avais honte d'elle. Mais plus maintenant.

Elle allait ajouter quelque chose, mais s'était finalement ravisée.

— À quoi tu penses ? lui demanda-t-il.

Elle avait paru hésiter. Puis elle avait souri et s'était étirée en projetant ses bras vers le ciel.

— Et si on quittait Avem Dis ensemble ?

C'était impossible et ils le savaient pertinemment tous les deux.

— Bien sûr. Où est-ce qu'on irait ?

— Où est-ce que tu as toujours rêvé d'aller ?

Nulle part ailleurs qu'ici, avait pensé Dessil. Mais il s'était obligé à réfléchir.

— Ma mère est née sur l'île de Kaora, dit Dessil. J'aimerais aller là-bas… un jour.

— On ira. Et en chemin, on enseignera la Vue et la Voix aux gens. Aux filles aussi.

— On sera des hérétiques.

— Comment est-ce que ça peut être de l'hérésie si le Grand Oiseleur le fait ?

— Les maîtres demanderont ma destitution. Ils éliront un nouveau Grand Oiseleur.

— Parfait, alors. Tu seras libre.

Sa voix était rieuse, mais ses yeux étaient sérieux.

— Oui. Libre de fonder le Quatrième Collège. Comme mon père l'avait prédit.

Le Premier et le Deuxième Collège avaient pris fin dans la violence, des siècles auparavant. Mais le Troisième Collège était toujours bien vivant, malgré la guerre, malgré la mort de son père. Tout ce qu'il pouvait faire, c'était le perpétuer.

Ou lui tourner le dos.

Non.

Je ne peux pas faire ça. Pas tant qu'Avem Dis existera.

Comme il se remémorait cette conversation, il sentit qu'elle se levait et quittait le lit. Tout à coup il eut l'irrépressible envie de la retenir, de l'attirer contre lui, de la serrer à lui faire mal. Cette pulsion le réveilla instantanément : il se redressa à son tour.

Le soleil se levait. L'heure de la rencontre avec Sechyros et Achyros approchait. Dessil frissonna, comme l'illusion qu'ils s'étaient bâtie s'effritait autour d'eux.

Elle me haïra. Elle aura raison.

Chapitre 45

Quelques heures plus tard, Syllah vint chercher Alouette pour l'escorter jusqu'à la falaise. L'invitation de la jeune femme à la table des négociations avait alimenté de nombreux débats, elle le savait. Elle pouvait deviner quels oiseleurs pensaient que sa venue serait un aveu de faiblesse, et lesquels pensaient l'inverse. Pourtant, son surgissement pendant l'attaque était un évènement mystique, qui faisait partie de l'histoire. Alouette était spéciale, et son apparence et ses origines ne faisaient qu'ajouter à son aura de mystère : cela pouvait être déterminant pendant les négociations. C'est pourquoi les oiseleurs lui avaient fabriqué une robe impressionnante, grise, couverte de plumes, dont certaines étaient striées de lignes rouges. Elles montaient le long de son cou et protégeaient sa poitrine comme une armure.

— Ta robe est incroyable, commenta Syllah.

— Je préfère celle que tu m'as offerte, je crois.

Il portait des vêtements princiers, mais brodés de motifs d'oiseaux pour signifier son soutien aux oiseleurs. Son épée était visible. Il lui sourit, mais il y avait quelque chose de réservé dans son regard.

Ils retrouvèrent Dessil près de la falaise d'où son père était tombé. Avec la cape et l'égide de plumes, il ressemblait tellement à Cyrus que c'en était troublant.

Alouette le prit par la main et il la serra. Syllah les fixa un instant avant de détourner le regard. Ensuite, Dessil invoqua Dionàch, le Gardien d'Avem Dis, et escalada son dos. En l'imitant, Alouette sentit l'écrasante puissance de l'animal. Elle sentit qu'ils ne contrôlaient rien, qu'ils dépendaient du bon vouloir de cet être, de son intérêt lointain et vague pour les créatures éphémères qu'ils étaient. Dionàch passait aux humains leurs caprices comme on passe les leurs à des enfants. Ou à des mourants.

Ils décollèrent, portés par les prières des haruspices, des élèves et de tout le domaine. Ils survolèrent le camp d'Achyros à haute altitude et se posèrent sur une colline de l'autre côté du camp de Sechyros.

Au pied du tertre, le condor Cyel lui-même les accueillit. Il avait une soixantaine d'années, un crâne chauve, le sourire aimable et factice d'un commerçant de bourgade. Il portait une armure légère. Il était accompagné de deux gardes qui le suivaient à bonne distance. Il commença par s'incliner profondément devant Dessil et par lui jurer, comme l'exigeait la tradition, la foi et la fidélité. Dessil accepta l'hommage, impassible. Ensuite, le condor se tourna vers Syllah.

Il y eut un bref silence, puis son sourire s'élargit, et il écarta les bras :

— Cher neveu, je suis heureux de te revoir en vie. J'ai porté ton deuil avec un chagrin sincère.

Alouette essaya de se souvenir des liens qui unissaient Syllah à Cyel. *Le condor est le frère de la mère d'Altan, ou quelque chose comme ça. Syllah est donc son petit-neveu.*

Elle avait toujours eu plus ou moins conscience de ce fait, mais en voyant le jeune prince donner l'accolade à son grand-oncle comme si le destin de tout un continent ne dépendait pas de leur relation, elle éprouva un sentiment d'écœurement.

Puis le condor lui prit la main pour la baiser.

— J'ai entendu louer votre nom, Alouette, mais personne n'avait parlé de votre beauté.

Elle lui rendit son regard sans ciller. Qu'essayait-il d'accomplir avec ce compliment ridicule ?

Un char les attendait au bas de la colline, pour les conduire au lieu de la rencontre. Le trajet se déroula dans une ambiance étrange, le silence rompu seulement par quelques banalités échangées entre Syllah et Cyel. Ils traversèrent des ruines adderynes et atteignirent le lieu du rendez-vous, un endroit agréable, où soufflait un vent frais, près d'un bois et d'une rivière. Une tente avait été dressée pour garantir l'intimité des négociateurs.

Altan était devant l'entrée de cette dernière, lui aussi encadré par des gardes.

Alouette fut frappée par sa ressemblance avec Syllah et avec Cyel, et éprouva de nouveau un malaise à la pensée que la guerre, qui avait bouleversé sa vie et celles de milliers de personnes depuis près d'un an, n'était qu'une sordide histoire de famille. Altan les salua dans le même ordre que Cyel avant lui. Il s'inclina devant Dessil, reconnaissant son autorité de Grand Oiseleur. Il serra l'avant-bras de Syllah avec une sorte de ferveur dans les yeux.

— Mon fils.

Ensuite, comme Cyel, il commenta l'apparence d'Alouette, et ajouta un commentaire étrange :

— Voici celle qui a mis fin à une tragédie.

Ils pénétrèrent dans la tente. Un oiseleur s'y trouvait déjà. Plus âgé que Cyel, il avait des cheveux gris et longs attachés sur la nuque. L'expression de Dessil se tendit en le voyant.

— Cochevis, articula-t-il.

Altan fit un pas en avant :

— Voici plusieurs mois que Cochevis a rejoint mon conseil. Je l'ai gardé à mon côté même lorsque ses prédictions me déplaisaient. J'ai souhaité qu'il assiste à cette rencontre.

Cochevis avança vers Dessil, l'appela Son Éminence et Envoyé des Ysbrids, et fit les gestes consacrés. Alouette savait qu'il avait été un de ses maîtres et un ami proche. Elle savait aussi que Dessil le croyait mort, n'ayant plus eu de ses nouvelles depuis le début de la guerre. Que pouvait-il bien ressentir ?

Cyel, Altan, Syllah, Dessil, Alouette et Cochevis s'assirent autour de la table. Les gardes sortirent.

Altan s'adressa à Dessil.

— Votre Éminence, ne reprochez pas à Cochevis sa… trahison. Il n'a jamais cessé d'observer vos préceptes et est demeuré fidèle aux signes même lorsqu'ils m'étaient défavorables. Parfois, un homme doit faire les choix qui lui permettent de survivre. Les allégeances ne changent ni sa nature profonde ni son destin.

Il regarda Syllah, qui soutint tranquillement son regard. Le Grand Oiseleur redressa le menton.

— Je ne suis pas venu pour parler de cela. Je suis venu vous demander de libérer Avem Dis.

Cyel renchérit, d'une voix affable :

— Rends-toi, Achyros. Tu es encerclé. Ton artillerie de siège est en partie détruite. Tes seigneurs de guerre s'épuisent et doutent de toi. Ton propre fils apporte son soutien aux oiseleurs, que tu as attaqués de manière illégitime, en violant toutes les lois de la guerre.

— La seule loi de la guerre est celle des vainqueurs. C'est toi qui m'as appris cela, quand tu as envoyé tes assassins m'égorger dans mon palais.

Son ton était d'une douceur glaçante. Syllah fixait le vide, les mâchoires serrées.

— On m'accuse aujourd'hui de parjure, de traîtrise, parce que mon fils est en vie, parce que j'ai tout fait pour le protéger. Au nom de la « loi de la guerre », on préférerait le voir mort…

— Peu m'importent vos lois de la guerre et vos exactions respectives, l'interrompit Dessil. Je vous juge au nom des oiseleurs. Altan, par trois fois tu as trahi le Troisième Collège. Tu as menti en envoyant un imposteur à la place de ton fils. Tu as envoyé un assassin verser le sang à Avem Dis. Tu as attaqué le domaine et causé la mort de milliers de personnes, y compris celle du Grand Oiseleur Cyrus Delphe. C'est pour tout cela que je te condamne.

Altan hocha la tête.

— Je suis donc trois fois traître. Mon âme est maudite par les Ysbrids comme celle de l'assassin Calay. Mon propre fils me fait obstacle. Comprenez-vous ? Je n'ai peut-être plus aucune chance de gagner, mais surtout, je n'ai plus rien à perdre. J'ai encore suffisamment de soldats pour maintenir ce siège. Je tiendrai assez longtemps pour vous détruire.

Il laissa le silence s'installer avant de poursuivre :

— Vos condamnations, vos malédictions et vos belles paroles ne suffiront pas à m'arrêter.

— Nous souhaitons tous la fin de la guerre, concéda Cyel. Une fin aussi rapide et douce que possible. Je n'ai pas de désir de t'écraser. Rends-toi maintenant, et rends à mon condoriaume les terres qui lui appartiennent. Je revendique les provinces de List et de Sarien, qui historiquement sont miennes. Je te laisse Kartarsk et Ellever, pourvu que tu me prêtes allégeance en tant que seigneur de guerre. Tu vivras, tu auras des terres à défendre, et une voix à faire entendre sur le continent.

— List et Sarien représentent la moitié d'Achyros. Ce n'est pas une proposition, c'est une amputation.

— C'est un moindre mal, comparé à ce qui t'attend si tu t'entêtes à affronter mon armée et à défier les oiseleurs.

— C'est vrai, intervint Dessil. Altan, tu peux me détruire, et tu peux détruire Avem Dis, mais les oiseleurs existent depuis des siècles. Un autre Grand Oiseleur me succédera. Dans cent ans, dans mille ans, l'Ordre prospérera encore. Ton nom sera oublié et ton combat aura été vain.

Il laissa passer un instant de silence. Son regard était glacé.

— Mais si tu acceptes de signer la paix aujourd'hui, je pardonnerai le parjure. Je sauverai ton âme.

Étrangement, cette déclaration sembla ébranler Achyros. Pourtant, il secoua la tête :

— Je refuse ton offre, dit-il à Cyel. Si tu veux sauver Avem Dis de la famine et du désespoir qui l'attendent, il te faudra briser la trêve hivernale et briser la confiance de tes hommes : il te faudra me tuer. Tu seras empereur, mais un empereur fratricide, sans héritier, et ton empire s'éteindra avec toi.

— Il est vrai que je n'ai pas de fils, rétorqua Cyel, mais j'ai un neveu. Et un petit-neveu. Si tu te rends selon mes conditions, je ferai de Syllah mon héritier. Ta descendance aura l'empire, comme tu le souhaites. Et tu vivras pour le voir.

Pour la première fois, Altan parut considérer sérieusement la question. Cyel reporta son attention sur Syllah :

— Qu'en penses-tu ? Est-ce un rôle que tu accepterais d'endosser pour sauver Avem Dis et mettre fin à la guerre de manière définitive ?

— De manière définitive ? riposta le prince. Il n'existe pas de paix définitive. Nos familles se sont unies il y a cinquante ans dans cet espoir, en vain. Tu prétends faire de moi ton héritier, mais tu me feras assassiner demain, comme tu as tenté d'assassiner mon père.

— Je t'adopterai officiellement, Syllah. Tu seras mon fils. Le sauveur d'Avem Dis, pour toujours sous la protection du Troisième Collège. Des Ysbrids eux-mêmes.

— Seul le règne des oiseleurs est éternel, énonça Altan.

La déclaration était incongrue, surtout de sa part, et un silence étrange s'installa. Était-ce ironique ? Les trois hommes se tournèrent vers Dessil, à qui revenait cette décision.

— Non. Le Troisième Collège ne prend pas parti. Il ne se liera à aucun condoriaume ni à aucun empire.

— Mais c'est le seul moyen de garantir une paix durable, protesta Cyel. Songez-y ! L'Empire et le Troisième Collège. La puissance et l'influence combinées.

Dessil eut un rictus, mais ne répondit rien.

— Ne désirez-vous pas la paix ?

— Je la désire, mais je vois au-delà.

— Pourtant, vous avez pris le parti de protéger et de défendre Syllah. N'est-ce pas parce que vous aviez prédit qu'il serait le futur empereur ?

Dessil s'adossa à son siège, le visage inexpressif. Alouette se demanda dans quelle mesure il avait prévu le déroulement de la discussion. Elle commençait seulement à comprendre de quoi il retournait : Achyros et Sechyros ne concluraient pas d'accord sans que Dessil engage officiellement le Troisième Collège, au mépris de tous les principes autrefois défendus par Cyrus et tous ses prédécesseurs avant lui.

— C'est vrai, lâcha-t-il d'un ton morne. Syllah Achyros sera empereur.

Tout comme la guerre elle-même, cela avait été prédit des centaines d'années auparavant. La prophétie autrefois obscure était devenue de plus en plus claire jusqu'à atteindre la précision de la certitude. *L'empereur qui réunifiera le continent*, avait dit Choucas, près d'un an plus tôt. *La clef de cette guerre.*

Cyel vrilla son regard dans celui de Dessil.

— Songez à cet empire, Votre Éminence. Ses habitants sont déjà vôtres. Son unité dépend de vous… de votre voix. Les gens s'uniront sous la bannière de Syllah, parce que vous aurez béni son règne.

— Aucun règne terrestre ne dure, riposta Dessil. Il y a quatre cents ans, un de vos ancêtres a entrepris de conquérir le continent. Il a causé la fin du Premier Collège et a fondé le Deuxième Collège. En se liant aux oiseleurs, il pensait rendre son règne éternel. Que reste-t-il de son empire aujourd'hui ? À peine des cendres. Les membres du Deuxième Collège ont été pendus pour trahison, et l'Ordre a disparu pendant un siècle.

— Je connais l'histoire. Mais il ne s'agit pas de créer un Collège soumis aux intérêts de l'empereur.

Il s'agit d'une alliance. Nous poursuivons les mêmes buts : protéger les populations de nos condoriaumes.

— Ce n'est pas mon avis. L'indépendance des oiseleurs permet…

— L'indépendance conduit à l'incompréhension et à la haine. Croyez-vous qu'après la guerre le peuple va se tourner vers vous ? Les sacrifices qui ont été faits au nom d'Avem Dis pendant cette année doivent être payés. Les prières des gens sont longtemps restées sans réponse. Vous avez fermé vos portes. Les maîtres ont fui leurs confréries. Les auspices se sont tus. Vous avez prouvé qu'en temps de guerre les oiseleurs ne sont d'aucune aide. Et pendant tout ce temps, l'armée sechyrienne se battait pour eux. Pour les libérer. C'est cela qu'ils verront.

— C'est faux, rétorqua Dessil. Ce que le peuple doit aux oiseleurs va bien au-delà des seuls évènements récents.

— Je vous propose autre chose, Votre Éminence, reprit Cyel comme s'il n'avait pas été interrompu. Un véritable pouvoir. Une véritable place dans le jeu politique. Les oiseleurs n'auront plus jamais à fuir, à se recroqueviller sur eux-mêmes, à attendre une aide extérieure…

— Nous n'avons jamais fui.

— Aucun Grand Oiseleur ne sera plus tué à Avem Dis. La sécurité, la stabilité et le pouvoir. Cette alliance vous les garantira.

Il se tut enfin et se laissa retomber dans son siège. Dessil fixait le vide en silence. Alouette avait la gorge serrée. Inconsciemment, elle comprenait ce dont il était question, mais elle ne parvenait pas à mettre le doigt dessus.

— Quelle sorte d'alliance ? demanda-t-elle.

Les têtes pivotèrent vers elle et elle réalisa qu'ils avaient presque oublié sa présence. Elle se sentit rougir.

— La forme la plus ancienne, explicita Altan calmement. Un mariage.

Silence. Cyel s'adressa à Dessil :

— Votre Éminence, je respecte et j'honore les auspices et les Ysbrids qui vous ont fait Grand Oiseleur. J'ai consulté mes augures. Ils me disent qu'il y a un sens à tout, même aux évènements les plus extraordinaires. Il y a donc forcément une raison, Seigneur des oiseaux, pour laquelle vous êtes née femme : vous êtes la seule personne au monde, la seule personne dans l'histoire, à pouvoir être à la fois Grand Oiseleur et impératrice… Si vous épousez Syllah Achyros.

Non, pensa Alouette. *Il ne peut pas croire ça.* Elle voulait leur dire que c'était ridicule, que ça n'avait pas plus de sens que de demander à Syllah d'épouser Cyel, mais Dessil lui jeta un bref coup d'œil, et elle se tut.

— Je sais que vous êtes jeune, reprit le condor de Sechyros, mais tout le monde ne peut se marier par amour. Surtout dans votre position. Surtout en temps de guerre.

— Je ne suis pas jeune, rétorqua Dessil. Je vois plus loin que vous pouvez l'imaginer. Ce que vous prenez pour votre postérité, moi, je sais que ce n'est qu'un grain de poussière dans l'histoire des oiseleurs.

Cyel sourit imperceptiblement.

— Peut-être, mais ici et maintenant, ma postérité est le seul moyen de sauver votre Troisième Collège.

Dessil serra les dents. Son regard ne revint plus sur Alouette.

— Si j'accepte ce mariage, demanda-t-il à Altan, lèverez-vous le siège, et jurerez-vous allégeance aux oiseleurs ?

Le cœur d'Alouette s'arrêta de battre, et elle eut l'absurde envie de rire. Elle chercha le regard de Syllah et y trouva un mur : il la dévisageait froidement, comme si c'était de son destin à elle qu'il était question, et non du sien. *Est-ce que c'est ce que tu voulais depuis le début ?* se demanda-t-elle.

Altan réfléchit.

Longuement.

— Oui.

— Vous n'aurez jamais mon pardon, ajouta Dessil. Je ne sauverai pas votre âme. Acceptez-vous cette condition ?

Le condor garda le silence plus longtemps encore. *Jamais,* songea Alouette avec détachement, *jamais je n'accepterais, même pour un empire, même pour Dessil, de sacrifier mon âme.*

— Oui.

Dessil s'adossa à son siège.

— Bien. Alors, parlons des détails.

C'était terminé. Brusquement, Alouette se leva.

— Vous êtes des monstres, jeta-t-elle. Pour arrêter cette guerre, il vous suffirait de le décider, mais tout ce que vous voulez, c'est grappiller encore quelques miettes de pouvoir. Je n'ai rien à faire à cette table.

Dessil ne la regarda pas. Il fixait le vide, le visage fermé. Elle quitta la tente.

— Quel caractère, commenta Sechyros avec un sourire.

Chapitre 46

Aucun des trois ne parla pendant le trajet de retour. Ils regagnèrent Avem Dis, où les haruspices entourèrent immédiatement Dessil pour l'escorter jusqu'au temple. Une longue réunion s'ensuivrait probablement, au cours de laquelle ils prendraient les auspices pour déterminer les conséquences du mariage entre le Grand Oiseleur et le prince d'Achyros.

Mais sans doute les connaissaient-ils déjà. Sans doute avaient-ils déjà prévu cette issue depuis longtemps. C'était ce que faisaient les oiseleurs. Anticiper. Calculer. Placer leurs pions, leurs hommes et leurs oiseaux. Et pas seulement les oiseleurs : Syllah aussi. Comme Dessil, il avait été élevé pour régner. Qu'ils le veuillent ou non, tous deux gardaient toujours à l'esprit des choses qu'Alouette ne pouvait imaginer, des objectifs secrets, plus vastes qu'eux-mêmes, ce qu'ils appelaient des responsabilités.

Elle n'était pas comme eux. Elle n'était qu'une fille de rien, sans rien à perdre ou à gagner dans leur jeu. Une simple femme qu'ils pouvaient balayer hors de l'échiquier d'un revers de main.

Elle n'avait pas de place dans leur monde.

Le soir, elle fut incapable de dormir. Vulnémar s'était perché sur le rebord de sa fenêtre. Elle lui tournait le dos, mais cela ne suffit pas à lui faire oublier sa présence et ce qu'elle signifiait : la possibilité que Dessil la rejoigne. À moins que ce ne soit elle qui finisse par le rejoindre.

Elle n'en fit rien. Elle se leva et se dirigea résolument vers le dortoir des premières années. Elle poussa la porte le plus lentement et le plus silencieusement possible. La pièce était bondée, le sol jonché de corps endormis. Elle se fraya un chemin jusqu'à un espace libre près de ce qui avait été son lit, s'étendit par terre et s'endormit presque instantanément.

Elle se réveilla avant l'aube, en même temps que les autres, qui poussèrent des exclamations en la voyant parmi eux. Les yeux fermés elle les écouta débattre de ce qu'il convenait de faire. L'excitation, la peur et la colère se mélangeaient dans leurs voix.

— Fichez-lui la paix, trancha celle de Milan.

Le gong finit par sonner, et elle sentit la pièce se vider. Alors elle se redressa et ouvrit les yeux. Milan était resté et la fixait, accroupi près d'elle.

— Euh… ça va ? demanda-t-il.

Elle entoura ses genoux de ses bras.

— Oui. J'arrivais pas à dormir.

Il ouvrit de grands yeux.

— Et tu t'es dit que tu trouverais plus facilement le sommeil dans une pièce remplie de trente garçons ?

— Bah, j'ai pris l'habitude, répliqua-t-elle en souriant.

Milan se laissa tomber au sol, à ses côtés.

— Tu sais, je t'ai toujours trouvée très bizarre, mais alors là…

Ils éclatèrent de rire.

— Remarque, reprit-il, ça me rassure. Tu n'as pas changé, en fait.

— Non, je suppose que non.

Après un court moment d'hésitation, il prit un ton plus sérieux :

— Qu'est-ce qui s'est passé ?

La rencontre, comprit-elle. Avait-elle le droit d'en parler ? Personne ne lui avait demandé de garder le secret. Et puis, tout le monde finirait bien par le savoir.

— Dessil va épouser Syllah.

— *Quoi ?*

Le choc sur son visage avait quelque chose de profondément réconfortant.

— Apparemment, c'est la seule façon de mettre fin à la guerre. Car il peut être impératrice et Grand Oiseleur à la fois.

— Je suppose qu'il y a une certaine logique. C'est une femme, après tout.

— Non, absolument pas, rétorqua vivement Alouette. Dessil est un homme. Il croit sans doute qu'il lui suffira de faire semblant, que ce ne sera pas si difficile, mais il se trompe. Il n'a aucune idée…

Elle s'interrompit. Milan continuait à la fixer, de plus en plus consterné.

— C'est si stupide, Milan, reprit-elle plus calmement. Nous étions six sous cette tente. Six personnes, pour décider du sort de deux condoriaumes. Et ils n'ont été que quatre à parler.

— Qu'est-ce que tu vas faire ?

— Je vais m'en aller, répliqua-t-elle sans hésiter, avant même que les mots se forment dans son esprit.

Il y avait des semaines qu'elle avait pris cette décision, au fond. Plus rien ne la retenait à Avem Dis.

Elle n'avait aucune intention de revoir Dessil.

— Il paraît qu'Alouette Dessambre compte quitter Avem Dis.

Dessil, qui s'était levé pour mettre fin au conseil, se laissa retomber dans le fauteuil de son père.

— Bien sûr, répliqua-t-il sans masquer sa lassitude, puisqu'une fois que j'aurai invoqué le pont pour permettre aux habitants de Mestkydd de s'en aller les femmes seront de nouveau interdites à Avem Dis.

Il changerait ça. Le moment n'était pas propice. Il était jeune et la guerre finissait à peine, les maîtres du continent avaient perdu confiance en lui. Il devait d'abord regagner leur respect.

Mais un jour…

— Justement, renchérit Anhinga. Les filles de Mestkydd vont probablement la suivre, dans l'espoir d'apprendre notre art.

Que tu as toi-même commencé à leur enseigner, voulait-il probablement ajouter.

— La rumeur court qu'elle compte fonder son propre Collège. Certains novices semblent avoir l'intention de l'accompagner.

Comme Dessil ne répondait rien, Bernache se leva.

— Cette femme nous a ridiculisés, martela-t-il. Elle est dangereuse pour le Troisième Collège. Nous ne pouvons pas nous contenter de la laisser partir.

— Je suis d'accord, dit Anhinga.

— Et que suggérez-vous ? demanda Dessil.

Il y eut un silence, à peine troublé par le bruissement des branches au-dessus d'eux et les cris lointains des oiseaux. Puis Anhinga se racla la gorge :

— À mon avis, le mieux est de la garder ici. Offrons-lui un titre de professeur. Faisons d'elle la première femme oiseleure. Ainsi, nous pourrons la surveiller. De plus, elle nous sera redevable et n'osera donc pas s'opposer à nous.

— Pas question, protesta Bernache. Ce serait montrer de la faiblesse que d'accorder un tel honneur à cette femme.

— Et qu'est-ce que tu proposes ? riposta Anhinga. Puisqu'on ne peut pas s'en débarrasser définitivement, il faut bien qu'on garde un œil sur elle. C'est la meilleure solution.

Il fixait Dessil.

Tu veux qu'elle reste, n'est-ce pas ?

Oui, c'était la solution parfaite : un mariage impérial, un continent réunifié, et une jeune orpheline propulsée au rang de première femme oiseleure de l'histoire. Le début d'une nouvelle ère de paix et de prospérité. Alouette resterait auprès de Dessil pour toujours, elle serait sa plus proche conseillère. Sa maîtresse. Syllah n'y verrait pas d'inconvénient. Il aurait ses propres amants. Les lois des hommes ne s'appliqueraient plus jamais à eux trois.

— Et si elle refuse ? demanda Dessil.

Les dix maîtres le dévisagèrent comme s'il venait de proférer une absurdité.

— Refuser ? répéta Petrel. Pourquoi refuserait-elle un tel honneur ?

Parce que ce n'est pas un honneur à ses yeux, mais un piège.

— Je ne sais pas, dit-il à la place. Elle est libre.

Bernache laissa échapper un reniflement méprisant. Anhinga lui jeta un regard agacé avant d'asséner :

— C'est précisément le problème.

Toujours assis dans le fauteuil de son père, Dessil savourait un rare moment de solitude. Les haruspices s'étaient enfin décidés à quitter le temple. Il leur avait promis de parler à Alouette. N'était-ce pas tout ce qu'il souhaitait ?

Lui parler.

Reste.

Il ne pouvait pas dire à ses haruspices qu'il lui avait déjà murmuré ce mot, sur la corniche au bord du vide, et qu'elle avait non seulement refusé, mais aussi proposé qu'il la suive, elle, à la place.

Elle avait pris sa décision bien avant lui. Ils ne pourraient jamais se comprendre entièrement, mais ils étaient libres tous les deux.

Il pouvait seulement la laisser partir.

Malgré tout, il hésitait encore, comme chaque jour depuis la rencontre avec les condors, entre la rejoindre et regagner la confrérie, lorsqu'une silhouette se profila entre les arbres. C'était Syllah.

— Il faut qu'on parle.

Dessil se leva tandis que son cœur accélérait dans sa poitrine. Ils s'étaient à peine vus ces derniers jours. Le prince héritier avait passé beaucoup de temps avec son oncle, de l'autre côté du gouffre.

— Tu n'as rien à faire là, Syllah. Le temple sacré est réservé aux initiés.

— Allons ailleurs, alors, ça ne me dérange pas.

Il y avait du défi dans son regard, et Dessil se rassit. Syllah contourna la table et prit place sur le siège à la gauche du sien.

— Je sais que tu aimes Alouette.

Dessil serra les dents.

— Ça n'a plus d'importance, maintenant, si ? rétorqua-t-il.

— Alors, c'est vrai ? Elle va partir ?

— C'est de ça que tu voulais discuter ? ricana Dessil. Tu t'inquiètes pour notre union ?

Syllah ne sourit pas.

— Je sais ce que tu ressens, déclara-t-il d'une voix douce.

Dessil se souvint alors de Geai, mort pour avoir aimé Syllah, et détourna le regard. En fait, Syllah était peut-être bien la seule personne au monde capable de le comprendre.

— Elle m'a proposé de la suivre, lui avoua-t-il. De s'enfuir, ensemble.

Syllah garda un instant le silence.

— J'ai déjà fait ce rêve, murmura-t-il enfin. Il ne mène nulle part, crois-moi.

— Je sais.

— Elle n'est pas comme toi et moi. Tu penses que, parce que tu as du pouvoir, tu sauras la protéger, mais c'est faux. Crois-moi. Plus tu l'aimes, plus tu la détruis.

— Je sais !

Il regarda la table de pierre, les arbres autour. Mille fois il s'était glissé dans ce lieu sacré pour questionner son père. Il se passa la main dans les cheveux.

— Je peux te poser une question, Syllah ? Tu n'es pas obligé de me répondre.

— Oui.

— Qu'est-ce que ce mariage pour toi ?

Syllah réfléchit. Longtemps. Et il se leva.

— Je suppose que, le mieux, c'est qu'on soit honnête l'un envers l'autre, non ? Très bien. Je n'ai jamais voulu être condor. Ça signifiait devenir mon père, et il me terrifiait. Tout ce que je souhaitais, c'était m'éloigner de lui. Mais j'ignorais comment faire. Je tâtonnais. Je suis toujours son fils, sa créature, quoi que je fasse, ou que j'aille.

— Je comprends, murmura Dessil.

Syllah sourit.

— Être empereur, et à tes côtés… j'en ai envie. J'ai l'impression que c'est la réponse. Nous pourrions tout changer.

Le cœur de Dessil accéléra encore. Il ne savait pas si c'était le pouvoir qu'ils détiendraient qui le grisait, ou autre chose. Il avait l'impression de tomber dans le vide.

Deux semaines après les négociations, Anhinga vint le chercher dans son bureau.

— Il est temps, Votre Éminence, dit le maître.

— Oui, je suis prêt.

Il se leva en posant une main sur la table, reproduisant exactement les gestes du Grand Oiseleur, et croisa le regard d'Anhinga. Il se demanda ce que l'ancien ami de son père pensait de lui, de ses décisions. Avait-il fait ses preuves ? Quand le saurait-il ? Désormais, c'était lui qui était censé posséder toutes les réponses. Qui était censé savoir quoi faire en toutes circonstances.

En réalité, je ne sais rien du tout. Mais ça n'a pas d'importance. Ça n'en a jamais eu. Il suffit de prétendre.

De prendre une décision et de l'assumer jusqu'au bout. Comme Cyrus avec moi.

Les autres haruspices attendaient devant la porte et l'escortèrent dans les rues d'Avem Dis. De nombreuses personnes les suivirent, pressées de franchir le pont qu'il allait invoquer. Il était temps qu'Avem Dis redevenienne ce qu'elle était, le siège du Troisième Collège, un sanctuaire, réservé aux oiseleurs.

Quelque part dans la foule qui s'était amassée au bord de la falaise, il y avait Alouette. Elle allait partir. Cette pensée pulsait quelque part dans son cerveau, irréductible.

J'ai pris une décision. Et elle aussi.

Tout à coup, il la vit. Au centre d'un cercle d'élèves et de filles de Mestkydd, elle s'était perchée sur un restant de mur, et le fixait ostensiblement. Les doigts de Dessil se crispèrent face à ces yeux qui refusaient de s'excuser. Que voulait-elle de plus ? Après tout ce qu'ils avaient traversé, tout ce qu'il lui avait confié, elle lui tournait le dos.

— Dessil, dit Anhinga derrière lui, d'un ton entre l'avertissement et l'inquiétude.

Au lieu de continuer vers le pont, les pas de Dessil se dirigeaient maintenant vers elle, et elle le regardait avancer comme s'ils avaient eu rendez-vous. Les gens s'écartaient sur le passage du Grand Oiseleur, étonnés, et les haruspices accélérèrent derrière lui tandis qu'ils se demandaient s'ils devaient le retenir physiquement.

Il s'arrêta devant Alouette et elle descendit. Elle aussi était furieuse. *Tu aurais dû m'ignorer. Si tu étais aussi sûr de ta décision, tu ne m'aurais même pas regardée. Mais il faut toujours que tu attendes d'être au pied du mur, pas vrai ?*

Elle voulait lui dire tellement de choses. À quel point il avait tort. À quel point le monde était plus grand que ce qu'il croyait. À quel point elle l'aimait. Mais il n'y avait plus rien à dire, leurs décisions étaient prises.

Les phrases qu'ils avaient ruminées chacun de leur côté, les gestes qu'ils avaient imaginés, leur colère, leur espoir, leur peur remplissaient l'espace entre eux. Il n'y avait qu'un pas à faire pour le franchir.

C'est Dessil qui le fit.

Il posa la main sur son cou et l'embrassa comme si c'était pour cette raison qu'il s'était rendu sur cette falaise. Lorsque leurs peaux se rencontraient, les reproches et les justifications perdaient leur poids, redevenaient de l'air, indifférent, sans importance. Ses cils battaient contre sa joue, son pouls au creux de sa main. Il se souvint alors de la foule autour d'eux, des haruspices, des fiançailles impériales, et il ouvrit les yeux pour se trouver face à ceux d'Alouette. Ils ne contenaient plus de colère, seulement du regret. Il pressa son front contre le sien. *Tant pis.* Après tout, c'était sans doute la dernière action spontanée et sincère de sa vie. Dans une minute il invoquerait Dionàch, le pont s'élèverait, et elle le traverserait. Elle s'en irait.

Mais pour l'instant, ils se tenaient encore du même côté du gouffre.

Au bord du vide.

À propos de l'autrice

Camille Noyer est née à Privas en 1995. Après des études de lettres et d'anglais, elle publie son premier roman jeunesse, *Niels et le ventilateur maudit*, en 2020 aux éditions Amaterra. Il est suivi d'un second tome en 2021, *L'intervalle interdit.*

Depuis 2023, elle est traductrice de l'anglais vers le français. Auparavant, elle a été professeure de français, équipière dans un fast-food, consultante en tourisme, hôtesse d'accueil, assistante de production, vendeuse de fruits et légumes et footballeuse professionnelle. Un intrus s'est caché dans cette liste.

Les Oiseleurs est son premier roman de fantasy.

Une quête périlleuse jusqu'aux confins de la Bulle-monde, et plus loin encore…

Pas facile d'être gay et doué de magie dans une petite ville du sud des États-Unis. Et encore moins quand une dangereuse secte s'en mêle…